滄狼行
卷13
心腹之患
指雲笑天道

目錄

CONTENTS

第一章

黑鯊號

嚴世蕃放下手中的瞭望筒，指著最前面的戰艦，
問道：「這船不是我大明水師的，
速度如此快，有誰認得是哪家的戰艦？」
一名水師軍官將領答道：
「小閣老，這艘是汪直的座艦，黑鯊號！」

盧鏜冷哼一聲道：「天狼，這只是你的想法而已，盧某為將多年，有一點是知道的，事情需要我們這些人來做，但出了事，也是第一個拿我們開刀，即使這是胡總督的意思，只要日後出了岔子，比如汪直降而復叛，你也是第一個要掉腦袋的人，可是如果你今天把這些倭寇和海賊們全部一網打盡，那再出什麼事也怪不到你頭上。

「我就不明白，**為什麼放著安全穩妥的辦法不選擇，非要走這麼一條凶險非常的路？**你這樣徹底得罪了小閣老，以後他會一直盯著你的把柄，就算汪直不反，他的手下若是有叛我大明的舉動，你一樣會被彈劾，丟官都算是輕的！**我實在是弄不懂你到底圖的什麼？**」

天狼哈哈一笑，笑聲中充滿了豪邁與自信：「圖什麼？**就圖沿海的百姓能永享太平，再也不用擔驚受怕、再也不用擔心被海賊倭寇弄得家破人亡！**盧將軍，我知道你是累世軍戶，當兵為將不過是沿襲祖輩們的道路，你所在意的，只是自己的官位與軍功，可我天狼並不希罕這一身飛魚服，若是讓我違背自己的良心，只求討好上司，那這個錦衣衛不當也罷！」

盧鏜一動不動地看著天狼，彷彿像是看著一個從外太空來的怪物，久久才嘆道：「你有自己的想法，盧某佩服，只是如果盧某換了是你，一定不會放過今天這個消滅汪直的機會。算了，不說了，反正你決心已下。我回答你剛才的問題，黑鯊號船快炮利，現在他們為了讓我們的水師戰船能跟上，刻意放慢速度，只掛了一半的帆，即使這樣，我們也只能勉強追上，我這艘靖海號也經不起火炮的打擊，剛才你們打沉毀滅者號就是明證，黑鯊號勝在船速快，操作靈活，水手又是多年經驗，技術精湛，真要打起來，只怕四五艘靖海號才能對付一條黑鯊。」

天狼訝異道：「當真這麼厲害嗎？我大明堂堂的水師就沒一條可以與之對抗的戰船？」

盧鏜點點頭：「不錯，就是俞大猷新練的水師戰船也是如此，我大明的戰艦都是以當年鄭和下南洋時的那種大福船為範本，這種船寬大結實，可載數百士兵，看起來又大又威風，但失之笨拙，轉向和速度均不出色，加上水師的新兵缺乏訓練和實戰經驗，操船水準遠不如汪直手下的這些老水手，只怕俞將軍的新艦隊也不是汪直的對手。

「若是真的能如你所說，汪直真心招安，所部編成我大明水師，自然是極好的選擇，只是這樣一來，他們的軍職、編制都難以安排，也會激起其他將軍和軍官們的不滿，若是倭寇們得到的軍餉和裝備比正規軍更多更好，不排除會激起嘩變的可能，這點我和胡總督提過，可他不聽，我二人大吵一場後，他便把我趕到這福建水師來了，唉。」

天狼的表情越發地沉重，喃喃說道：「那看來還是不能讓汪直的勢力太大，不然以後無法控制，會讓他生出反心。」

盧鏜疑惑地道：「天狼，你既然選擇信任汪直，為何現在又這麼說？這不是自相矛盾嗎？」

天狼解釋道：「汪直畢竟是倭寇首領，他手下也多是凶殘暴虐之徒，這次和議我看得很清楚，**他和徐海是真心想招安歸順，可手下們卻多是想一輩子在海上為盜匪，所以我們得作兩手準備**；再說，以後汪直和徐海萬一有個三長兩短，手下們作鳥獸散，成為流寇，再也無人節制，必定會無限制地攻擊沿海各地，所以軍事上一定要做好消滅他們的準備。」

盧鏜道：「若是那樣的話，一定要大批建造像黑鯊號這樣速度快，火力猛的新式戰艦才行，這需要巨額的成本，很可能要動用幾年的稅賦，這是皇上萬萬不能接受的，所以，我勸你還是想辦法讓汪直老實聽話，萬勿生出反心，不然於國於你，都不是什麼好事。」

天狼微微一笑：「多謝盧將軍的提醒。天狼謹記於心。」

盧鏜抬起頭，遠遠地眺望了一下北邊的海面，臉色微微一變：「看來我們來得正是時候！」

天狼循聲看去，只見遠處大約十里外的海面上，橫著一大一小兩座島嶼，如兩座黑色鯨魚背，兩座島嶼之間約兩三里寬的海面上，火光沖天，殺聲震海，百餘條突擊艦正在圍著十幾條形狀和大小與黑鯊號相似的戰船，進行短兵相接的跳幫作戰。

這些戰船上喊殺聲一片，到處都是手持刀劍的人在廝殺，看起來有二三十條戰船已經起了火，正在下沉，更有些船已經沉到水面以下，只剩下幾根桅桿還露在外面。

天狼心中一動，果然已經開戰了，而且一如預料，在這個狹窄水急的海域裡，汪直集團那些火力強的武裝快船完全無法施展，被早早埋伏的陳思盼軍突擊艦攔腰痛擊。

那些突擊艦是從兩側接近武裝快船的，應該是早就潛伏在這大小陳島裡的暗港或者亂石叢中，等對方的船隊經過，再斬頭去尾，攔腰橫截。

一旦陷入這些海盜們最拿手的跳島作戰模式，即使是汪直集團久經戰陣的倭寇水手們也難以抵擋，這會兒看起來已經損失過半了，只剩下十幾條船還在堅持，而且照這架勢，不用一炷香的功夫便會被斬盡殺絕，落得和前面一批一樣，被焚毀沉沒的下場。

黑鯊艦上，五根桅桿全部豎了起來，掛滿白色的風帆，最高的那根主桅上，一個身手敏捷矯健，如同靈猿一樣的傢伙，嘴裡咬著幾面小旗，手腳並用，爬上主桅的頂端，向盧鏜的戰艦隊打起了旗號。

盧鏜微微一笑：「看來汪直坐不住了，他們已經發現了陳思盼的主船烈風號，準備直取烈風號，也催促我們全速跟進，只要打掉烈風號，就可以一舉取勝。」

天狼眼中寒光一閃：「不，盧將軍，不要照汪直的打法，他要對付烈風號，讓他自己去，**我們的目的是既要爭取全殲陳思盼一夥，不讓他們跑脫一條船，又要盡可能多地消耗汪直的手下，讓他的實力減弱得越多越好**，若是跟著他直接殺入敵陣，輕易地打掉烈風號，那陳思盼的手下就會四散而逃，以後再想收拾就困難了。」

盧鏜先是一愣，轉而大笑起來：「天狼，想不到你居然也能如此坑害盟友，你當心汪直知道了你的計畫，會跟你翻臉成仇！」

天狼冷冷地說道：「**盟友本就是基於利益上的共同體**，他們畢竟是倭寇，不能讓他們的實力過強，這樣會增加他們討價還價的本錢，也會增加他們降而復叛的可能，只有讓他們的手下，尤其是那些主戰派死得差不多了，才方便我們更好地控制汪直集團，現在**兩夥海盜和倭寇大戰在我眼裡不過是狗咬狗**，死得越多越好，免得以後難以處理。盧將軍，只需要注意兩點，不能讓汪直和徐海有生命危險，也不能讓陳思盼集團有大量的逃脫，繼續為禍，這就行了。」

盧鏜點點頭：「我明白了，看我的吧。」

他轉身奔向桅桿上高高的將臺，揮起令旗道：

「眾軍聽令，左翼四十條戰船由張千戶統領，包抄敵船左翼，右邊五十三條戰船由李千戶統領，合圍敵軍右翼，中軍四十條戰艦，緊跟我的行動做好準備，一旦左右翼戰船到位，便鳴鼓而進，滿帆出擊，務求擊沉陳思盼所部的全部戰船！」

親兵們個個精神抖擻地抱拳，中氣十足地喝道：「是！」

大陳島的海岸線上，幾百名黑衣勁裝，持刀拄劍的大漢們，正警惕地圍成一圈，圈中的核心，則是沙灘上的一把金背座椅，一身綢緞長袍的嚴世蕃，正坐在金背座椅上，手裡拿著瞭望筒，對突擊艦與武裝商船的殊死搏殺視而不見，卻用那隻邪惡的獨眼，死死地盯著南邊海面上正在機動包抄的明軍戰艦。

白面無鬚的金不換穿著一身上好的紅衣黑袍，戴著方帽，典型的東廠高官打扮，精神奕奕，似乎又恢復了幾年前身為東廠廠督時的那種氣勢，只不過在嚴世蕃面前，仍然是陪著笑臉，微彎著腰，說道：「小閣老，是不是盧將軍前來助戰了？」

嚴世蕃放下手中的瞭望筒，眼皮跳了跳，乾咳一聲：「我沒有叫盧鏜前來助戰，只是讓他在雙嶼島北邊封住汪直逃跑的通道，可他現在卻出現在這裡，還擺開了攻擊陣形，只怕其中有詐。」

接著，指著最前面的黑鯊號，問道：「這船不是我大明水師的，速度居然如此之快，有誰認得這是哪家的戰艦？」

一名水師軍官打扮的將領答道：「小閣老，這艘就是汪直的座艦，著名的黑鯊號！」

嚴世蕃臉色變得煞白：「什麼，黑鯊號？這麼說汪直逃出來了？」

那名答話的將領名叫朱天奇，乃是盧鏜的副將，這次嚴世蕃來大陳島坐鎮指揮，盧鏜派了五條戰船護衛，帶隊的就是朱天奇，他跟隨盧鏜多年，是員戰將，多次和汪直集團交過手，是以對汪直部的戰船，尤其是這條黑鯊號十分瞭解。

朱天奇判斷道：「只怕是如此，看黑鯊號行進的方向和速度，是直衝著陳思盼的旗艦烈風號而去的，我看汪直定是被盧將軍追擊，逃到這裡，一看這裡也在打仗，無處可逃，乾脆心一橫，想要橫衝戰場，或者是打沉烈風號，製造混亂，以趁機脫身。」

嚴世蕃突然抬手打了朱天奇一個耳光，朱天奇只覺右臉發燙，眼前金星直冒，驚訝地捂著發紅的臉，疑惑地道：「小閣老，您這是?!」

嚴世蕃破口大罵：「怪不得你們永遠是汪直的手下敗將，連人家的意思都看不清楚，還以為汪直是給盧鏜追擊至此的。你們水師的那些破船能跑多快，本官這一路前來最是清楚不過，看汪直現在衝擊的速度，就你們的戰船能跟得上？就算汪直是給追到這裡的，他腦子進了水嗎，會在後有追兵的情況下直衝戰場，奔著烈風號過去？他就不會繞個彎逃命？你說你腦子裡裝的都是些什麼啊。」

朱天奇給罵得啞口無言，半天才擠出一句話：「那，依小閣老的高見是……」

嚴世蕃咬牙切齒地說道：「定是那天狼這回跟汪直聯手，用皇上給的金牌逼盧鏜聽令於他，**盧鏜現在擺出這架勢，要消滅的絕不是黑鯊號，而是陳思盼的艦隊**！你說，要是盧鏜所部現在攻擊陳思盼，結果如何？」

朱天奇不假思索地道：「回小閣老，我福建水師的戰艦雖然打不過汪直的武裝炮船，但對付突擊艦卻是遊刃有餘，這裡水道狹窄，又沉了幾十條船，極難機動，一旦我軍戰船殺入戰場，趁著順風，一定可以全殲陳思盼所部，當然，黑鯊號也是跑不了的，小閣老，您真是神機妙算，一舉就能把海賊兩大勢力全部消滅，太厲害了！」

朱天奇正說得口沫橫飛時，只覺得左眼一花，左邊的臉又挨了一巴掌，耳朵裡立時灌進嚴世蕃的吼聲：「說這麼多是顯得你很厲害是吧！直娘賊的福建水師，狗日的盧鏜，老子的苦心計畫都被你們給毀了！」

朱天奇就是再笨也聽出嚴世蕃的憤怒了，哪還敢再開口，悻悻地捂臉準備退下。

嚴世蕃吼道：「躲什麼躲，現在本官要上你的船，咱們這就撤！」

朱天奇本想多嘴問一句為何不與盧將軍會合，但話到嘴邊想起剛挨的兩個巴掌，又生生把話咽了回去。

金不換在一旁道：「小閣老，就算盧鏜被天狼控制了，您畢竟是這裡的最高長官，若是能消滅陳思盼，也可以說是您指揮有方，為何要把這大功拱手讓給他人呢？」

嚴世蕃恨恨地道：「金公公，你有所不知，那天狼能調動盧鏜，就是因為他手上有胡宗憲給的御賜金牌，見牌如面君，我跟此賊深仇大恨，他現在有了這尚方寶劍，就是在這裡取了我的命也是一句話的事，此地不可久留，走為上！」

金不換恍然大悟地點點頭，回頭對著遠處護衛的那些刀客劍手們喝道：「全都回船上，準備撤退！」

偌大的沙灘上，黑色的人流如同退潮一般紛紛散去，奔向一里開外停在岸邊的五條水師戰船。

嚴世蕃的屁股離開了他的那把黃金座椅，兩個手下連忙把那把椅子也搬開，向遠處迅速奔去。只剩下一個全身黑衣，頭上罩著黑布，只有一雙水靈靈的大眼睛露在外面的護衛還站在嚴世蕃的身邊，玲瓏有致的身材，顯示出這是一個身材曼妙的女子，怔怔地盯著遠處，一言不發。

嚴世蕃冷笑一聲：「鳳舞，怎麼了，**你又後悔了嗎？**是不是你的心上人這回又勝了我一次，你高興了？我可提醒你，這回你害得他夠慘，你覺得天狼知道了你做的這些事情後，還能放過你？」

鳳舞美目中淚光閃閃：「嚴世蕃，你閉嘴，他答應娶我，就一定不會食言，總有一天他會明白，我做的一切都是為了他好！」

嚴世蕃哈哈一笑：「哦，是嗎？那這樣好了，我把到目前為止你們父女對他做的事都跟他說，看看他是不是這樣認為？」

鳳舞的身子晃了晃，幾乎要摔倒，她咬牙切齒地說道：「嚴世蕃，你要是敢透露半個字，我就跟你拼命，你這輩子再也別指望我和我爹會跟你有任何交易！」

嚴世蕃的獨眼裡充滿了淫邪的神情，在鳳舞那令人噴血的胸部掃來掃去，不懷好意地說道：「鳳舞，都說一夜夫妻百日恩，我可是你生命中的第一個男人，你這麼恨我又是做什麼呢，那天狼看著不錯，實際根本不解風情，又怎麼可能跟我的床上功夫比，以前我對你是有點粗魯，我保證以後……」

鳳舞再也聽不得他的這些淫詞浪語，素手一揮，就向嚴世蕃的臉上打去，卻被嚴世蕃輕輕鬆鬆地抓住手腕，動彈不得。

「唉，這麼多年了，性子還是這麼烈，何必呢？咱們有過協議，這次合作之後，你去跟你的天狼，我繼續做我的小閣老，大家相安無事，不是很好嘛？只不過，我這裡永遠給你留著正妻之位！」

鳳舞幾次想掙脫嚴世蕃的鷹爪，卻是半點力都使不出來，氣得一口玉唾噴出，直襲嚴世蕃的面門，嚴世蕃側臉閃過，手上力氣微鬆，鳳舞趕忙趁機收回了手。

鳳舞一邊揉著自己發紅的玉腕，一邊恨恨地說道：「惡賊，你死了這條心吧，我就是死，也不會再跟你有任何瓜葛，這次是我爹跟你的交易，也是我為他做的最後一件事，你別指望拿我的秘密來要脅我，此事一畢，我自然會向天狼說清楚所有的事，他要殺要剮，我都無怨無悔，以後我也再不用提心吊膽，良心有愧，哪怕我死在陽光下，也不願意再在黑暗中苟活！」

嚴世蕃「嘖嘖」咂嘴：「何必這麼要死要活呢，只要你不說，我不說，天狼永遠也不會知道你做過的事，這次你我聯手把那事給做了，天狼以後除了你還會娶誰？放心吧，雖然這個人很討厭，我也恨不得殺了他，但看在你爹和你的面子上，我也可以饒過他一回，畢竟跟你爹的合作是長期的事，你說呢？」

鳳舞默然無語，最後輕輕地嘆了口氣：「你接下來準備怎麼做，按原計劃行事嗎？」

嚴世蕃收起剛才那副輕浮孟浪的表情，變得嚴肅起來：「這裡的事情也就這樣了，我不能讓天狼在這裡碰到我們，現在就起帆回寧波，下一步嘛，還是按計劃進行，鳳舞，這可是決定你以後能不能得償所願的關鍵一步，可千萬別猶豫心軟哦。」

鳳舞冷冷說道：「這個不用你提醒。」轉身幾個起落，身形便閃到了三丈開外，成為一個黑點。

嚴世蕃衝著一邊怪石磷峋的礁石笑道：「我親愛的岳父大人，來了這麼久也不跟小婿打個招呼嗎？」

陸炳亦是一身黑衣，三縷長鬚在海風中亂舞著，黑裡透紅的臉上看不出任何的喜怒哀樂，一步步地走到嚴世蕃的身邊，每一步，腳下的石塊都給踩成了粉末狀。

嚴世蕃微微一笑：「岳父大人的武功又有長進，可喜可賀！」

陸炳的聲音如金鐵相交：「可惜還是給你發現了，嚴世蕃，你對我女兒就不能客氣點？堂堂當朝重臣，說話跟個流氓無賴似的，難怪鳳舞這麼恨你。」

嚴世蕃哈哈一笑：「**只怕鳳舞最恨的不是我，而是你這個為她安排人生，逼她做了那麼多不想做的事情的父親吧。**」

陸炳眼中冷芒一閃，道：「這是我父女間的家事，你就不用多操心了。你我的合作，也只限於這一回，這點是我們事先言明的，可是你違背協議，居然想要害天狼的性命，若不是天狼膽色過人，這會兒已經死在雙嶼島上了，嚴世蕃，如果你害了天狼的命，我必殺你報仇！」

嚴世蕃狡猾地道：「我這不是為你檢驗一下下任女婿的成色嘛，若是他就這麼在雙嶼島上掛了，那也沒本事娶你陸總指揮的千金吧，您可是希望他接任下任總指揮使的，不表現出點過人的能力，又怎麼能讓您的幾個親生兒子服氣呢？」

陸炳「哼」了聲：「行了，你反正怎麼說都有理。天狼這回的表現讓我很滿意，你以後別再害他，東南平定後，你可以繼續暗中做你的生意賺錢，反正這回你也跟島津家扯上關係了，就算陳思盼完了，你也沒什麼損失，以後我會想辦法讓鳳舞拴住天狼的心，不會跟你繼續作對的。」

嚴世蕃點點頭：「那樣對我們都有好處，陸大人，接下來的事，可別讓我失望哦。」言畢，他的身形像大鳥一般，詭異地浮到了空中，足不著地，居然就這樣凌空飛向遠處的大船，只剩下陸炳站在原地，看著遠處的艦船若有所思。

天狼站在靖海號的前甲板上，目光炯炯，耳邊不停地傳來身後十丈處的指揮臺上，一條條傳令軍士們向盧鏜做的彙報：

「稟報將軍，左翼張千戶已經就位，正在請示下一步的行動。」

「稟報將軍，右翼李千戶所部已經做好攻擊準備，等待您的命令！」

盧鏜一言不發，冷靜地看著五里外的海面上，兩派海賊們的生死搏鬥，這會兒黑鯊號已經衝進了敵陣，攪得一片天翻地覆。

陳思盼果然留有後手，在大小陳島的背面還埋伏了三十多條快速戰船，而且在艦首加了鋒銳的衝角，專門用來撞擊敵艦側面，一下就能像刀劈豆腐一樣把木製戰船切成兩半的衝擊艦，看起來那些第一批給擊沉的武裝炮船，就是以這樣的方式給一下子打沉的。

可是汪直這回有了充分的準備，完全不作停留，橫衝直突，這些衝擊艦沒有掛帆，完全是靠著槳手合力划船，速度上比起黑鯊號仍是略遜一籌，而早有準備的黑鯊號在兩側都安排了炮手，只要有敵船接近三十丈之內就開炮轟擊。

陳思盼那些為了追求速度而放棄皮盾和厚木甲防護的突擊艦，往往挨不了兩三炮就會燃起熊熊烈火，在原地打起了轉，再也無法前進一步，身上著了火的水手們，則像下餃子般地往海裡跳，還好這裡是礁石眾多的淺海，鯊魚很少光顧，要不然，如果是在雙嶼島那樣的外海，又會為鯊魚們奉上一場饕餮盛宴了。

也有些突擊艦想要衝過來，船頭的水手們奮力地扔過各種爪鉤與繩絆，企圖鉤住敵船，再跳上來肉搏戰，天狼只看到徐海的身形不停地在船上穿梭，飛刀一次次地出手，割斷那些搭上來的繩索、爪鉤，不少正在攀爬的海賊們爬到一半，便慘叫著落到海裡，沒有一個能夠跳上黑鯊號。

汪直站在黑鯊號的最前方，沉著地控制著方向舵，一邊的毛海峰舉著大盾，舞得水潑不進，從兩側的敵船上打過來的弓箭、鉛丸、飛刀、斧頭等物，全都被他擊落在地，天狼不禁暗嘆，黑鯊號果然厲害！

可是汪直的其他手下們，卻被打得落花流水，陳思盼的水手們紛紛在舉刀慶祝，更有十幾條船艦已經掉轉方向，向黑鯊號迎來。

天狼看了盧鏜一眼，只見盧鏜手握將旗，也在等自己的信號，於是點點頭，運起內力，道：「盧將軍，開始吧。」

盧鏜高高舉起將旗，中氣十足地道：「眾軍聽令，掛起風帆，直衝敵陣，除了黑鯊號外，所有的都是敵艦，全部擊沉！」

戰鼓急擂，殺聲震天，炮聲隆隆，硝煙瀰漫，火光映紅了整個海面，慘叫聲和怒罵聲以及刀劍相擊聲在水域中來回激蕩。

天狼一刀「狼牙襲首」攻出，把對面一個身長八尺，壯如鐵塔般的赤膊壯漢的腦袋砍得飛上了天，鮮血從頸腔中噴泉似地上湧，飛起一腳，把這具無頭屍體踢飛出去。

天狼發現鮮血會誘發自己體內的狂暴因子，讓自己變成一頭嗜血狂狼，所以最好的辦法就是讓自己少碰到血。

天狼擦乾淨臉上的血跡，這一個多時辰來，天狼只記得自己跳過了二十幾條船，至於殺了多少人，實在是數不出來了，估計不下三百個。

這些海賊們畢竟都是沿海的漁民百姓出身，沒有學過上乘的武功，更是幾乎全無內力，所用的武器碰上自己的斬龍刀，自己不用內功幾乎都是一削就斷，往往連人帶武器一下就斬成兩段，就像剛才的這個赤膊大漢，手上還握著半截給削斷的厚背開山刀的刀柄呢。

天狼身後的水師官兵們歡呼著，主桅上的黑色骷髏旗已經從空中落下，這代表了奪船戰取得了完勝，甲板上再沒有一個抵抗的敵人了，甲板上，無頭屍體橫七豎八地散落著。

天狼環視四周，**戰鬥已經接近尾聲，陳思盼所部連一條船也沒有逃得掉**，現在黑鯊號已經搭上了那條最大最高的陳思盼座艦烈風號，兩船上的水手們正在做最後的搏殺。

黑鯊號在衝到烈風號之前，遭遇了至少四五十艘敵船的攔截，為此打光了所有的炮彈，等衝到烈風號跟前時，已經是有人無炮的一艘空船了，被迫選擇最不擅長的肉搏模式，甚至為了避免本船被烈風號兩側的重炮擊沉，選擇了船頭相接，再從對方的主錨爬上前甲板的模式。

好在烈風號上的陳思盼也被黑鯊號來勢洶洶的氣勢所震懾，更不知道黑鯊號是不是還有炮彈，因此也不敢直接和黑鯊號側面炮戰，而是迎頭撞上，這一下正中汪直的下懷。

在撞上的一剎那，黑鯊號上所有的槳手和炮手換上了刀劍兵器，披上皮質護具，只等兩船相交，便爬上烈風號的甲板，殺成一團。

一邊靠著兵多，另一邊仗著人猛，打得是難解難分，期間盧鏜的戰船和陳思盼的手下紛紛湊上前來，圍繞著這條旗艦的雙方戰船越來越多，所有的船長們都意識到烈風號上的這場肉搏戰將決定本次戰鬥的勝敗，若是陳思盼能勝出，擊斃汪直，還有突圍而出的可能，反之，就得在這裡全軍覆沒了。

天狼清嘯一聲，跳上自己所處的這條突擊艦的船頭，雙足在船首的木質衝角上輕輕一點，身形如大鳥一般，飛向十幾丈外一條已經空無一人的突擊艦，在一片軍士們的驚呼聲中，穩穩地落在艦後的甲板上，借著深蹲下地的力量，人如同彈簧再次高高彈起，直接躍上四五丈高的主桅，踩著主桅的帆布，以及掛在主桅上的另一條戰艦上拋過來的繩鉤，如空中飛人一般，三兩下就躍上了烈風號上。

登上烈風號的明軍軍士們也是沿著繩鉤，或者是踩著兩船間的踏板，不停地湧上烈風號的甲板上，下面四層的戰鬥已經停止，結束戰鬥的明軍士兵們押著俘虜，從各個艙門出來，頂層甲板的戰鬥只剩下前甲板一小塊區域。

「啊」地一聲狂吼，整個甲板劇烈地震動了一下，空中閃過一聲怒雷般的巨響，正是毛海峰的那條兩百餘斤重的金剛巨杵，掄起了一個大圈，又以泰山壓頂之勢砸了下來。

按說能接他這一杖的人，世間少有，可是對面一個肌肉發達得如同大猩猩的光頭巨漢，手裡拿著兩隻每個至少有八十斤重的紫金大錘，雙臂上舉，一招天王托塔，硬生生地架住了這雷霆萬鈞的一下。

天狼落在甲板上，卻見盧鏜也在一眾親兵的護衛下，拄劍立於船上，他的長劍上早被鮮血染得透紅，精鋼打造的劍身上，也崩壞了十幾個肉眼可見的缺口，可見今天他手刃了多少賊兵！

只是這會兒他卻沒有任何出手的意思，笑眯眯地站在一邊，手下的親兵把前面這塊戰場圍得水泄不通，一百名弓箭手彎弓搭箭，瞄準正在生死搏鬥的三組人。

盧鏜看到天狼，微微一笑：「天狼，你來晚了，看來輪不到你出手啦。」

天狼看了一眼正在格鬥的三組人，那個光頭巨漢對上毛海峰，二人用的都是重兵器，勢大力沉，每一下都是硬碰硬的較量，幾乎每次正面對撼都能震得整條船搖一搖，只是毛海峰的氣勢好像占了上風，這會兒頻頻主動出擊，對面的光頭巨漢只能拙於招架。

而徐海的長短兩把雪花亮銀刀，舞得如風車一般，對著對面一個使著三尺長劍，書生模樣的中年人招招奪命，他的身上有四五道細細的創口，鮮血橫流，可是卻毫不在意，嘴裡虎吼聲連連，長短雙刀也是一刀快似一刀。

那名書生模樣的人，臉形瘦削，一對三角眼四處張望著，他的劍法非常高明，速度極快，身形也似游魚一樣滑溜異常，腳下踏的卻是道家正宗的玄門步法，二人武功各擅勝場，一時間看不出勝負。

汪直對上的則是一個五十多歲，鬚髮如刺蝟的紅臉老者，汪直還是第一次在天狼面前使出兵器，他用的乃是一把厚背開山金刀，刀法卻是大開大合，虎虎生風，時不時打出的掌風凌厲，擊中的船幫或者甲板處無不是木屑橫飛。

那名紅臉老者則使的是一把九節鋼鞭，五六十斤重的兵器在他手上如同一根煙斗一般，舉重若輕。更神奇的是，這名紅臉老者的鋼鞭，用的居然多是打穴的判官筆或者煙袋路子，能把這樣的外門功夫練得如此厲害，實在是匪夷所思，二人之間的出手如電光火石一般，轉眼便能過出五六十招，而每一下雙掌相擊之後，連站在十幾丈外的天狼也能感覺到強烈的氣浪襲來，身後的那些武功不濟的親兵們更是被震得幾乎站立不穩，後退幾步。

盧鏜指著那名光頭巨漢說道：「此人乃是**陳思盼手下的頭號悍匪，號稱『鐵**

羅漢』的李光頭便是，原是南少林的弟子，因為犯了色戒被趕出寺門，就此下海當了海賊，其人一身硬橋硬馬的少林正宗功夫，所使雙錘加起來重達一百七十斤，這些年也不知道有多少來往商船的護衛給他砸成了肉餅。」

天狼微微一笑：「確實有幾分蠻力，只是看起來他的力量不及那毛海峰，這會兒已經氣息沉重，步伐散亂，口鼻間滲血，應該是受了內傷，再打下去，不出三十招必死無疑。」

盧鏜接著指著那名使劍書生道：「這個就是**盧鏜的狗頭軍師蕭顯**了，此人一肚子的毒計，陳思盼以其為智囊，**他原來也是出身嶺南名門衡山派的高手**，論輩分，還是前衡山派掌門盛大仁的師叔輩，只是此人陰險毒辣，為求功名不惜加入東廠，後來東廠失勢，他乾脆就進了陳思盼的集團，不過其武功劍術仍然是頂尖高手，你也能看得出來。」

天狼點點頭：「這人的武功很高，內力也是正派的玄門底子，徐海的刀法凌厲迅速，但是他的劍上有一股纏字訣，往往能卸掉徐海刀法的來勢，本來是有些優勢的。不過我看此人酒色過度，印堂間有一股青黑之氣，久戰恐怕對其不利，看他不停地在打量四周想要找退路，氣勢上已經弱了三分；而徐海則年輕少壯，雖然現在不占優勢，甚至還受了傷，但從他的叫聲能看出他志在必得的決心，如無意外，百招之內，徐海當可將此人擊倒。」

天狼的眼睛落到最後一對還在打鬥的兩人身上，說道：「那個紅臉老者，想必就是賊首陳思盼了吧。」

盧鏜笑道：「不錯，正是陳思盼！他也是成名多年的海上巨寇了，一支九節鋼鞭下不知取過多少成名英雄的性命，在汪直出現以前，是海上公認的頭號高手。你看他這麼重的鋼鞭，卻能拿出點穴擒拿的招式，但若是用起橫掃八方的尉遲鞭法，也是威力十足，這會兒跟汪直在一對一的較量，估計他也知道自己的兩個手下不是對方的對手，所以就以快打快，想儘快解決了汪直後去幫忙。」

天狼搖搖頭：「汪直能當上倭寇的頭子是有道理的，不僅操船功夫近乎神技，武功也如此高強，放到中原的正邪各派，當一派掌門都沒有問題，你看他的刀法裡有魔教的三才三反刀、華山的兩儀刀法、洛陽金刀、巫山派的五虎斷門刀，居然還有幾招是我也不認得，不知道是出自何派的精妙招數。」

盧鏜哈哈一笑：「天狼，你有所不知，汪直自幼時就遍訪名師習武，正邪各派的刀法都會不少，在海上經歷的實戰多了，便對中原各派的刀法去蕪取精，捨掉那些華而不實的虛招，留下的都是致命殺人的刀法，還跟日本的七八個劍術流派有過交流，你看他的刀法中有不少失傳已久的唐代陌刀和橫刀的刀法，和普通的中原刀術不是一個路數。」

天狼看得目不轉睛，他自己就是使刀的好手，自然對刀法的理解和領悟遠遠異於他人，汪直的刀法當真是妙到毫巔，甚至可以毫不客氣地說，**是他自習武以來，所見過使刀功夫最高的人。**

汪直的一把厚背開山刀，乃是海中萬年的玄鐵所打造在，名叫「**鋸齒虎鯊**」，刀柄雕成骷髏狀，刀背多有鋸齒，刀頭彎曲，居然還使出不少吳鉤的招數，可劈可刺，可點可鎖，完全不局限於一兩門精妙刀法了，令他看得如癡如醉，心想若是汪直這樣出招，自己當如何應對，鹿死誰手尚未可知。

一聲沉悶的巨響傳來，天狼的視線轉向毛海峰和李光頭，只見李光頭的左手銅錘已經重重地落到了地上，直接砸穿甲板，落到下層，而他「登登登」地連退了三大步，終於支持不住，癱倒在地，落地時，右手銅錘把持不住，居然砸到自己的右腿，一聲碎骨如粉的聲音鑽進每個人的耳裡，李光頭恐怖的慘叫聲同時響起，他的嘴角邊早已經鮮血橫流，大口地喘著氣，帶著無數血沫。

毛海峰面目猙獰，咬牙切齒地倒提著金剛巨杵，走到了李光頭的面前，李光頭的那隻右腿膝蓋處已經被砸成了一堆血泥，下半截小腿幾乎和上半截大腿斷了開來，若不是那枚巨大銅錘壓著，只怕早已斷成兩截了。

可李光頭顧不得喊痛，他雙臂的肌肉在發著抖，長時間的外力硬抗，輸掉的一方，結局就是體內經脈盡斷，血液橫流，李光頭無力地看著毛海峰，咬牙迸出最後一句話：「別打頭，讓我爹娘在下面不至於認不出我。」

毛海峰哈哈一笑，右臂一掄，金剛巨杵帶起一陣腥風血雨，從側面掄了一個半圓，重重地砸在李光頭的左臉上，在整個腦袋砸得飛離脖頸之前，天狼很清楚地看到他眼珠和滿嘴的牙全部飛了出來，腦袋也被砸成肉餅，從李光頭的脖子上飛出去，遠遠地落到海裡，李光頭的屍體軟軟地癱下，脖腔裡流出腥紅的血液。

毛海峰打爛李光頭的腦袋後，仍不解氣，向他屍身上吐了口唾沫，然後飛起一腳，把這具鐵塔般的無頭屍體踢到了海裡。

那個中年書生蕭顯目睹了李光頭之死，肝膽俱裂，他本來已經被徐海的刀法壓制得攻多守少，十招裡能反擊三招就不錯了，這一下更是嚇得動作一慢，右手的劍一時竟然沒有遞出去，等意識到這一點已經晚了，一陣冰冷的寒意掠過他右手的手肘處，緊接著，右手肘以下再無知覺，他驚恐地發現自己的右手竟已齊肘而斷，血如噴泉般地從斷肘處狂飆而出。

蕭顯狂吼一聲，也顧不得止血，兩隻腿連環凌空踢出，左腳撩擊徐海的下陰，右腿則踢向徐海的腰際，他指望著靠這兩下能逼退徐海，然後轉頭跳海，或有萬分之一的生機。

徐海左手短刀一揮，畫出一個光圈，一招光輪刀暴，直接斬上了蕭顯的迎面小腿骨，蕭顯甚至沒覺得痛，就失去了半截小腿，而右腿則「砰」地一聲，踢中了徐海的腰眼。

徐海悶哼一聲，只覺五臟六腑間一陣翻動，一張嘴，「哇」地一聲噴出一口鮮血，吐得蕭顯滿臉都是，而蕭顯的身體，也重重地落到了地上。

徐海剛才看出了蕭顯的意圖，不想給對方任何跳海的機會，所以才硬受這一腳，就是要斷敵一腿，也斷了他逃跑的可能，所以早早地運起了護體氣功，雖然內臟受損，但一運氣下，仍然可以發力。

徐海哈哈一笑，右手的長刀脫手擲出，直入蕭顯的胸膛，把他整個人牢牢地釘到了船甲板上，登時口血狂噴，氣絕而亡。

徐海殺了蕭顯後，仍不解氣，一個縱躍跳到他身邊，拔出長刀，左右手長短刀揮舞如風，直砍地上的蕭顯屍體一陣血肉橫飛，看得圍觀的眾明軍士兵個個目瞪口呆，不忍直視。

天狼則冷冷地看著徐海的刀法，每一刀下去後都是恰到好處，劈開皮肉，止於骨骼，利用骨骼的硬度不同而從刀上傳來的那一點點手感區別收刀。

一片腥風血雨中，徐海渾身上下如血洗過一般，沾滿了蕭顯的皮肉，蕭顯的屍體被生生地砍成了一副骨架，內臟流得滿甲板都是，再無半點皮肉還留在那具骨架之上，如同一件藝術品，讓人嘆為觀止。

第二章

苦難根源

天狼道：「我進錦衣衛，是要做些拯救蒼生的大事，在錦衣衛待了這幾年，大明已是風雨飄搖，內憂外患，蒙古、倭寇這樣的外患畢竟是疥癬之患，並不致命，真正的內憂，才是天下萬民苦難的根源。」

把蕭顯砍成一副血淋淋的骨架之後，徐海哈哈大笑，長身而起，渾身上下血肉模糊，狀若厲鬼，與毛海峰一起放聲長嘯，聲音淒厲恐怖，有如狼嚎。

聞者無不心驚肉跳，更是有些膽小的明軍士兵跑到船邊，對著大海嘔吐不止，巴不得早點離開這個可怕的地方。

天狼心中暗暗感嘆，徐海的飛刀神技自己早已見識過了，他的飛刀不僅例無虛飛，更是可以像迴旋鏢一樣地控制力量與旋轉，自行再飛回來，剛才在衝擊敵船陣時割斷纜繩就露過這一手，右手發刀左手收刀，端的是神乎其技。

他這長短兩把快刀也是一絕，招數乾淨俐落，絕不拖泥帶水，充滿著壓倒性的力量與速度，能把蕭顯這樣的高手硬生生削成一副骨架，更反映出他的刀法不僅又快又狠，速度力量也是分毫不差。

就在這時，最後一對也快要分出了勝負，陳思盼眼見自己的兩個同夥先後斃命慘死，心中萬念俱灰，跟汪直打了這麼多招，深知自己今天不可能勝過汪直，而自己今天可謂全軍覆沒，手下非死即降，兩個左右幫手也已經慘死，這會兒汪直與其說是在和自己過招，不如說是抱著一副**貓捉老鼠**的心態在戲弄自己。

想到這裡，陳思盼咬了咬牙，突然鞭法一變，剛才細膩精巧的打穴控脈招數，變成了大開大合的尉遲鞭法，如黃沙大漠，長槍重槊，捲起滿天的風沙，周身的灰色真氣也瞬間暴漲，花白的鬚眉如刺蝟一樣根根豎立，連衣服也開始鼓得跟個氣囊似的。

汪直臉色微變，**這是陳思盼準備暴氣全力一擊的架勢**，他不敢大意，向後退出三步，左手架著那把鋸齒虎鯊的刀背，右手緊握著骷髏刀柄，周身的青氣一陣暴起，鬚眉無風自飄，右膝略彎呈弓步，左腿向後退出半步，做出完美的防禦招數「**靈龜神禦**」，只要擋住陳思盼這最後一擊，便可一舉將之擊倒。

陳思盼逼退汪直之後，哈哈大笑一聲，慨然道：「汪直，**就用老子的命成就你的海神之名吧**！不過你小子別得意，下一個就是你了！老子在地獄的門口等著你！」

言罷，他倒轉鋼鞭，向著自己的腦門上重重一磕，頓時砸得腦漿迸裂，白白的腦花子和鮮血混在一起，就像加了辣椒紅油的豆腐花一樣噴湧而出，這位一代海盜王的屍體，竟然保持著死時的姿勢，站立不倒。

汪直這才意識到這**陳思盼要的不是拼死一擊，而是自行了斷，免得落入敵手再受盡侮辱**，心中不免一陣慘然。

在海上，他與陳思盼爭鬥多年，雖然這些年自己占了上風，但陳思盼也算是一方梟雄，陳思盼一死，今後海上的賊寇就只剩自己一家，想到他最後說的那番話，**一種兔死狐悲的感覺，頓時像一片烏雲浮上了汪直的心頭**。

毛海峰提著金剛巨杵，罵罵咧咧地走了上來，看來他也是想把陳思盼打成一堆肉泥，以泄心頭之恨，汪直反應過來，喝阻道：「海峰，住手！」

毛海峰雙目盡赤，不滿地說：「義父，這狗賊毀我雙嶼島，殺了我們那麼多兄弟，今天這場海戰又傷我們上萬兄弟的性命，不把他碎屍萬段，又怎麼能出心中這口惡氣！」

汪直雙手合十，「算了，人死如燈滅，一切恩恩怨怨，死了也就罷了吧。」

他此刻的心境只有無盡的空虛，獨霸七海的成就沒有帶給他任何的興奮感，卻令他無限感慨，這回自己跟陳思盼可謂兩敗俱傷，陳思盼數萬手下全軍覆沒，他的藏寶更是成了永遠的秘密，自己雖然消滅陳思盼，可沒有撈到任何實質好處。

反觀自己，多年經營的雙嶼島老巢毀於一旦，這次和島津氏、西班牙人徹底翻了臉，以後又多了兩個勁敵，看來除了接受胡宗憲的條件，全盤招安外，沒有任何別的出路。

汪直越想越寒心，頓覺萬念俱灰，反而有些嫉妒起陳思盼可以如此瀟灑地解脫了。

天狼輕嘆了口氣，心中對陳思盼亦有幾分敬意，此人雖然打家劫舍，殘殺軍民，無惡不做，但死的時候可算是堂堂正正，是條漢子。

天狼道：「盧將軍，巨寇陳思盼和蕭顯等人已經伏誅，你們福建沿海當可高枕無憂了，把這幾個賊人的首級取下，懸首於泉州港外，也是大功一件。」

盧鏜哈哈一笑，一揮手，身邊的幾個親兵拔刀上前，把陳思盼還有蕭顯的腦袋一併砍下，用鹽抹了，收入囊中。

天狼走上前，對汪直說道：「汪船主，恭喜你大仇得報，我們約定的事，還請放在心上。」

汪直回過神，臉上勉強擠出一絲笑容，說道：「天狼大人，這回你對我們有救命之恩，汪某在此謝過你的大恩大德，至於招安之事，請你回去跟胡總督說，**下個月初三，我會率領全部手下前往寧波港，接受胡總督的招安。**」

此話一出，徐海和毛海峰臉色一變，手下們也都吃驚地抬起了頭，毛海峰性子最急，連忙道：「義父，你沒開玩笑吧。」

徐海也正色道：「老大，這次損失如此慘重，收拾殘局，重建雙嶼島才是首要之事，現在就去招安，是不是有點太急了？」

更有幾個凶悍的漢子嚷了起來：

「老大，咱自由自在慣了，不能招安啊！」

「老大，你若真的要招安，那俺劉七就回家娶老婆生娃兒了。」

「老大，咱可不能走梁山好漢的後路啊！」

汪直突然厲聲吼道：「全都住口！一個個都能耐了，我的話也不聽了是嗎？」震得所有人一陣耳膜鼓蕩，這下沒有一個手下敢再開口了，就是再有意見，也只能恨恨地低著頭不說話。

汪直的語氣稍微緩和了一些，對天狼說道：「天狼大人，讓你見笑了，我的兄弟們可能還有些不同的意見，不過，我既然說了下個月初三寧波港相見，那除非我不再是老大，不然一定會遵守約定而來，還請轉告胡總督，請他一切放心。」

天狼一時間有些不知所措，歷盡千難萬險，成功居然來得如此容易，定了定神，道：「汪船主，在下也覺得徐首領說得有道理，眼下你最應該做的，是先想辦法收拾殘局，如果有什麼需要朝廷幫忙的，盡可以提出，我相信胡總督一定樂意伸出援手的。」

盧鏜也附和道：「是啊，汪船主，今天一戰，善後之事夠你忙上一陣子的，我看你的兄弟們都不想現在就招安，你還是先統一一下意見的好。」

汪直眼中寒芒一閃，沉聲道：「盧將軍，今天你助我殺賊，這分情汪某記下了，之前你跟著島津氏和陳思盼他們一起來攻我雙嶼島之事，我也不跟你計較，但汪某自信在自己的船隊裡說話還是算數的，**我不質疑你帶兵的權威，也請你不要懷疑汪某說的話是不是有效，只要我還是這個船隊的老大，那寧波港之會，就是風雨無阻。**」

盧鏜冷笑一聲，把頭扭向一邊，不再說話。

天狼知道汪直決心已下，便拱手道：「汪船主，那天狼這就回去把你的意思轉告胡總督，下個月初三，寧波港見。」

汪直點點頭，轉頭對徐海和毛海峰等人說道：「孩兒們，咱們回黑鯊號。」

在經過天狼身邊的時候，徐海突然停下來，低聲在天狼的耳邊說了句：「兄弟，當心鳳舞，當心陸炳。」

天狼面沉如水，看不出一點表情，注視著汪直一行人走向黑鯊號。很快，這條快船再次揚帆出海，眾海賊們高亢豪邁的聲音遠遠地隨著海風傳來：

「爺爺我生在天地間，不怕朝廷不怕官，大海撒下羅天網，猛龍惡鯊罩裡邊。爺爺我生在天地間，不求富貴不做官，雙嶼島上過一世，好吃好喝賽神仙！」

盧鏜一張紫色面皮氣得通紅，罵道：「賊性不改。天狼，就這些人還要招安，你確定？」

天狼嘆了口氣：「這事我相信汪直，因為他沒有別的退路，想過那種逍遙日子，也只有跟朝廷合作這一條路了。」

盧鏜一臉質疑道：「那可未必，也許轉頭他就和日本人和西班牙人握手言和了呢，這種賊寇，骨子裡並無忠義理念，一切逐利行事，胡總督的那個招安大計本就見不得光，加上這次得罪了小閣老，勢必多方牽制，甚至會引起那些清流派的官員們上書彈劾，能不能執行都是問題，兩邊都是阻力重重，天狼，你把自己的命運跟他們賭到一起，實在是令人擔憂啊。」

天狼把手搭在戰船的護欄上，抬頭看著天上的太陽，隨著硝煙漸散，已近黃昏的如血殘陽顯得格外地燦爛，天狼在心裡默念道：

「願天佑我大明，天佑蒼生，不要再讓這和議出什麼問題。」

二十天後。

杭州府內的總督衙門，大堂之上空空蕩蕩，只剩下胡宗憲、徐文長和天狼三個人，最近的衛士也被打發到五十步外的院牆外看守，三人都是一臉的嚴肅。

穿著大紅二品官袍的胡宗憲嘆了口氣，放下手中的塘報，那是天狼在路上寫的公文總結，詳細地記錄了一路上的細節。

「天狼，這回你真是太不容易了，我沒想到陸炳居然會跟嚴世蕃合作，看來許多事情都要作相應的調整了。」

徐文長仍然是一身青衣文士的打扮，只是臉上沒有以往的輕鬆與瀟灑。

「部堂，學生以為，招安之事不可以荒廢，難得汪直有心投靠朝廷，若是錯過這次機會，海上不知道還要混亂多少年；就算嚴世蕃和陸炳要搞鬼，我們也要以不變應萬變，無論如何，先把招安之事促成，別的事情再慢慢來。」

天狼換了一身嶄新的飛魚服，戴著黑色的方形官帽，他很少穿這種正式官服，但這回作為使者向胡宗憲覆命，還是披掛整齊。

這些天，**他一直在想陸炳和鳳舞接下來會做些什麼**，來杭州後，第一時間便去錦衣衛的分部查探他們的下落，可是所有的錦衣衛都說兩人在十幾天前就離開了杭州，不知去向，還囑咐要他在這裡好好協助胡宗憲，分明是不想讓自己參與他們的下一步行動。

天狼本來一直很擔心陸炳和嚴世蕃會對巫山派下手，可是胡宗憲卻說最近朝廷並沒有大規模的兵力調集，想那巫山派總舵有兵上萬，易守難攻，即使是朝廷要剿滅，也得徵發湖廣、陝西、河南諸省的官軍才行，這樣的調動，像胡宗憲這樣的總督級官員是一定會知道的，既然沒接到命令，想必是沒有軍事行動，這才讓天狼放寬了心，暫時全身心地投入到招安議和一事。

胡宗憲沒有回答徐文長，而是看向天狼：「天狼，這事你怎麼看？」

天狼道：「我同意文長的意見，機不可失，我們做了這麼多的努力才讓汪直鬆口，如果他到時候真的帶著手下們來寧波招安，我們反而閉門不納，那汪直一定顏面掃地，能不能繼續當老大都很難說；再者，軍報裡說，西班牙人和島津氏各自分了他的藏寶跑路了，汪直多年積蓄毀於一旦，之所以現在提招安的事，只怕也是想得到我們所發的軍餉，以安定部下人心。」

胡宗憲點點頭：「天狼說到重點了，汪直本質上是個商人，之前一直不鬆口，根本上就是對招安的條件不太滿意，當時他有積蓄，能維持一段時間，跟日本人和西班牙人的關係也還不錯，實力和底氣皆具，所以是我們求他招安，汪直對這點心知肚明。」

天狼道：「正是如此，所以我們只能一步步來，先示好汪直，幫他消滅陳思盼，雙嶼島之戰幫了我們大忙，汪直的財富丟了個精光，再也無力維持幾萬人的生計和戰後的重建，所以只能主動接受招安了。這其中**我最怕的就是嚴世蕃暗中搗鬼，阻撓招安之事**，可是他好像毫無動靜，您覺得這是什麼原因？」

徐文長猜道：「我看是嚴世蕃這回也落下了把柄，很多人看到他出現在東南沿海，汪直的手下也能指證他曾經上島和汪直面談，皇上早就對其心生忌憚，這次他擅離京師，與倭寇接觸，更是犯了死線，所以他不敢在此事上為難我們，免得我們把這些事抖落出去。」

天狼不以為然地說：「我總覺得事情沒這麼簡單，嚴世蕃心狠手辣，這回擅自動用福建水師盧鏜所部，顯然是把胡總督當成了要防備的對象，現在他的陰謀敗露，以他的性格，一定會出手，置我們於死地，並發動御史上書彈劾我們私通倭寇，以阻撓和議之事，可現在卻是風平浪靜，所以我覺得很不對勁。」

徐文長一派輕鬆地說：「我剛才說了嘛，他怕這事一查出來把自己也牽扯上，嚴世蕃很會保護自己，殺敵一千自損八百的事，他是不會做的，我料他是想讓汪直接受招安之後，再趁機在汪直的手下那些不願意招安的人裡做文章，收買叛徒，到時候降而復叛，那時候他就可以名正言順地攻擊招安之事不可行，進而牽連到胡總督身上了。」

胡宗憲微微一笑：「文長言之有理，東樓做事一向謀定後動，現在彈劾我，只會給那些正盯著他，希望我們內訌的清流派大臣以口實，弄得不好就是兩敗俱傷，他自己也要去官奪職，所以暫時與我達成默契，不在我招安汪直之事上設置障礙，來換取我隱瞞他上島與汪直見面之事。」

天狼眉頭仍然緊鎖著：「若是如此，嚴世蕃可曾派人來傳達過類似的意願？」

胡宗憲搖搖頭：「明裡的書信沒有，但前天鄭必昌曾經來過我這裡一趟，話中有話，隱約提到過這意思，說什麼我們應該精誠團結，以國事為重之類的，大概就是你說的那個意思吧。」

天狼哼了聲：「這賊子居然能忍下這口氣，看來我還是低估了他。不過胡總督，**我覺得還是不能掉以輕心，現在嚴世蕃和日本人、西班牙人都成了朋友，若是重金收買他們，到時在汪直招安的時候聯手突襲，那可就嚴重了。**」

胡宗憲笑道：「天狼，不用擔心，島津氏的水軍連陳思盼的都不如，他們只有陸戰凶猛，要不然也不會這麼多年都要依靠汪直的力量來進犯沿海。至於西班牙人，我今天剛剛得到的情報，新任的總督科爾扎尼在三天前到任，他不僅沒說要為羅德里格斯報仇，反而派人把搶來的黃金退了一部分給汪直，表達了跟他繼續合作通商的意願，西班牙人的使者據說也已經在寧波港上岸，準備來向我表達同樣的意願，應該過兩天就會到了。」

徐文長聽了道：「一定是西班牙人知道了海戰的結果，評估後認為與其接受嚴世蕃那個不靠譜的提議，不如通過即將被招安的汪直，光明正大的和我們做生意，大明規定的通商口岸就是寧波港，而他們最想要的絲綢和茶葉正是產自江浙一帶。」

天狼聞言道：「那麼胡總督的意思，就是按原計劃行事，接受汪直的投降嗎？」

胡宗憲收起笑容，正色道：「不錯，我就是這樣想的，不過，這回我也要提出條件了，汪直必須上岸，而徐海則要帶著他的手下們，去為我們做一件事。」

天狼臉色微微一變，從胡宗憲的話裡聽出了幾分殺氣，問道：「汪直既然已經誠心投靠，那就是我大明的官軍了，還要他做什麼事呢？」

胡宗憲道：「這件事徐海他們應該也是樂意去做的，汪直的雙嶼島完蛋之後，島津家雖然退回了日本，但不甘心就此龜縮，所以讓原來監視徐海的那兩個漢奸陳東和麻葉，帶著自己的手下和一些陳思盼的餘黨，繼續在海上晃悠，他們不敢明目張膽地攻擊汪直，卻打起了汪直的旗號，搶劫沿海的村鎮，只這短短幾天，就攻擊了三個村鎮。」

天狼恍然大悟：「所以**胡總督是要徐海以官軍的名義，率領手下把陳東和麻葉給滅了？**」

「不錯，麻葉和陳東是打劫多年的慣匪了，手下多是那種輕快迅速的武裝快船，這回運載島津氏的陸軍上島的，就是他們，所以論起汪直跟他們的仇恨，也是要滅了他們的。對了，那個上泉信之現在也和陳東麻葉混在一起，把這幫真正的倭寇打掉，徐海才能證明自己的忠誠，也算是為以前的行為贖罪。」胡宗憲說出心中的打算。

徐文長道：「部堂大人此計實在是高明，**讓倭寇打倭寇，一來不折損我官軍一兵一卒，二來讓他們手上染了血，以後再想復叛也不容易了。**」

天狼只覺得背上一陣發涼，**此計確實歹毒，扣住汪直，以之為人質，那徐海和毛海峰等人也只有死戰到底**。

這回陳東、麻葉和上泉信之先率眾攻島，搶了汪直的黃金，讓汪直的手下們各個恨他們入骨，要消滅他們自是毫不猶豫，可是陳思盼，陳東等人先後完蛋，島津氏龜縮於日本不敢再出海，而西班牙人走上正規的合法貿易通道，那汪直所部也就沒有了任何利用價值，只怕對他們動手也是早晚的事了。

想到這裡，天狼的臉色越發地沉重，雖然他心裡無法原諒汪直徐海等人過往的罪惡，但這次海上一戰，也算是同生共死的夥伴，眼看他們就這樣在胡宗憲的安排與計算下一步步走向末路，實在是有些於心不忍。

胡宗憲看出天狼內心的猶豫與掙扎，道：「天狼，你可是對消滅汪直集團的既定方針有所動搖了？」

天狼嘆道：「我這回跟他們接觸之後，發覺汪直和徐海也不算大奸大惡之徒，而且現在已經心生悔意，所謂浪子回頭金不換，若是他們能滅了陳東、麻葉與上泉信之，也算有功於國家，能不能看在這些功勞的份上，放他們一馬，不對他們斬盡殺絕呢？」

胡宗憲臉色一沉：「天狼，**決定汪直他們生死的，不是你，也不是我，而是皇上**，這些人罪惡滔天，不管有什麼原因，都是雙手沾滿了我大明軍民的鮮血，尤其是汪直，引倭人入寇，殺掠自己的同胞，縱觀史書，即使是殺人如麻的賊盜，也不像他那樣引狼入室，所以如果最後皇上決定要他們的命，你我都無能為力，**你要記住自己的身分，是我大明的錦衣衛，切不可認賊為友，心生同情。**」

徐文長也道：「天狼，我知道這回你跟他們，尤其是跟徐海算得上是生死之交了，我也知道你們江湖男兒重情重義，講究的是有恩必報，但這些個人間的恩情，只是私恩，他們對我大明，對百姓們犯的，卻是國仇，這件事我跟部堂也討論過多次，皇上若是起了殺心，那不是我們能阻止得了的。」

天狼無法認同地說：「我們都很清楚，汪直還有他手下這麼多人之所以下海為寇，還不是因為那個不切實際的海禁政策，皇上自己不用靠海吃飯，卻一紙禁令斷了百萬人的生計，即使沒了汪直，還會有別人走這條路的，如果殺了汪直徐海，勢必會斷了所有人回頭的路，還請胡總督三思。」

胡宗憲冷冷地道：「天狼，我跟你說過，我能做到的，就是讓他那些手下重新成為我大明的百姓子民，你說的那個海禁令，我也會上書皇上，以後逐步開放，只是為首的汪直徐海等人，罪惡累累，若是最後不得到公正的審判，為自己的罪行付出代價，那麼以後大奸大惡之徒也會競相效仿。」

天狼急道：「胡總督，**您就不怕這樣一來，以後再無人相信朝廷了嗎？**」

胡宗憲不悅地道：「天狼，朝廷言而有信，脅從不問，可是**首惡必究**，這就叫**分而治之**，我大明還有歷朝歷代對待各地的叛亂，都是這樣的做法。」

天狼反問道：「胡總督，善惡皆有報，即使對大奸大惡之徒，您這樣背信棄義，就不怕將來受到報應嗎？」

胡宗憲長身而起，重重地一拍大案，聲色俱厲地道：「不怕！只要能澄清東南沿海，還百姓一方平安，我胡宗憲就可以名垂青史，要是有什麼報應，衝著我來好了，我頂著！」

徐文長一看氣氛有些不對，連忙圓場道：「部堂，天狼一時出言無狀，冒犯了您，念在他一片赤忱的份上，您就不要跟他計較了吧。」又對天狼連使眼色：

「天狼，部堂大人為了招安之事日夜操心，多少天沒好好吃飯休息了，你看看他消瘦的樣子，你這樣說，實在是不像話。」

天狼看了眼胡宗憲，見他確實眼窩深陷，眼中紅絲密布，原來飽滿的雙頰也陷下去不少，覺得自己剛才那樣說確實不太妥當，於是抱拳行禮道：「胡總督，天狼剛才言語多有冒犯，請你見諒。」

胡宗憲的氣也消了些，意識到跟一個後輩這樣發脾氣不太應該，亦有失身分，坐回了座位，道：「天狼，我知道你講義氣，重情誼，可是汪直和徐海不同於普通的江湖俠士，他們作惡多端，血債累累，如果不能對這樣的賊首給予應有的懲罰，就無法杜絕以後還有賊人步他們的後塵，繼續當倭寇。

「春秋時的鄭國大政治家子產說過，**唯有德者，能以寬服民，其次莫如猛火，夫火者，民望而畏之，故鮮死焉。水懦弱，民狎而玩之，故多死焉，故寬難。**你知道這段話的意思嗎，天狼？」

天狼小時候讀書並不是太多，四書五經之類的也只是略通，這段話並沒有聽過，於是搖搖頭道：「還請胡總督賜教。」

胡宗憲看著徐文長，說道：「文長，你來說說。」

徐文長正色道：「子產是說，要治國的話，最好的辦法當然是寬刑鬆法，以德服人，但這需要統治者有極高的道德水準，能讓民眾信服，如果做不到的話，那就不如用烈火一樣的嚴刑峻法，火是很可怕的東西，百姓看了就害怕，離得遠遠的，所以死的就少，而水看起來很容易接近，百姓會下水玩，被淹死的就多，所以嚴酷的法律能讓人心生畏懼，讓更多人不敢犯法，而仁政不處罰違法者，就會造成更多人犯法，最後走上絕路。」

天狼聽了，說道：「你們的意思是，如果不處死汪直和徐海，就不能顯示法律的威嚴，也會有更多的人下海為賊，是這個意思嗎？」

胡宗憲沒有說話，徐文長嘆道：「自古以來，對於叛亂首領，往往是在招安後處死，以儆效尤，尤其是汪直引倭人入侵，更是罪大惡極，非死不可，即使我們留他一命，皇上也會下詔將其誅殺的，其他幾個首領如徐海，毛海峰等人，也應該都逃不了這個結局，至於其他的小嘍囉們，則可以網開一面，或編入官軍，或任其散去，這就是所謂的**首惡必辦，脅從不問，也是對盜賊們最大的仁慈了。**」

天狼怒道：「**這不是背信棄義又是什麼**，我們說了對汪直和徐海招安，卻只是把人騙上岸來，最後還要取人家的性命，且不說他們的手下會不會因此而嘩變，就說**做人的道義，真的能良心無愧嗎？**」

胡宗憲沉聲道：「治國者不能太講良心，天狼，你那套江湖道義是行不通的，也震懾不了心有反意的刁民，剛才我說的子產，他的繼任者沒聽他的話，對於境內的盜匪們一味地寬大仁慈，最後弄得盜賊蜂起，其他國家的盜匪也都跑到鄭國境內作亂，最後鄭國的軍隊疲於奔命，不知道多殺了多少人才把叛亂給平息下來，這時候，繼任者才明白他的真正意思。」

天狼反駁道：「可是子產也說過，有德者可以寬，汪直和徐海下海本就是被形勢所逼的，不能把責任全歸到他們身上，而且我親眼見到汪直對手下的統御力，他的部下是真心服氣這個老大，**若是處死汪直，他手下那幾萬人絕不會因為群龍無首而自行潰散，只會結成大小股的海寇，重新出海為盜，整個東南沿海將會不得安寧！**」

胡宗憲臉色一變，道：「倭寇之所以能成勢，一大半是靠日本人，這些沿海的刁民，光憑我的福建水師都能消滅，天狼，不要過於誇大汪直的力量；再說，這些賊人下海為盜，都是衝著錢去的，不會有你說的那麼忠義，就算我把汪直和徐海殺了，只要能好好安置這些賊人們，或讓其為水師官兵，或給一筆安家費讓他們回去繼續務農打漁，他們為何要反？」

天狼道：「胡總督，**你還是不瞭解江湖人的思維方式，不是每個海賊都是逐**

利之輩，這次在雙嶼島上，忠於汪直的衛隊即使明知自己必死無疑，也留在後面用拖住追兵，給汪直的逃離爭取了時間，而那些回救雙嶼島的汪直手下，明明可以觀望以保全性命，卻爭先恐後地回救雙嶼島，這才落入陳思盼的伏擊圈。汪直手下逐利之徒確實不少，但他的核心成員，像這樣義氣為先的悍匪，起碼有一兩萬，這些人一定會為汪直報仇的，他們的家屬親朋又何止十萬，若是武力剿滅，東南一帶只怕再無寧日。」

胡宗憲這回沒有說話，微閉雙目，撫著三縷長鬚，沈思良久，方才說道：「天狼，其實我也不是不可以留汪直和徐海等人一命，只是皇上是個好面子的人，他如果覺得東南已經平定，那自然不會再留汪直和徐海。要知道海禁是非取消不可的，這無疑已經駁了皇上的面子，以他的個性，又怎麼可能不在別的事上找回面子，出這口惡氣？而嚴世蕃為了掩飾自己曾經和倭寇交往過的事，也會不遺餘力地置汪直和徐海於死地，聖命難違，我不可能永遠保著汪直。」

天狼的心猛的一沉，呆在當場，胡宗憲所言，一句句擊中了他的心，**昏君在位，奸臣當道**，即使是胡宗憲，也是有心無力，平定倭寇後，只怕自己也不可能在這個任上久待，更談不上保住汪直了。

徐文長壓低了聲音道：「天狼，你若是真想救汪直和徐海，那就等招安之後，想辦法讓他們逃到呂宋或者日本去，千萬不要回大明，只要他們回到大明，基本上是必死無疑，明白了嗎？」

天狼雙眼一亮：「可是他們擊斃了羅德里格斯，又跟島津家結了仇，這條路走得通嗎？要知道勢窮去投，沒準直接就給人黑了。」

徐文長聳聳肩道：「那就看他們的造化了，日本不止一家島津氏，到別的地方也許還有條活路，畢竟他們手上還有錢，至於呂宋那裡，若是能賄賂新任的總督，也還有希望，不管怎麼說，總比留在大明必死無疑的要好。」

天狼道：「我會找機會勸勸他們的，只是還希望胡總督能對二人盡力保全，我承認我確實跟他們經歷了生死，有不捨之情，但更多的還是希望東南沿海能徹底安定，不要因為殺幾個人而鬧得再次一片腥風血雨，那樣絕非萬民之福。」

胡宗憲點點頭：「你說的事我會仔細考慮的，如果徐海能順利地消滅陳東、麻葉和上泉信之一夥，我會上疏向皇上求情，陳述其中的利害關係，只是我再說一遍，最後做決定的，還是皇上，我畢竟是臣子，不能違令行事，現在還是先安排一下下月初三與汪直的寧波見面之事為好。」

天狼長舒一口氣，道：「理當如此。」

從胡宗憲的總督府出來後，徐文長默默地陪著天狼走著。深夜的長街上，白天裡熱門繁華的都市早已空無一人，連賣夜宵的小販們也受不了冬夜的清冷，早早地收攤打烊，只剩下二人的腳步聲在這長街上作響。

走過一處僻靜的小巷，徐文長突然停下腳步，道：「天狼，有件事，我不知道當說不當說。」

天狼心裡猜到了個大概，「你是想說鳳舞和陸炳的事麼？」

徐文長點點頭：「不錯，剛才當著部堂大人的面，我不想提此事，因為他畢竟上了年紀，不懂我們年輕人的兒女情長，鳳舞對你的感情，我很清楚，她是個為了你可以不惜犧牲性命的女子，這次何至於要背叛你？你以後對他們父女又準備如何應對？」

天狼一想到這件事就心煩意亂，哀嘆道：「我也不知道，本來我進錦衣衛，是要做些利國利民，拯救蒼生的大事，在錦衣衛待了這幾年，我越來越確定大明已是風雨飄搖，內憂外患，而蒙古、倭寇這樣的外患畢竟是疥癬之患，並不致命，**真正的內憂，才是天下萬民苦難的根源。**」

徐文長聽了道：「所以你這麼執著地要扳倒嚴嵩父子？」

天狼忿忿地說：「嚴嵩父子固然可惡，但文長你不覺得嗎，**真正的禍根，是**

在皇帝身上。」

徐文長臉色一變，驚道：「天狼，慎言！這可是要滅族的話。」

天狼傲然道：「我孤身一人，無親無故，才不怕，事實不就是如此嗎？沒有這個得位不正的昏君，又怎麼會有嚴嵩父子的結黨營私？又怎麼會有這麼多荒唐可笑的法令政策？因為他得位不正，所以他心虛，不自信，怕人奪了自己的面子，所以哪怕是明知不可行的法令，都要將錯就錯，因為他貪戀權勢，所以就要裝神弄鬼，一邊修仙問道，一邊通過錦衣衛來監控朝臣，天下蒼生都比不上他屁股下的那張龍椅，徐兄，難道你滿腹經綸，想要入世匡扶社稷，就是為了給這等昏君庸王到處補漏洞的嗎？」

徐文長半天默然無語，最後只能無奈地說：「天狼，你說的我都清楚，可是我等身為臣子，忠義乃是第一位，人世間充滿了各種各樣的不平與黑暗，若是個個都因為主上不賢，而選擇像汪直，徐海那樣走上歧途，那只會天下大亂，不知多少野心家會趁勢而起，割據自立，如果戰火紛飛，四下征戰不休，那最後苦的不還是黎民百姓麼？」

天狼一拳砸在身邊的一堵院牆上，這下他沒用內力，竟也打得這堵厚牆一陣搖晃：「真是太鬱悶了，明知是個昏君，卻還要保著他。」

徐文長微微一笑：「主上不賢明，更需要我們這些做臣子的多盡忠，**既然皇恩不能惠及百姓蒼生，那只有靠良臣來造福於民了**，至少胡總督還是這樣的國之柱石，老實說，也只有碰到這樣的好大人，我徐文長才願意入世，若是世間的官都如嚴嵩父子一般，那這渾濁的世道也不值得我徐文長進入，我也只好隱居不出了。」

天狼嘆道：「徐兄是遇上了胡總督這樣的大人，我天狼有可能投錯了門庭，我以為陸炳是個堂堂正正的好漢，肯為民請命，也是大明的忠臣，沒想到到頭來他還是捨不得自己的官位、家族與權勢，明知嚴世蕃是大奸臣，甚至被他坑過一次女兒了，還是選擇跟他聯手，唉！」

徐文長搖了搖頭：「天狼，此事還沒有水落石出，你不要急著下結論，畢竟那些事都是那個什麼伊賀天長告訴你的，此人身分成謎，動機也有點可疑，只因為你對他沒有下殺手，他就對你掏心掏肺？我覺得這不太合理吧。」

天狼向胡宗憲和徐文長報告伊賀天長之事時，隱瞞了她女兒身的秘密，也沒有說出她有意率部眾遷居中原的想法，只說此人為報自己不殺之恩而答應助自己一臂之力，聽到這裡時，天狼正欲開口，卻突然看到前方幽暗的巷子口一道身影閃過，悄無聲息，而那人投向自己的一眸，卻是明如秋水，天狼腦海中一閃：**可**

不正是伊賀天長?!

天狼不動聲色地對徐文長道：「我當時身受重傷，又被汪直軟禁，加上和議之事未成，所以只能讓伊賀天長去找屈彩鳳送信，並沒有讓他做其他事，所以我想不至於壞事，他也沒有什麼動機去害屈彩鳳和巫山派。」

徐文長不禁說道：「天狼，你可是錦衣衛啊，卻一直結交像屈彩鳳、汪直、徐海這樣的賊寇，總有一天朝廷會對他們下手的，你跟他們有了感情，到時候又如何自處？」

天狼毅然道：「屈彩鳳和汪直徐海不一樣，她沒有為禍蒼生，相反還收留了許多無家可歸的孤兒寡母，如果說我在為徐海和汪直求情時還有些猶豫，那屈彩鳳和巫山派我是一定要力保到底的，即使脫下這身官服，也在所不惜。」

徐文長皺起眉頭：「天狼，做事三思後行啊，屈彩鳳也許收留了不少孤兒寡母，可是南七省的綠林各山寨，難道也都是這樣只行善事嗎？他們打家劫舍，洗劫商旅，這總是事實吧，就是我以前遊歷天下的時候，也被打劫過，差點丟了性命，難道我一個書生也得罪了他們綠林好漢嗎？」

天狼一時語塞，過了一會兒才道：「這些人畢竟不事生產，沒有生活來源，除了搶劫，無以為生，不過我去看過屈彩鳳的主寨，她讓不少孤兒寡母開始種地紡紗，自給自足，如果能把這種生存方式推廣到各個分寨，我想也不用那樣靠打劫來維持生存了。」

徐文長笑了起來：「天狼，我覺得你有時候真的是幼稚得可以，**狼吃慣了肉，你讓牠吃草可能嗎？**習慣了打家劫舍，輕鬆就能得到金銀財寶的人，讓他們一下子丟掉刀劍，變成良民，哪有這麼容易的事？屈彩鳳的主寨裡也許有不少孤兒寡母，本就不是強盜出生，還能這麼做，可是其他分寨如果也這麼搞，那也就不叫綠林了。如果屈彩鳳想要各家分寨也學自己，只會讓這些山寨脫離她巫山派的控制。

「再說，朝廷也絕對不會允許百姓占這麼多的土地而不繳納稅賦的，**大明天下，莫非王土，哪有一塊可以脫離王化的世外桃源？**天狼，你我都算是朝廷命官，一應俸祿都需要靠百姓上交的稅款來維持，你可以說你孤身一人，獨來獨往，可那成千上萬的朝廷官員，還有上百萬的吏員，他們都是拖家帶口，又怎麼可能讓百姓都不交稅呢？如果真的實現你和屈彩鳳的那樣的世外桃源，就得餓死這幾百萬的官吏，你覺得這也是仁義之道嗎？」

天狼從沒有考慮過這樣的問題，被徐文長說得啞口無言。

徐文長又道：「天狼，我知道世上有太多的不公，讓許多百姓流離失所，賣妻販兒，給逼得走投無路，只能上山下海，落草為寇，但你不能因為這樣，就認為天下不需要一個皇帝，不需要朝廷，**再壞的治世也比再好的亂世要強**，我讀了太多的史書，見慣了歷朝歷代的興亡更替，如果皇權不穩，天下大亂，那人命真的不如一條狗，說沒就沒了。

「眼下的大明，好歹國家還算安定，雖然官場腐敗黑暗，但還未到末世的氣象，我等為朝廷效力，多造福於民，還有扭轉乾坤的可能，若是有太多的百姓以屈彩鳳、汪直等人為榜樣，受到不平就去落草為寇，那這些人最後就會被別有用心的野心家所利用，以實現其謀逆之心，**一旦亂世開啟，絕非萬民之福**！」

天狼擺擺手道：「徐兄，你要在官場上掙你的功名仕官之路，我並不反對，而且，像你，像胡總督這樣的好官是會給百姓帶來仁政的，只可惜這個世上更多的是嚴世蕃之流的貪官汙吏，如果百姓不是到了走投無路的地步，又怎麼會上山落草？屈姑娘只是想要幫助更多的人罷了，如果你能站在百姓，而不是官府的立場上來考慮問題，就不會堅持自己的想法了。

「多說無益，反正巫山派，我是一定要保全的，若是朝廷真的要出兵圍剿，我肯定會站在屈姑娘一方，徐兄，我認真的問你一句，胡總督真的沒有收到各地兵馬調動，準備剿滅巫山派的情報嗎？」

徐文長無奈地道：「好吧，你我各自保留立場。胡總督沒有騙你，他也沒必要騙你，萬一事後被你發現，連他一起恨上，不值得。不要說攻擊巫山派的總舵，就是巫山派在浙江和南直隸兩省的分舵，朝廷也沒有任何旨意要我們出兵剿滅，所以我想你可能是多慮了，陸炳應該也不至於為了討好嚴世蕃，而冒著失去你這個強力助手的風險去對付屈彩鳳。」

天狼聽了，稍微放下心中大石，道：「那就好，徐兄，時候不早了，我還想一個人靜靜，你我就此別過，明天一早我還要去安排寧波見面的事呢。」

等徐文長的身影消失在夜色後，天狼抬起頭，對著右上方的屋頂，用東洋話說道：「你可以出來了。」

伊賀天長的影子從黑暗的小巷裡慢慢地閃現，她全身籠罩在一片漆黑之中，與夜色完美地融合，只有一雙皓如朗星的眸子閃閃發光。

伊賀天長回以東洋話道：「這可是大明境內，你說東洋話，不怕給巡街的士兵們聽到？」

即使現在只面對天狼一個人，她還是以老者的嗓音說話，並沒有用原本富有磁性的聲音。

天狼道：「以你的耳目，若是有巡夜士兵接近百步之內，會聽不出來嗎？我這也只是以防萬一有錦衣衛的高手在跟蹤和偷聽我們罷了。」

伊賀天長道：「你是不是奇怪為什麼我這麼快就出現了？」

天狼眉毛一揚：「上次雙嶼島一別，不過二十天，而且你說你對中原並不熟悉，連去巫山派怎麼走都不知道，為什麼這麼快就又在杭州出現了？**難道你沒去巫山派？**」

「不錯，我沒去巫山派。」伊賀天長坦承道。

天狼怒道：「枉我那麼信任你，你卻把我託付你的事情當兒戲，哼，東洋人果然不可信，忍者更不可信，伊賀姑娘，請你把我給你的幾樣東西還我，我自己去找屈姑娘報信。」

伊賀天長突然格格一笑，恢復了女聲，如乳鶯夜啼，說不出的好聽：「天狼，看你這激動的樣子，我真是搞不清楚屈彩鳳和那個鳳舞哪個才是你的未婚妻了，你這麼聰明的人也不想想，若是我沒完成你的任務，又怎麼好意思現身和你相見呢？」

天狼心中一動：「莫非你在半路上遇到了屈姑娘？」

伊賀天長收起了笑容，正色道：「不錯，屈彩鳳一直在南京，她好像是在等你。」

天狼順口道：「她等我做什麼！」

話一出口，頓時覺得說錯了話，上次是因為碰到陸炳，因而跟她分手，在屈彩鳳看來，南京城出現倭寇，自然值得多方探查，而且她作為巫山派之主，難得來一趟東南各省，想必在這一帶打探一下各分寨的所做所為，也是情理中事，自己把她一個人扔下，卻還要奇怪她為何不回巫山派，確實有些不近情理。

伊賀天長秀目瞇成一道月牙，笑道：「依我看，她好像是想從那個秦淮名妓王翠翹的身上查到徐海的下落，然後順藤摸瓜，把這些倭寇藏身的據點一網打盡呢。」

天狼啞然失笑，暗道這屈彩鳳還真是不依不饒，看到倭寇，就覺得自己總要做些什麼，而她找到徐海的唯一路子大概也只有王翠翹了，真難為她，居然能幾個月一直守著那個蘭貴坊。

天狼突然覺得有些不對勁，疑道：「伊賀姑娘，請問你又是如何碰到屈彩鳳的？她一直在監視一家叫蘭貴坊的妓館嗎？」

伊賀天長笑道：「不錯，她一直盯著那個地方，聽說那裡是徐海的夫人以前待的地方，她想用這種方式來找到徐海，正好讓我碰上。」

天狼質疑道：「那你又怎麼會找到這家蘭貴坊？難不成你也逛窯子不成？」

伊賀天長笑道：「天狼，別瞎猜行不行，找我到中原辦事的可不止你一個，上次我救了那個王翠翹的時候，她也曾托我回那個蘭貴坊，把一些私房錢帶給以前的姐妹們，讓她們能早點贖身脫離苦海呢。」

天狼微微一愣：「你還跟王翠翹有過接觸？」

第三章

村正妖刀

伊賀天長道：「天狼，上次柳生雄霸來中原時，
手中的劍不是那把村正妖刀吧。」
天狼想起柳生雄霸確實說過再見面時，要取一神兵，
道：「他是提到過，這村正妖刀又是什麼東西？」

伊賀天長笑了笑：「這很奇怪嗎？上次鳳舞在雙嶼島上偵察的時候，可是先點了王翠翹的穴道，我制住鳳舞就是在王翠翹的眼前，當然，為了讓她安心，我也得向她表明身分才是，免得她情急之下大呼小叫壞了我的大事。」

天狼反問道：「就算如此，你跟她不過一面之交，她又為何要託你去中原辦事？你可是東洋人，不是中原人，要辦這種事也輪不到你吧。」

伊賀天長哈哈一笑：「天狼，我跟你說過，遲早我要帶門下遷居中原的，所以跟她透露過要去中原的想法，大概是徐海看得她很緊，不讓她跟外界有什麼接觸，在島上也無人幫她傳遞消息，所以她情急之下就找到了我幫忙。」

天狼總覺得有些不對勁，卻又說不上是哪裡不對勁來，他不想在這個問題上跟伊賀天長繼續糾纏，於是說道：「那你是在給王翠翹的姐妹們送錢的時候發現屈彩鳳的囉？」

伊賀天長眼中秀波流轉：「不錯，屈彩鳳買通了蘭貴坊的媽媽桑，在坊裡扮成一個雜役，天天等著王翠翹上門，我一出現，她就出手攻擊我，嘿嘿，若不是你提前跟我交代了她的樣子，我真的吃驚中原竟有如此的女中高手呢。」

伊賀天長武功極高，比自己不遑多讓，天狼一凜，連忙道：「你不會傷了屈姑娘吧。」

伊賀天長搖頭：「你怎麼不問問是不是她傷了我呢，要知道她可是出手偷襲，而且下手狠辣，絕不留情，出手盡是殺招。」

天狼不以為意地說：「你武功在她之上，她傷不了你的。」

伊賀天長嬌嗔道：「你說得輕鬆，那天她扮成雜役，隱藏自己的氣息，二話不說就出重手偷襲，若不是我的忍者本能起了作用，真會給她傷到了呢，你看。」說著，她一撩袖子，露出半截春蔥般的玉臂。

只見右臂上，一道半寸深，三寸長的劍痕觸目驚心，天狼知道那是屈彩鳳的雪花鑌鐵雙刀所造成的傷口。

天狼抱歉地說道：「對不起，伊賀姑娘，害你受傷，實在過意不去，後來呢？」

伊賀天長把袖子放下，道：「我不想鬧得太張揚，所以假裝受傷逃出了蘭貴坊，屈彩鳳在後面緊追不捨，我和她在城中追逐了半天，最後把她引出城外，一通激戰，才算制住了她。這個女人當真凶悍潑辣得緊，不把她打倒，根本無法好好說話。」

天狼又問：「你制住她以後呢，出示了我給你的那幾樣信物吧，她見了權杖後，一定會和你消除誤會的。」

伊賀天長道：「那是自然，她的刀法招招奪命，根本不給我取信物的機會，我幾次出聲叫她停手她也不願意，說不得我只好用武功制住她了，天狼，這也是看你的面子，若是依我以前的脾氣，早就取她性命了。」

天狼眉頭舒緩道：「可是她現在人在南京，又怎麼會知道總舵的安危呢？」

「屈彩鳳比你想的要聰明，她有自己的辦法每天掌握總舵的動向，她很確定總舵至少到那一天時還是很安全的，但為防萬一，她還是回巫山派了。」伊賀天長道。

天狼回想之前跟屈彩鳳一路同行時，她每天都會離開一段時間，從來不說理由，自己原以為是女兒家的一些私事，現在想來，也許正是在聯繫總舵，怪不得她跟自己出來半年時間毫不擔心家中出事，自己果然還是低估了這位巾幗英雄。

天狼又問：「那蘭貴坊她也不監視了嗎？」

伊賀天長搖搖頭：「我跟她說，王翠翹已經不可能再回來了，徐海也回到了雙嶼島，以後除非招安後衣錦還鄉，不然也不太可能再踏入中原一步，而且現在你和徐海也算成了朋友，她沒必要那麼恨這些倭寇。」

天狼笑道：「她居然信你的話？」

伊賀天長嘆道：「我也是個東洋忍者，她自然是不信的，還不是你的那些權杖和信物，尤其是她給的權杖起了作用，我跟她說了一些你最近在東南做的事，得知你一切安好之後，她才放心的離開。哦，對了，我也跟她說以後可能會帶族人來投靠她，她表示很歡迎，天狼，**這就是你們中原人所說的不打不相識嗎？**」

天狼沒想到伊賀天長居然和屈彩鳳處得不錯，但轉念一想，兩人都是性格豪爽的女中豪傑，加上有自己這層關係，走到這一步也不算太奇怪，於是笑了笑：「那恭喜伊賀姑娘了。」

伊賀天長「嗯」了一聲，秀眉一蹙：「天狼，你要問的事情問完了，現在輪到我啦，老實說，今天我也是在路上看到你，才會臨時起意跟上，要不然就直接穿城去寧波了，你怎麼離開雙嶼島了？」

天狼一愣：「那天的雙嶼島之戰，你沒有看到嗎？」

伊賀天長搖搖頭：「你要我急著辦屈彩鳳的事，我直接駕了快船就出海了，路上確實看到一些船隊向雙嶼島進發，但我沒來得及搭理，怎麼，有人竟敢進攻雙嶼島？」

天狼苦笑道：「說出來你也許不信，雙嶼島已經不復存在了，當天你走後沒多久，多方勢力就在圍攻雙嶼島了，**而策劃這一切的，正是嚴世蕃。**」

天狼便把那天自己所經歷的事詳細地和伊賀天長說了一遍，聽得她眼中光波閃閃，粉拳也不自覺地捏得很緊，顯然難掩內心的緊張與不安。

聽完，伊賀天長長舒一口氣：「想不到固若金湯，號稱難攻不落的雙嶼島，會在內外交攻中失陷，不過還好有你出手相助，不然汪直和徐海只能束手就擒了，那徐海他們沒事吧。」

「徐海武功高強，這次可謂大發神威，親手擊斃了陳思盼的狗頭軍師蕭顯，最後安然離開。伊賀姑娘，我記得你跟這些倭寇的關係並不是太好，為何還會關心他們的安危呢？」

伊賀天長哈哈一笑：「天狼，你要知道，以後若是我想把族人從日本運過來，可要勞駕汪直和徐海他們幫忙呢，若是他們有個三長兩短，就算你和屈彩鳳肯收我，我的人也過不來呀，對不對？」

天狼一想也是，點點頭，也不禁哈哈一笑。

兩人這番長談，足有兩個時辰，遠處打更人報時的聲音遠遠傳來，不知不覺已經四更了。

天狼看了一眼天空，臘月晝短夜長，夜色仍是漆黑不見五指，也正是這樣，他才會放心大膽地和伊賀天長在小巷中交談至今，畢竟能把內功練到他們兩人這個地步，可以在純黑背景下看三十步內的東西如同白晝的，幾乎是鳳毛麟角。

天狼道：「時候不早了，巫山派那裡既然沒事，我也就放心了，伊賀姑娘，這次真的多謝你啦，只是到日本後，島津氏恐怕不會放過你，他們已經和嚴世蕃結盟，嚴世蕃現在想必恨你入骨，沒準會讓島津家的刀客對你們伊賀派不利，你千萬要當心。」

伊賀天長輕蔑地道：「島津家的示現流雖然不錯，但我自信還能應付，而且我近江國和他們的薩摩國相去千里，島津家怕別人趁機偷襲自己老家，也不可能讓藩中的武士遠離老巢太久，所以你不用擔心。倒是你說過在東洋有個刀客朋友，我要回東洋了，你有什麼話要託我轉告他？這回如果安排得當，可能我以後也不會再回日本了，所以你最好抓緊這次機會。」

天狼想到柳生雄霸，突然生出不少思念，當年在那無名山谷中共度的那段時光，非常美好，那種純真的友誼也讓他終生難忘，於是道：「京都的大和國柳生家當主柳生雄霸，你可認識？」

伊賀天長臉色一變：「你的朋友居然是他？」

天狼點點頭：「以前柳生雄霸為了追求至高的武功，曾經想來中原與各派高手切磋武功，結果誤上賊船，被上泉信之欺騙，還跑到了南京，我也是在那次的倭寇討伐作戰中應徵入伍，才結識柳生雄霸的。」

伊賀天長眼中閃過一絲意外：「想不到攻南京城的，居然有他！」

天狼有些奇怪：「這事你在東洋也知道？」

伊賀天長微微一笑：「上泉信之回東洋後到處吹噓，說他們七十多個浪人一路殺到南京城下，殺傷大明官兵幾千人，偌大南京城，竟無一人敢出城挑戰，也因此忽悠了不少浪人和武士跟他下海為盜，只是我沒想到，柳生雄霸居然也在陣中，如果沒有這位號稱東洋第一劍客的高手助陣，我想上泉信之是沒這個本事的，看來他也不全是吹牛。」

天狼「哼」了聲：「大明雖然腐敗，多數衛所兵也不堪戰，但也不至於像上泉信之說的那樣不堪一擊，當時我和柳生雄霸打著打著脫離了戰場，上泉信之被生擒活捉，若不是胡總督要和汪直談判，把他放了回去，他早已經成了刀下之鬼了。」

伊賀天長聽了道：「我說呢，就上泉信之那點本事，雖然也算是個高手，但還不至於能逃脫中原武林的天羅地網，這傢伙從不說自己失手被擒的事，真是個不要臉的匹夫。不說他，那柳生雄霸後來和你如何了？」

天狼心想不宜把山谷的事對伊賀天長和盤托出，便道：「我看柳生雄霸為人光明磊落，不是奸邪之徒，但他畢竟是個東洋人，打扮與中原人迥異，又語言不通，只要走到街上就會給人認出來，你也知道沿海百姓恨極倭寇，一旦發現他是倭人，必會群起攻之，所以我就想辦法寫字與他交流，還好你們東洋的文字多是用漢字書寫，看得懂我們的字，最後帶他去一個無人的山谷，在那裡住了一年多，互相切磋武功，我也因而學會說東洋語。一年之後，柳生雄霸心滿意足地回東洋去，臨行前曾和我立下約定，十年後會再回中原，與我比武較量呢。」

伊賀天長微微一笑：「看來你們是打成平手了？」

「什麼意思？」

「柳生家的家訓，或者說，幾乎是所有東洋武士遵循的武士劍道，如果比武輸了，或是技不如人，就要當場切腹自盡，以免辱沒祖輩的名聲，柳生雄霸與人對戰數百次，敗在他劍下切腹自盡的劍士也有數百，所以如果是他輸了，他會毫不猶豫地切腹的。不過你也沒輸給柳生雄霸，不然他會繼續在中原挑戰其他各派高手，而不會直接回去了。」

天狼不知其中還有這個關竅，動容道：「勝敗乃是常事，比武本是為了切磋，提高技藝，為何要搞得這麼要死要活的？」

伊賀天長聳肩道：「我也不太理解，我是忍者，不是武士，這些武士很要面子，又有一大堆家規門訓之類的束縛，煩人得很，所以我也很少跟他們打交道。」

天狼不禁好奇道：「也不知道柳生雄霸回東洋後，歷練得如何了。」

伊賀天長道：「他的刀法精益求精，比起五年前厲害許多，更放棄了原來訂好的婚約，聲言一輩子要孤身一人，以追求武者的最高境界，我想就是為了你這個十年之約。天狼，柳生雄霸是沒有任何雜念的真正武者，你如果不好好練武，過幾年這一戰，不一定是他的對手。」

天狼問：「柳生雄霸若是不娶妻生子，以後就算練得天下無敵，豈不是無人繼承他們柳生家？」

伊賀天長眨眨眼道：「難道這些東洋武士名門的傳承，柳生雄霸沒有和你說過嗎？」

天狼不好意思地說：「我們主要談的都是武學的事，各自的門派很少提及，畢竟中原各派皆有門戶之見的禁忌，所以他不問我功夫哪裡學來，我也不問他在東洋的事，算是一種默契。」

伊賀天長饒有趣味地笑了起來：「你們兩個也真是有意思，換了我，一定會問個清楚。也罷，柳生雄霸不說，那我來告訴你吧。**東洋門派，無論是武士還是**

忍者，**都是重家名勝於血緣**，哪怕是個領養的孩子，只要冠上柳生的姓，被柳生雄霸收為養子，也可以繼承柳生家，所以不用擔心繼承人的問題，更不像你們中原有些門派那樣傳男不傳女，沒有子嗣就失傳什麼的。我上次不是和你說了麼，你若是肯娶我，又願意改姓為伊賀的話，那我們伊賀家就可以讓你來接掌了。」

天狼臉一紅，正色道：「姓氏就和身體髮膚一樣，受之父母，怎麼能隨便改？要我換姓，是萬萬不可能的。」

伊賀天長一陣格格嬌笑：「天狼，就算你不願意改姓，如果有了兒子的話，挑一個繼承伊賀這個姓氏也可以啊，我們東洋人在這方面很開放的。」

天狼更是大窘，連連搖頭：「好了好了，伊賀姑娘，這件事暫且不提好嗎，以後再說。」

伊賀天長收起笑容，眼中閃過一絲嫵媚：「怎麼，你是嫌我沒你的那幾個紅顏知己漂亮？或者，不如她們解風情嗎？」

她說著，一步一搖地走向天狼，胸部一下子變得高聳起來，恢復了本來的曼妙身姿，這個體態，能讓所有的男人都血脈賁張。

天狼不自覺地咽了泡口水，上次那一掌按在她那豐滿而富有彈性的胸部，那感覺實在是非常特別，這是一個性感的尤物，和他在中原接觸過的那些美女感覺完全不同，那是一種熱情如火的奔放，充滿了欲望與誘惑，天狼的身體也隨著她的接近，鼻子裡鑽進一絲沁人心脾的香氣而變得有些火熱了。

可天狼突然明白過來，自己這時候絕對不可以和伊賀天長有任何的關係，他眼中寒芒一閃，丹田處一股寒冰真氣走遍全身，瞬間壓下自己的衝動，將帶著鞘的斬龍刀豎在自己和伊賀天長的面前，冷冷地說道：

「伊賀姑娘，你我還是止乎禮的好，要不然連朋友都沒得做了。」

伊賀天長明顯有些失望，收住了腳步，高聳的胸部幾乎貼上斬龍刀的刀鞘，嘆了口氣：「天狼，你還真是不解風情，不過也算是個真正的正人君子，我現在有點明白為什麼屈彩鳳對你那樣一往情深了。」

天狼沉聲道：「伊賀姑娘，我再次提醒你不要亂說話，我跟屈姑娘清清白白，沒有什麼出格的關係，你隨便說我可以，但不要敗壞她的名節。」

伊賀天長退後兩步，身形又恢復了平常那種瘦高的樣子，前突後翹的魔鬼身材也消失不見：「行了，天狼，我親眼見過屈彩鳳，都是女人，她心裡想的是誰，愛的是誰，我最清楚不過，就算你嘴裡否認，心裡也很清楚吧。」

天狼不想再就這個問題糾纏下去，正色道：「伊賀姑娘，換個話題吧，我覺得你作為伊賀派之主，首先應該考慮的是門人的生死和前途，而不是這些男女之事。」

伊賀天長嘟著嘴道：「真是沒情趣！好了，那就跟你談正事吧。柳生雄霸可以不用娶妻生子，只要在門徒中找個可以繼承他衣缽的，認為養子即可，所以他才會如此放心地擺脫家族的束縛，追尋至高的武道。天狼，你是不是有點擔心幾年後和他的比武了？」

天狼哈哈一笑：「我有啥好擔心的？柳生兄乃是堂堂正正的劍客，跟他一戰，無論輸贏，我都不會遺憾，何況我無門無派，又不用擔負中原武林的榮譽，沒你想的這麼誇張。」

伊賀天長分析道：「天狼，你應該清楚，柳生出手，絕不會有半點容情，他全力施為的時候，對面不管是什麼人，就是天上的神佛也阻擋不了他的殺意，所以這次比武，不會像上次那樣點到為止，**我勸你還是不要掉以輕心**，你心裡有這麼多需要牽掛的事，又是錦衣衛的任務，又是你的那些紅顏知己，不客氣地說一句，**你若是現在這個狀態，是絕對勝不了他的。**」

天狼有些不服氣地說道：「柳生雄霸上次和我分手的時候，武功也就相當於伊賀姑娘你現在的水準，可是我這幾年也得了不少奇遇，精進不少，柳生雄霸學的是家傳武功，又怎麼可能突飛猛進？」

伊賀天長突然拿出自己那把酒吞童子切安綱，說道：「天狼，我想上次柳生雄霸來中原的時候，手中的劍不是那把村正妖刀吧。」

天狼回想起柳生雄霸離開時，確實說過再見面時，要取一神兵，以對抗自己的斬龍刀，便道：「他是提過要拿村正妖刀，這村正妖刀又是什麼東西？」

伊賀天長解釋道：「在我們東洋伊勢國裡，有一個村子，世代鑄劍為生，據說祖上是在你們春秋時期漂洋過海的吳國鑄劍大師歐冶子的後人，而他們打造出的刀，都有一個統一的叫法，名叫村正寶刀。

「這些寶刀不僅煉製非常艱難，而且傳說每把刀都要封印一個扭曲掙扎的惡靈，所以鑄劍師們要帶著未開封的寶刀，深入荒山去斬除妖怪，然後把他們的邪靈封進刀內，以作刀靈，因此這刀**邪門異常，不僅有鬼之力，更有極強的怨氣，可以迷惑使用者的靈魂，使其墮入魔道**。

「三河國的武士名門松平家，其三代家主都被臣下或者近侍以村正刀近傷，而殺了松平家主的人，也在殺人後馬上自行了斷，那些刀在夜間會發出可怕的鬼泣之聲，是以即使是劍術名家，也輕易不敢用這妖刀村正。」

面對鬼神之事，伊賀天長神情變得異常嚴肅：

「柳生家是著名的劍客世家，家中藏有一把村正妖刀，那是伊勢國村正町的鑄劍大師，初代鑄劍達人藤原村正所親手鑄造的，已經有六七百年的歷史了。傳說當年藤原村正按照上古時干將莫邪劍的煉法，鑄刀三年才得成形，然後親自拿著這把古刀，進了高野山中斬殺了一個鬼力強大的魔王，把他的惡靈封印到刀裡，可是藤原村正自己也被魔王的邪力所傷，回到村後就咽了氣。

「後來連伊勢村正町的鑄劍師們也不敢使用這把邪刀，據說只要刀一出鞘，就會電閃雷鳴，鬼哭神嚎，持刀之人則會被魔王反過來控制心神，成為嗜殺的惡魔，所以此刀就被作為邪物長期封印，後面的那些村正刀，只是仿製此刀的煉法及樣式衍生出來的，並無此刀的威力。

「直到三百年前，大和國柳生劍派的當主，也是柳生雄霸的高祖，著名的劍客柳生無敵，為了追求柳生家劍法的極致，也就是傳說中毀天滅地的『斬紅狼無雙』，希望借助鬼神之力，這才動用了那把塵封已久的魔劍妖刀村正。

「當時村正町的人不希望這把魔刀被人所奪走，於是請了十大劍客來護劍，這些人都是各派的高手，也一直想挑戰柳生無敵的權威，於是都應邀而來，護劍是假，想要趁機斬殺柳生無敵才是真。可是柳生無敵號稱柳生世家五百年來最出色的一代奇才，能把柳生家流傳的劍法練到只差最後一招『**斬紅狼無雙**』的，也是柳生派開派以來的唯一一人，只是人力畢竟勝不了天，不借助鬼神的力量，他也無法突破這最後一招，無法領略到劍法的真正奧義，於是，在努力了三十年之後，柳生無敵決定還是奪取村正妖刀，借助魔王的力量，來實現極限的武力。」

天狼想到莫邪劍裡那個邪惡的劍靈，黯然道：「借助邪靈之力，即使能練成無上的武功，只怕也會成為連自己也認不出的怪物，為禍人間，如果換了是我，是絕對不會碰這把妖刀的。」

伊賀天長道：「可是柳生無敵的執念還是讓他碰了這把刀，本來他作為一代劍法大師，面對十大高手的阻擊，保留了劍術大師的風範，靠一把木刀，先後把十大高手一一擊敗，讓這些人輸得心服口服。」

天狼笑道：「這些人都是成名高手，結果在大庭廣眾之下讓人用木劍擊敗，大概都要像你所說的那樣切腹自盡了吧。」

伊賀天長搖頭道：「沒有，也許是他們想看看這傳說中的妖刀村正是什麼模樣，所以沒有馬上切腹，看著柳生無敵拿起了村正妖刀，結果在他拔出妖刀的一剎那，整個人就開始變得癲狂起來，拿著妖刀亂揮亂舞，把柳生家傳的劍法全使了一遍，就連那招傳說中毀天滅地，能讓風雲變色的『斬紅狼無雙』也讓他使了出來，一刀就把站在妖刀旁的村正町族長給砍成了七塊。」

天狼長嘆一聲：「刀法雖成，人卻入魔，這又是何必？後來呢？」

「在場的十大高手和幾百名浪人劍客一看柳生無敵已經成了魔王，再也顧不得武士們只能一對一挑戰的原則，一擁而上，圍攻柳生無敵，這時的柳生無敵，披頭散髮，狀若厲鬼，見人就殺，斬紅狼無雙式的威力盡顯無疑，中者無不肌肉割裂，血肉橫飛。

「本來我們東洋的刀法是以快刀見長，刀快得連血都會給封住，可他的這種殘忍殺法，卻是讓人肝腸內臟橫流，極為血腥恐怖，甚至殺到後來，嚇得不少人腿都軟了，生生站在那裡給他砍死。」

天狼想到自己的天狼刀法用起來時，好像也有點這種情況，自己陷入瘋狂，對手也被自己嚇得呆若木雞，那些人的血濺在自己的臉上和身上時，那種腥味在平時令人欲嘔，可是自己卻甘之如飴，越是激起他想毀滅一切的欲望，聽到伊賀天長的描述，天狼感到不寒而慄：**難道我練天狼刀法也入了魔道嗎？**

伊賀天長沉浸在自己說故事的氛圍之中，沒有注意到天狼表情的變化，繼續說道：「此戰算是東洋武林裡流傳千年的傳奇一戰，柳生無敵那天一人擊殺五百多劍客高手，殺得天地變色，日月無光，這麼多年過去，傳說伊勢村的洗劍池仍然是鬼哭狼嚎之聲不絕，無人敢接近。而柳生無敵一直殺到最後一個只有十三歲的柳生家劍僮時，突然力竭而亡，死前才恢復了清醒，對那個劍僮說，要他永遠封印妖刀村正，凡柳生氏的子孫傳人不得開劍。」

天狼倒吸一口冷氣：「如此邪門的妖刀，為何不將其毀去，還要封存？」

伊賀天長語重心長地說：「其實**刀也好，武功也罷，是正是邪，全在用刀用劍之人的本心**，柳生無敵心中本就有邪念，只不過一直被本心壓制，拿到妖刀後，邪意勝過正念，才會放手屠殺，換了一個人未必如此。而且畢竟此刀有鬼神之力，可以助他突破刀法的奧義，所以他即使臨死時，也不願意毀掉這把名刀，想著也許會有修為勝過他的後輩能駕馭此刀。」

天狼默然無語，想起了岳千愁、展慕白所練的天蠶劍法，與此妖刀也有異曲同工之妙，當年南少林的那位大師，練此邪功走火入魔而亡，但臨死前也不忍前人心血毀於自己之手，這才給華山派的祖峰與蔡子奇偷出袈裟，習得天蠶劍法的機會，武者之心，古今中外皆同，寶劍名刀，神功秘笈，又有誰會捨得毀於己手呢。

天狼長嘆一聲：「要是連柳生無敵都駕馭不了這把妖刀，柳生雄霸只怕更難。伊賀姑娘，我既然知道了此事，絕不能坐視老友為了練武而墮入魔道，還請你幫我轉告柳生兄，請他萬勿碰那妖刀。」

伊賀天長微微一笑：「太遲了，柳生雄霸已經拔出了妖刀村正，據說現在正在閉關苦練斬紅狼無雙劍法呢。」

天狼驚得睜大了雙眼：「什麼？他已經拔出妖刀了？這是怎麼回事！」

伊賀天長道：「這是去年東洋武林的頭等大事，本來柳生家和其所在大和國的領主三好家有婚約，大名三好長慶把愛女嫁給柳生雄霸，以攏絡這位東洋第一劍客，柳生雄霸原本應下了這門親事，說從中原回來後便迎娶三好小姐，可是他回來後，卻是一心練武，婚期也是一拖再拖，到去年，更是公開聲明為了追求武道，要放棄這段婚姻，同時退出三好家。

「想那三好長慶也是一方諸侯，柳生雄霸這樣毀約，讓他顏面盡失，所以他親自帶兵上門，還重金聘請了百餘名頂尖的劍客高手，上柳生家要求柳生雄霸給個說法。結果柳生雄霸就當著這些人的面，說自己要追求武道的極致，不考慮男女之事，還把自己的家督，也就是柳生派掌門之位，讓給了自己的弟弟柳生雄飛。

「但三好長慶仍然不依不饒，說事關自己女兒的幸福，女兒等他五年，早過了嫁人年齡，不能一句話就算了，雙方越說越僵，眼看三好長慶就要下令血洗柳生一門，柳生雄霸竟當著眾軍士和劍客的面，拔出了妖刀村正，嚇得三好長慶直接帶兵退走，那些請來的劍客刀手們知道三百年前那段恐怖往事的，也立時都作鳥獸散。」

天狼疑道：「柳生雄霸沒有被妖刀控制，大開殺戒嗎？」

伊賀天長道：「據說他拔刀時，風雲變色，空中驚雷滾滾，但柳生雄霸拔了一半後，又把刀給放了回去，所以並沒用那刀大開殺戒，但即使這樣，也足以嚇得三好長慶等人不敢再逼迫柳生一門了。後來柳生雄霸就一個人帶著妖刀村正，進了柳生家歷代祖先埋骨之地的墓園裡獨自修練，也沒有人敢去看他練到何種程度。」

聽到這裡，天狼不禁說道：「說來說去，柳生雄霸是被那個三好長慶所逼，不得已才拔刀，但願好人好報，不至於走入邪途。」

伊賀天長反問：「天狼，你現在還要我去給你的柳生兄送信嗎？」

天狼擺了擺手：「那還是算了，他現在手上有妖刀，沒準控制不住自己，我不能拿你的性命去冒險。沒想到柳生為了十年的比武之約，竟如此窮極武道，也罷，他遲早會來中原找我，有什麼事到時候再說吧。」

伊賀天長笑說：「有時候傳說也未必可信，比如我這把酒吞童子切安綱寶刀，當年也是說得神乎其神，但我爺爺得到此刀之後，也沒有因為這刀而走火入魔什麼的，天狼，你不用太擔心柳生雄霸，作為東洋第一刀客，駕馭一把村正妖刀，我還是有這個信心的。」

天狼點點頭：「既然如此，那伊賀姑娘就一路順風吧。哦，對了，這回島津氏與汪直徐海他們翻了臉，之前出海的路只怕會有危險，你最好還是先到雙嶼島，找徐海他們，重新商量一下如何把你送回東洋。」

伊賀天長搖搖頭：「這會兒汪直和徐海應該在召集舊部，並且說服這些人同意招安，若是手下人看到雙嶼島毀於一旦，多年藏寶也被洗劫一空，難免有些勢利之徒會起異心，離下個月初三還有五六天的時間，這陣子我就去寧波港靜觀其變好了，到時候不怕見不到徐海他們。」

天狼道：「那就隨便你了，只是伊賀姑娘你一向不露廬山真面目，到時候又如何讓徐海他們認出你的身分呢？」

伊賀天長賣著關子道：「這我自有辦法。」

說到這裡，伊賀天長表情慎重地說：「天狼，有件事我想問你，希望你能對我直言相告。」

天狼點點頭：「你問吧，能回答的我一定會說實話。」

伊賀天長將聲音壓低：「你們大明對汪直和徐海他們究竟準備如何處置？是真的想要招安他們，還是騙他們入局後，再慢慢剪除他們的羽翼，然後對他

們下手？」

天狼沒料到伊賀天長會問這個問題，避重就輕地道：「你問這個做什麼？此事與伊賀姑娘沒什麼關係吧。」

伊賀天長反駁道：「怎麼會沒關係呢，我來往於東洋和中原之間都得靠他們，若是他們給剿滅了，到時候我找誰去？」

天狼一想也是，但胡宗憲跟自己談的乃是軍國大事，不能向伊賀天長這個外人透露，而且**他心中隱隱覺得，伊賀天長好像很在意汪直和徐海的死活**，雖然她幫過自己，按說不應該懷疑她，但不管怎麼說，也不能對她毫無保留，說出平倭的計畫，於是道：

「伊賀姑娘，我只負責談判一事，可能你不太清楚，皇帝把對倭寇的應對之事，全權委託給浙直總督胡宗憲，但又怕胡總督自行其事，所以密令我們錦衣衛從中監視，上次上雙嶼島談判，由我前去交涉，就是為了讓皇上安心。」

伊賀天長道：「這我清楚，胡宗憲事先給你交了底，你才能上島去談判，我想知道的也就是這個，**胡宗憲到底有沒有意思要把汪直他們一網打盡？皇帝的態度又是如何？」**

天狼皺眉道：「伊賀姑娘，這是軍國之事，這樣直說不太好吧。」

伊賀天長不快地說：「天狼，你求我幫你辦事的時候，可沒說什麼軍國不軍國的，屈彩鳳和她的巫山派跟徐海他們又有什麼區別？你身為錦衣衛，照樣不惜要和朝廷對著幹，這難道就是忠心的表現？」

說完，不高興地把頭扭向一邊，一言不發，看來真的是生氣了。

天狼左右為難地道：「伊賀姑娘，這兩件事不能放在一起比較，你也知道我和屈姑娘的關係，最重要的一點是，你跟我說陸炳、鳳舞和嚴世蕃又結成了同盟，所以我才擔心屈姑娘和巫山派的安危，畢竟我曾經承諾過她，會保她們派平安，如果陸炳對她下手，於情於理我也要幫她的。」

伊賀天長質疑道：「可是你作為使者上島，也曾拍胸脯保證過徐海和汪直他們的平安的，為什麼這會兒又說什麼軍國之事了？還是你上島前就知道招安只不過是個幌子，最終還是要消滅他們呢？」

天狼狐疑道：「伊賀姑娘，我奇怪的一點是，如果徐海問我這個問題，非常正常，可你並不是徐海集團的一員，為什麼要對這事這麼上心呢？說句不好聽的話，就算汪直和徐海集團沒了，也會有人負責你在中原和東洋之間的往來。」

伊賀天長眼中閃過一絲冷厲之色：「這麼說來，你們已經打定主意，要消滅汪直和徐海他們了？」

天狼沉聲道：「伊賀姑娘，我不想對你說謊，但事關東南平倭大計，恕我不能直言，除非你拿出足夠讓我開口的理由。」

伊賀天長跺了跺腳，像下定決心似地說：「行，這是你逼我的！天狼，你看這個理由夠嗎？」說著，取下了自己的蒙面黑紗。

一張無懈可擊的臉顯露出來，尖尖的下巴，冰肌雪膚，小巧玲瓏的嘴，鮮紅的脣就像燃燒的烈焰攝人心魄，柳眉杏眼，只是其中寫滿了哀怨與焦慮，**可不正是一代秦淮名妓王翠翹**?!

天狼這下給驚得半天說不出話來，舌頭都打了結，好容易才定了定神：「王姑娘，怎麼會是你？」

他這下明白那天徐海為什麼會不去島上救王翠翹了，敢情他早就知道妻子的身分，既然「伊賀天長」已經出海，自然不用擔心她在島上出事。

王翠翹臉如凝霜，又把面紗重新戴上：「天狼，這個世上，除了我夫君徐海外，只有你知道我的身分，也就因為我王翠翹信你是個真正的正人君子，所以才以真面目相示，這回你不該再懷疑我的目的和動機了吧。」

天狼這會兒緩過了神，思考了一下，開口道：「王姑娘，能不能把你和伊賀家的關係向我透露一二呢？還有，你嫁給徐海，是出於真愛，還是奉了伊賀家的命令潛入雙嶼島的？你的立場究竟如何？」

王翠翹輕嘆了口氣：「事到如今，我也不瞞你了，我的真名叫伊賀雪姬，當年我爹奉了爺爺的密令，來中原尋求我們忍術的源頭，因為我們伊賀派的祖傳秘笈裡明白地寫著，我們伊賀家來自中原，武功的淵緣也要在中原才能找到，所以爹爹來中原想要尋根認祖，順便找回我們秘笈中失落的幾頁關鍵心法。

「當年的倭寇之亂雖然沒現在這麼厲害，但門戶之見仍然存在，我爹來了中原後，人生地不熟，在這裡遭遇中原武林人士的聯手圍攻，傷重將死，幸虧碰上我娘加以救助，才活了過來，後來兩人暗生情愫，私定終身。

「我爹傷好之後，要回東洋向爺爺覆命，被迫與我娘分離，他不知道我娘已經有了一個月的身孕，可是我娘雖是江湖俠女，也是官家小姐，回家後才知道父親把自己嫁給了門當戶對的王家，開始我娘也是抵死不從，幾番尋短，最後拗不過我外公，只好嫁進王家。

「王家公子，也就是我的養父，在新婚之夜發現我娘並非完璧，但一來怕事情敗露自己丟臉，加上那時我外公家的權勢要大過王家，他還需要在官場上得到我外公的提攜，於是隱忍下來。而後我娘生我時難產而死，所以在王家，我就像個孤兒，養父對我並無好臉色，待我與他續弦後生下的孩子有天壤之別。

「我爹回到東洋後，由於並沒有完成任務，失去了繼任掌門的資格，被罰永遠隱居，可他心中顧念我娘，所以求我爺爺無論如何要來中原看看我娘，於是我爺爺找機會來了一趟中原，終於探得我娘的下落，驚奇地發現我根骨絕佳，是天生的武學奇才，於是找到我的養父，說要把我帶回東洋，我養父巴不得不要看到我，很爽快地答應了，於是我被爺爺帶回了東洋，習武十八年，終得所成。

「爺爺在臨死前，把酒吞童子切傳給了我，讓我接掌門派，在這之前，我爹知道我娘的死，也是傷感不已，舊傷復發，在我三歲那年就去世了，所以我一直對我的親生父母沒有太多印象，反而對從小教我武功的爺爺感情最深。後來我接任掌門，就像上次對你所說的，因為無法再忍受近江國淺井家對我們伊賀派無休止的利用與壓榨，加上日本生活貧苦，戰亂不斷，哪比得上繁華富庶的中原，所以我生出念頭，想把族人們帶來中原。

「我找到汪直集團，請他們帶我來中原，他們也正希望有人能在中原為他們打探情報，於是就送我來南京城，正好我養父那時吃官司下獄，我便以賣身救父的名義進了蘭貴坊，一邊查探我們伊賀派武功秘笈的下落，一邊為汪直和徐海刺探情報，你們上次來蘭貴坊，其實是在徐海的算計之外，本來他是想和我接頭，可中途碰上了你們，徐海摸不清你的來路，以為是嚴世蕃派來試探他的，便引你們去了郊外，順便讓我撤離。」

天狼想到那晚徐海等人匆匆離開，去郊外伏擊沐蘭湘，而自己把屈彩鳳留下繼續監視王翠翹，大概正是因此，伊賀天長無法分身前往郊外，只好讓自己的手下伊賀十兵衛前往相助，也直接導致了伏擊的失手。

天狼嘆道：「這麼說，那天本該是由你去攻擊沐蘭湘，以作為結交嚴世蕃的見面禮了？」

伊賀天長點點頭：「不錯，我有兩個理由要見嚴世蕃，一是為了徐海他們跟這位小閣老搭上線，二是我經過多方查訪，我們伊賀派的祖傳武功和嚴世蕃所學的終極魔功也許淵出同門，所以從門派的角度，我也有必要向他問個清楚。」

天狼早就覺得伊賀天長的武功和嚴世蕃那套詭異的魔功有些相似，現在聽到伊賀天長親口說出，更是心中一凜，問道：「那後來你和嚴世蕃又接上了頭，有沒有問過此事？」

伊賀天長搖搖頭：「沒有，嚴世蕃身負終極魔功的事極少有人知道，我還是聽徐海說到中原各派高手時，有人見過嚴世蕃出手，所以我才聽了出來，這事我連徐海都沒有說，本來我是想和嚴世蕃以後關係更進一步後，再找機會問個清楚，可現在看來沒這可能了，此人陰險毒辣，斷不可與之深交，他所練的武功路數也不可能向我透露的。」

天狼想到沐蘭湘那天殺了數十名伊賀派門人，心中突然一沉，問道：「那沐女俠那天殺了你們這麼多人，以後你會找她報仇嗎？」

伊賀天長搖搖頭：「不，此事錯在我們誤信了嚴世蕃的鬼話，那天我們並不知道是要給嚴世蕃找一個女人供其洩欲，早知道的話，我也不會答應的，為這事我還和徐海大吵一場。沐蘭湘只是為了自衛而已，我們死的那些兄弟是技不如人，怨不得別人，以後我們在中原要立足，武當派是不能得罪的，我聽說巫山派和武當派目前暫時休戰，以後我們寄人籬下，更不能惹事生非。」

天狼一聽伊賀天長不會向小師妹尋仇後，長舒一口氣：「這麼說，你和徐海結婚，也是假的了？」

伊賀天長露出甜笑，道：「不，我和阿海兩情相悅，那個他當小和尚時就對我有意的故事雖然是編造的，但我幾年和他接觸下來，卻深深地喜歡他的男子氣概，所以早就和他私訂了終身，這回他也是擔心我繼續留在南京城會有危險，才執意要把我接回雙嶼島完婚的。」

天狼忍不住說道：「王姑娘，你也算是有一半的中原血統，看你深明大義，當知漢家的忠孝節義，徐海身為倭寇，引狼入室，殘殺同胞，無惡不做，你不去勸阻他，反而幫他打探情報，這不是助紂為孽又是什麼？」

伊賀天長無奈地說：「天狼，你說的我又何嘗不知，我一個女子，又身在蘭貴坊，自然不可能探出什麼軍國之事，這些年能打探的，也只是有關我們伊賀派秘笈下落的一些情報罷了，我也幾次勸過徐海，讓他早點收手，不要在邪路上越走越遠，可是他已經身陷倭寇集團，一時間無法回頭，而且他叔叔對他的影響太大，我也拉不回來。

「直到近幾年，隨著他和汪直在陸地上越來越占不到便宜，我才有機會勸他，要他多考慮以後的前途，我在日本見慣了這些戰國大名凶狠殘忍、冷血無情的一面，深知島津氏不可信，勸他早點脫離島津家，甚至一再地挑撥他和島津氏派來監視他的陳東和麻葉等人的關係。天狼，我可以不客氣地說，若不是我一直在做徐海的工作，繼而讓他影響了汪直，你們這番和議，很可能連談的機會也沒有，你也很清楚，他們大多數手下根本是不想走招安和議這條路的。

「所以現在徐海的心你也應該清楚，他是真的想回頭。天狼，我知道你能在胡宗憲面前說上話，還請你千萬幫忙求求情，**如果做一個好人的代價就是要搭上自己的性命，那這世上還會有人改惡從善嗎？**」

天狼算是完全明白這兩人的關係了，王翠翹所言，情真意切，相信都是她的肺腑心聲，他突然有些羨慕起徐海，有如此深明大義，又體貼關懷的妻子了，不禁問道：「伊賀姑娘，既然你嫁了徐海，為何又要多次跟我說什麼嫁給我，甚至讓我接掌伊賀門的事？」

伊賀天長笑道：「那些都不過是對你的試探，目的就是想看看你這個人是不是值得信賴，如果你是個好色忘義之徒，我今天也不會跟你說這些了。」

天狼長出一口氣：「好吧，看在你對我這麼坦誠的份上，我也不瞞你了，伊賀姑娘，我個人是反對殺汪直和徐海的，最早我上雙嶼島時，朝廷和胡總督確實有這個意思，想要慢慢地削減他們的實力，然後等他們羽翼盡失之時再下手，但這回我跟他們共過生死，也相信他們是真心想要改邪歸正，重走正道，所以在胡總督面前，我一直在幫他們求情，希望皇上能饒他們一命。」

伊賀天長聽出天狼話中的深意，追問道：「這麼說，胡宗憲和朝廷還是想要他們的命了？」

天狼坦言：「我跟胡宗憲為這件事爭執過，也不斷分析其中利害給胡總督聽，實不相瞞，招安時，胡總督會對汪直和徐海開出條件，讓汪直上岸當人質，讓徐海去剿滅陳東和麻葉，還有上泉信之等人，如果他能把這些賊寇消滅了，朝廷或許會考慮對汪直和徐海網開一面，赦免他們以往的罪過。」

伊賀天長眼中閃過一絲驚喜與激動：「真的嗎？真的只要消滅了陳東和麻葉他們就能無事？」

第四章

聖意難測

天狼道：「胡總督說，如果徐海和汪直
能把陳東麻葉集團消滅，就算是將功贖罪，
至少在他這裡，不會再為難徐海他們了，
只是聖意難測，皇帝是個要面子的人，
也許會殺人洩憤，這是我們做臣子無法左右的。」

「胡總督說，如果徐海和汪直能把陳東麻葉集團消滅了，就算是將功贖罪，至少在他這裡，不會再為難徐海他們了，只是**聖意難測**，皇帝是個非常要面子的人，也許他會殺人洩憤，這是我們做臣子無法左右的。」天狼如實說道。

伊賀天長一下子又緊張起來：「那怎麼辦，胡大人不能上書皇帝，向皇帝求情嗎？天狼，你能幫忙勸勸胡大人嗎？」

天狼沮喪地說：「伊賀姑娘，我只是個小小的錦衣衛，而胡總督一旦平定了東南之後，對皇帝而言便失去了利用價值，就是自己的官位也不一定能保得住，加上嚴世蕃肯定會在其中作梗，所以前景並不樂觀，不過我和胡大人商量過，汪直和徐海消滅陳東和麻葉後，朝廷應該一時半會兒還不會對他們下手，到時候他們千萬不要留戀榮華富貴，趕緊遠走高飛，最好是能回東洋或者下南洋，實在不行的話，就躲進巫山派，隱姓埋名，才能得以保全。」

伊賀天長咬著唇，秀目中盡是無奈：「難道我們就沒有別的辦法可以光明正大地生活在大明了嗎？」

天狼無力地說：「我能幫的也只到這一步了，徐海畢竟作惡太多，胡大人肯鬆口既往不咎，已是很難了，畢竟他們犯的那些罪孽，死一百次都不足以贖罪，你想，就算皇上願意放他們一馬，那些被他們殺害，擄掠過的人，那些被他們逼得家破人亡的人，會這麼輕易地放過他們嗎？」

伊賀天長嘆了口氣，眼中淚光閃閃：「我也知道他作惡多端，但不管怎麼說，現在他有回頭之意，而且我已經嫁給了他，自然要從一而終。天狼，我求你一件事，請你一定要答應我。」

天狼猜道：「伊賀姑娘可是要託我照顧你們伊賀派的門人？」

伊賀天長道：「不錯，徐海是我的夫君，無論如何我都要和他同生共死，就算最後朝廷還是不放過我們，我也會隨他而去，只是我伊賀派的數百門人，不能因為我的緣故而無人照應，這次我既然決定帶他們出來，日本是回不去了，只有在中原落地生根，天狼，到時候你能幫我安置他們嗎？」

天狼臉上現出難色：「這，伊賀姑娘，我能想到的，也就只有把你們的人給弄到巫山派了，可是我實話實說，巫山派也未必安全，你也聽到了，嚴世蕃和鳳舞想對他們下手，所以這事我想起來就頭大，放眼中原，想要找一個安身之處，還真不容易呢。」

伊賀天長懇求道：「天狼，我會盡力把徐海和我的門人帶到安全的地方，只是萬一真的我們不幸遇難，那我的門人就拜託你了，無論你是把他們帶到巫山派，還是分到別的門派或者鏢局，只要能給他們一條生路，讓他們能活下來就行，至於以後，生死有命，就看他們個人的造化了。」

天狼承諾道：「這我倒是可以答應你，如果到那一天，巫山派還在的話，我會盡力幫你安置這些人的，他們會說漢話就行。」

伊賀天長失笑道：「這些人自幼在東洋長大，哪會說漢話，這也是我要拜託你的原因，你會東洋話，到時候花個一年半載的時間教他們學會說漢話，以後就是讓他們散去自謀生路也行。」

天狼聽了，拍拍胸脯道：「這個倒不難，我會幫忙的。伊賀姑娘，這樣一來，伊賀派也就算到此為止了，你不考慮門派的傳承了嗎？」

伊賀天長慘然一笑：「我們本就是一群山民，過著與世無爭的日子，只是碰到日本戰國時代，這些貪婪的大名連山民也不放過，才逼得他們成了忍者，並不像武士流派那樣幾百上千年的世家傳承，所以爺爺說過，**只有讓所有的人能平安快樂地活著，才是最重要的**，比什麼忍者門派的虛名要好得多，伊賀二字比起大家的性命來說，實在是不值一提。」

天狼敬佩地說：「想不到你爺爺竟能如此灑脫，創下如此響亮的名頭，卻又不為此所累，中原各派若是有你爺爺一半的豁達與見識，也不至於千百年都廝殺不斷了。」

幾聲雞叫聲遠遠地傳來，伊賀天長看了一眼東方有點發白的天色，一抹晨曦從遙遠的天際外那厚厚的黑雲中透了出來，笑了笑道：

「天狼，黑夜是我的朋友，白天則是我的敵人，我不能再多留了，得趁著天還沒亮出城去，你一切當心，下月初三，我們在寧波還會有機會再見的。」

天狼一抱拳：「伊賀姑娘，珍重。」

伊賀天長忽然想起了什麼，又提醒道：「天狼，一定要當心鳳舞與陸炳，尤其是鳳舞，以我的直覺，她可能還有許多事瞞著你，嚴世蕃則可能掌握了她什麼秘密，所以才能操縱和控制她，那天在船上，我能聽出她的不情願，但她最後還是跟著嚴世蕃走，應該不僅僅是遵從父命而已。」

天狼微微一愣：「這話是什麼意思？鳳舞連以前是嚴世蕃女人的事也沒有對我隱瞞，又能有什麼事情被嚴世蕃抓住把柄？」

伊賀天長搖搖頭：「這只是我的猜測，天狼，我是女人，**以我的直覺，我看得出鳳舞確實很愛你，但她好像有什麼秘密怕被你發現，這點你千萬要留意。**」

天狼嘆道：「這對父女，我永遠看不透，也不知道他們對我哪句是真，哪句是假，但眼前的當務之急是汪直與徐海的事，此事一了，我會找他們問個清楚的。」

伊賀天長聽了不禁道：「天狼，其實我覺得**你並不適合黑暗的官場，只有心狠手辣，皮厚心黑，才能在官場中混下去**，而**你是天生的大俠，又是如此的鋒芒畢露，毫不妥協，只怕遲早要被奸人所害**。你勸我和徐海不要依戀權勢，早日思退，我完全同意，可是你自己呢？難道你不應該給自己考慮一條退路嗎？」

天狼苦笑道：「當初加入錦衣衛，是相信陸炳的一片赤誠為國之心，也不忍心朝堂之上盡是虎狼，想要救民於水火，上不負國家，下不負黎民，現在看來，確實是我太天真了。世道黑暗，大明並非我這樣的人能力挽狂瀾。伊賀姑娘，謝謝你的好意，倭寇之事一結束，我會找陸炳問個清楚，如果他仍然只想著自己的官位與權勢，執意與嚴世蕃為伍的話，那我也只有對他說抱歉，退出錦衣衛了。」

伊賀天長滿意地說：「拿得起，放得下，這才是男兒本色，天狼，如果我不是已經嫁給了徐海，一定會愛上你的，嘿嘿。好了，多的不說啦，你我就此別過，寧波港再見！」

伊賀天長說完，身形一動，幾個起落便消失在濃濃的夜色之中。

天狼心中不由得道：**我留在錦衣衛的決定，究竟是對是錯？鳳舞，你還有多少事是瞞著我的？**

嘉靖三十四年很快到了，正月初三，寧波港口。

凜冽的西北風吹得碼頭上一字排開的大旗獵獵作響，這個本來就可以容納上百條商船進入的大型港口，今天早已經被上萬軍士警戒得水泄不通。

港內港外盡是新打造的高大戰船，岸上的明軍，個個盔明甲亮，剽悍雄壯，黝黑的皮膚和結實發達的肌肉，以及站在寒風中仍然如標竿一樣的軍姿，顯出這是一支訓練有素的雄師勁旅，領頭的軍將，正是義烏壯士陳大成。

天狼今天一身正裝，圓頂平鍋帽，飛魚服，大紅披風，獸面玉帶，勁褲馬靴，斬龍刀套在一把繡春刀的刀鞘裡，繫在腰間，沉穩有力的右手則牢牢地按在那玉質刀柄上，鐵塔般的身材即使在一眾強悍的義烏士兵中間，亦是異常顯眼。

今天他換上當日上島見汪直時的人皮面具，外面罩了一層青銅假面，看起來在神秘中透著一絲威嚴，只有虎目中閃閃的神芒讓人看出他極高的修為。

胡宗憲則穿著全套正式二品大員的官服，正襟危坐在一張紫檀木大椅上，面前則是三十丈左右長度的碼頭行道，戚繼光、俞大猷等一眾將官全身甲冑，站在他的身邊，徐文長則依然儒生的打扮，青衫磊落，羽扇綸巾，站在胡宗憲身後。

今天除了胡宗憲以外，其他所有的浙江高級官員，如鄭必昌、何茂才等，個個稱病或者托事不出，只有胡宗憲的門生，寧波知府馬之遠，穿了一身紫色的五品官袍，戴著烏紗，站在老師的身後，與徐文長比肩而立。

從凌晨開始，天狼等人便等在這裡。

這幾天天狼一直忙於這次會面的保安工作，帶著錦衣衛在寧波港碼頭四處搜索，提前五六天就封了港，幾乎把港區十里內的每塊石頭都翻過來查看了一遍，生怕有人在這裡做手腳，埋炸藥或者挖暗道之類的，還意外地發現了幾個不法商販臨時藏貨的秘密地窖與倉庫，也算是個意外收穫。

陳大成在這裡站了有兩個多時辰了，這半年多的訓練，把他手下的礦工們練得很成氣候，天狼見過他們的操練，軍容嚴整，訓練有素，比他見過的任何一支大明軍隊，包括北邊宣府大同的官軍都要令行如一。

天狼心中感嘆，陳大成能把這幫沒有任何軍旅經歷的莊稼漢訓練成真正的虎狼之師，戚繼光果然不負名將之稱。

陳大成小聲地問：「天狼大人，今天那汪直會來嗎？」

天狼微微一笑，陳大成看不到他的表情：「大成，怎麼會這樣問？如果他不來，我們這麼多人在這裡做什麼？」

「倭寇詭計多端，**該不會是把我們主力吸引在這裡，然後打劫別的地方了吧？**

朝廷也真是的，我們這些兄弟日夜玩命操練，就是為了上戰場痛殺倭賊，給沿海的百姓和死難的兄弟們報仇的，可這回說招安就招安，早知道這樣，我們才不從軍呢，一想到要跟這幫倭寇以後穿一身皮，我就氣得吃不下飯！」

陳大成越說越激動，聲音也漸漸地高了起來，引得幾十步外的胡宗憲往這裡掃了一眼，天狼連忙悄悄地在他身後拍了他一下，示意噤聲，兩人站得跟標槍一樣，這才讓胡宗憲的眼光轉向他處。

天狼低聲道：「大成，不要亂說話，能不打仗自然是最好的選擇，上次在義烏殺的那些是正宗的倭子，而所謂的倭寇，不過是沿海那些以打漁為生的漁民和海商，引了倭人來打劫東南的城鎮而已，他們並非是倭人，像這次來的汪直和徐海這兩個倭寇頭子，都是正宗的中國人。」

陳大成恨恨地向上「呸」了一口：「沒良心的東西，帶著東洋倭子來殺自己人，這種人就應該千刀萬剮才是，還招個鳥安啊。」

天狼知道，仗義每多屠狗輩，這些底層的百姓對倭寇的痛恨，往往是最強烈的，而主戰的情緒也是最為高漲，戚繼光能把義烏兵們安撫下來，讓他們肯今天來這裡為了招安而站崗，想必也是做了許多工作。

天狼道：「大成，事情並不是你想的這麼簡單，這些人雖然做的事十惡不赦，死一百次都夠，但畢竟現在已有悔悟之意，若是不給他們一條退路，那他們只會死戰到底，東南這裡還不知道要打多少年的仗，不知有多少百姓要遭遇兵災，大成，就是你的兄弟們，也會有許多人無法活著回到家鄉。」

陳大成慨然道：「天狼大人，我們選擇了當兵殺賊，就早把個人生死置之度外，俺那媳婦還跟俺說，若是不能平定倭寇，就別回家了。嘿嘿，只是這樣不戰而勝，總覺得心裡悶得慌。」

天狼搖搖頭，「大成，別想得太簡單了，只怕以後戰事不一定能中止呢！」

陳大成驚道：「怎麼，還要打？難道倭寇不想投降？」

天狼笑道：「也不完全是，汪直徐海這幾個頭子是想招安的，但他們的幾萬手下以後如何安置會成問題，而且對於汪直和徐海這幾個首領的處罰，現在朝廷還沒有最後決定，若是最後把他們處死了，難保手下人不會復叛，到時候可能會是持續的戰爭了。」

陳大成撇了撇嘴，低聲道：「朝廷是想讓人投降了以後再殺？」

天狼收起了笑容，點了點頭：「很可能有這意思，還沒定案，大成兄弟，你怎麼看這事？」

陳大成跺了下腳，說道：「這種背信棄義的事情是喪德的，就是對付十惡不赦的倭寇，也不能這樣，如果要消滅他們，就應該真刀真槍，明火執仗地在戰場上殺；如果允許他們投降，把他們招安了，那就是赦免了人家的罪過，再要殺的話，只怕難服人心，天狼大人，俺陳大成性子直，有啥說啥，我想兄弟們，還有一般的百姓也會這樣想的。」

天狼嘆了口氣：「只可惜你們都能想到的事，上面的人未必會想到，胡總督憂心的也是這件事，所以希望汪直他們首先能信守承諾，準時前來接受招安，其次要為朝廷剿滅其他的賊寇，建立功勳以將功贖罪，只有汪直以實際行動洗刷自己的罪惡，胡總督也才好向皇上為他們求情啊。」

陳大成嘟囔道：「要換了我是汪直，才不招這個鳥安，天狼大人，他們又不傻，你們能想到的，他們不可能想不到，會這麼心甘情願地往這個火炕裡跳嗎？」

天狼道：「現在木已成舟，不跳不行了，上次我去雙嶼島談判招安的時候，日本的倭子和呂宋島上的西班牙人，還有福建廣東一帶的海盜頭子陳思盼聯手攻擊了汪直，把他的老巢雙嶼島也一把火燒了，汪直多年的藏寶給搶了個精光，部下也損失近半，雖然最後消滅了陳思盼，但現在他們外援已絕，又無糧餉，已經支持不下去了，由不得不招安。」

陳大成作為中級軍官，對這些海上近來發生的戰事一無所知，睜大了眼睛：「居然還有這種事！怪不得汪直這回轉了性呢，天狼大人，你說汪直他們會不會只是想假借招安躲過一時，等挺過這段時間之後再重新回海上稱霸？」

天狼搖搖頭：「走上賊船是上船容易下船難，可對汪直他們來說，是上岸容易離岸難，你說的，胡總督已經考慮到了，也做了周密的安排。」

天狼目光眺向遠處的海平面上，雙眼一亮：「大成，你看，這不是來了麼。」

人群中起了一陣輕微的騷動，士兵們仍然堅守著自己的崗位，可是腦袋卻都齊齊地看向遠方的海面上，只見百餘根木製桅桿從海平面上露出了頭，然後露出桅桿上掛滿的風帆，接著是船身，還有甲板上站著的密密麻麻的短衫無袖勁裝的海盜們，一尊尊的重炮烏黑的炮口也從船的兩側伸了出來。

這個龐大船隊足有三百多條武裝快船，船上的水手更是不下四萬，旌旗遮天，蹈海而來，讓陸地上的眾人無不相顧失色，即使身經百戰的戚繼光和俞大猷等人也是臉色一變，除了戴著面具的天狼外，只有胡宗憲處變不驚，面沉如水，臉上沒有任何表情變化。

徐文長對胡宗憲道：「部堂大人，汪直這是故意顯示武力，應該是把家底全拿出來了，就是想爭取更好的談判條件。」

胡宗憲點點頭：「這點伎倆自然瞞不過我，只是談判是要以實力為基礎的，**以前他不用擺出這麼多船，我們也只能主動向他求和，現在他帶著所有的部下一起來，也只能接受我們的條件，文長，這難道不是一個絕妙的諷刺嗎？**」

徐文長沒有說話，只是淡淡地笑了笑，一切盡在不言中。

胡宗憲看了一眼身邊的俞大猷，說道：「俞將軍，傳令，讓汪直的艦隊全部待在港外十里的距離，叫他本人開著黑鯊號進港上岸，接受招安。」

說到這裡，胡宗憲看了眼遠處的天狼，說道：「俞將軍，你和天狼執我的權杖過去，記住，**今天要以威對之，切不可失了朝廷的聲勢。**」

俞大猷點了點頭，接過胡宗憲遞來的令箭，執於左手，一撩將袍，右手按著劍柄，昂首闊步地向前走去，經過天狼面前時，向天狼轉達了胡宗憲的將令。

天狼微微一笑，與俞大猷並肩而行，登上早就停在碼頭邊的一艘巨大八艚戰船，也是新建的浙江水師的旗艦「寧波號」。

巨艦緩緩地向著汪直的船隊開去，號臺上的傳令兵們則以旗語的方式告知對面，讓汪直的艦隊停下，對面那支幾乎遮蓋了大半個海面的龐大艦隊果然停了下來，紛紛放下船首的鐵錨，停在海中，只有最前面的那條黑鯊號速度不減，緩緩地向港內駛來。

天狼看著這條一個月前自己曾灑過血，流過汗，經歷過驚心動魄的生死海戰的武裝快船，感慨萬千。

這條船顯然經過了維修，船身上那些給打得稀爛的護欄又重新裝了起來，甲板上的血漬也清洗乾淨，艦首那隻給打得千瘡百孔的船首像，也換成了新的威猛海獸，唯一不變的是站在船頭輪舵處的汪直。

今天他換了一身黃色的綢緞袍子，儼然是以「徽王」姿態自居，傲視著對岸，一身精練打扮的徐海和提著巨杵的毛海峰分列他的左右。

兩船的速度都不快，約莫過了小半個時辰，兩船在寧波港外大約四五里處的海面上相遇，同時落錨下帆，汪直則走到船頭。

俞大猷和天狼也走到前甲板上的護欄處，俞大猷右手按劍，左手高舉著胡宗憲的令箭，運氣於胸，中氣十足地道：「對面船上，來者何人？」

毛海峰扯開了嗓門，叫道：「此乃我家主公，徽王汪直是也，來將又是何人，浙直總督胡宗憲為何不親迎我家主公？」

俞大猷剛才是以上乘內力，把每個字都清清楚楚地送到對面每個倭寇的耳中，並不隨著距離的變化和海風的吹拂影響到話語的傳遞，這份內力讓天狼也暗讚不已，他沒有和俞大猷交過手，今天才算見識到這位名將的實力。

而對面的毛海峰，個頭比俞大猷要高了不少，雖然是扯開了嗓門，但是他的聲音被海風一吹，在天狼這邊的人聽來，上句不接下句，斷斷續續，有氣無力的，只有天狼等少數內功高強的人才聽清楚，站得後一點的兵士們則是只見他嘴動，卻是一句話也聽不明白。

第一個照面，顯然就是明軍占了上風，汪直也覺得有些顏面無光，瞪了毛海峰一眼，毛海峰也有些不好意思，紅著臉退了下去。

這次換徐海開了口，對天狼抱拳，朗聲道：「天狼大人，別來無恙？」他的聲音與毛海峰截然不同，在內力的作用下，字正腔圓，聲音綿長悠遠，天狼等人皆是聽得一清二楚。

天狼微微一笑，拱手還禮道：「徐首領，托你和汪船主的福，這陣子還算安好。今天只談公事，等招安儀式結束後，你我再把酒言歡。」

天狼的話，有禮有節，明白地拒絕了徐海套交情的意圖，又不失他的面子，可謂應對極為得體。徐海看沒法繼續說下去，只好笑了笑退下。

汪直一看左右兩個手下都沒占到便宜，只好自己開口了，本來他今天處心積慮弄出這麼大的陣仗，就是想要在氣勢上先壓過大明，可第一回合就敗下陣來，自己連胡宗憲的面也沒見到，只能與對方的兩個武將說話，顯然處於劣勢，也只能委曲求全地說：

「俞將軍，你是代表胡總督來迎接本王的嗎？」

俞大猷早被胡宗憲教導過如何處理這種場合，諸多意外情況都作了設想，自是駕輕就熟，臉色一沉，大聲道：

「汪船主，你今天既然是來向朝廷投誠招安，就應該遵守朝廷的法度，這裡是寧波港外，並非我大明國土，還可以由你放肆一回，待一入寧波港，就得遵循我大明王法，**似你這般自立為王，身著違禁黃袍，就是誅九族的死罪**，俞某好言相勸，汪船主還是自去僭號，換成布衣見胡總督的好。」

汪直這樣穿，就是**想為自己爭一個名分，表示自己是以王的身分來與朝廷對談，並不是作為一個平民被朝廷招安，可以任由別人指使的**，因而臉一沉，朗聲道：「俞將軍所言，老夫並不苟同，大明並不善待自己的子民，我等走投無路，這才下海自謀生路，早已是化外之民，大明的王法並不適用於我等，海外諸蕃邦，如日本，如朝鮮，如安南，如流球，他們的使節來大明朝貢的時候，也不需要布衣入見，而是可以持節入見，保持自己的尊嚴，我汪直已經是海上的霸主，論實力比起流球這樣的小國只強不弱，這回願意與大明合作，為大明守護海疆，為何大明卻要如此折辱於我？」

俞大猷冷冷地說道：「汪船主，你和那些蕃邦小國不同，你雖然在海上有些實力，可是並無寸土，就是你割據自立的雙嶼島，也是我大明的地界，只要我大明願意，就會派天兵收回，所以你的這個徽王，只不過是你自封的一個頭銜罷了，除了你的手下兄弟，沒有人認可，這回是你主動上門請降，或者說是招安，自然得按我們大明的規矩辦事，首先恢復你大明臣民的身分，效忠於皇帝陛下，然後再談其他。」

汪直怒道：「如果老夫不願意脫掉這身黃袍，不願意放棄這個頭銜，又當如何？」

俞大猷濃眉一揚，沉聲道：「胡總督說得清楚，今天的一切招安流程，必須要合乎禮法，**招安招安，首要的前提就是確認君臣的名分**，如果汪船主不自認為大明的子民，不願意向皇上宣誓效忠，那這個前提就不復存在，胡總督也不敢招這樣的安，只能請你們從哪兒來，回哪兒去了。」

汪直臉色一變：「俞將軍，你們這也太欺負人了吧，如果這場合作沒有了起碼的平等，那也不會有好結果的，當時我們幾次商議，你們胡總督的態度可是很積極，也很誠懇，根本沒提什麼大明臣子的事，為何現在到了最後關頭，卻要糾結於這身分問題？」

天狼朗聲道：「汪船主，你的記性好像不太好啊，上個月我去雙嶼島的時候，為了這名分的問題也糾纏了半天，最後還是以你脫下黃袍，自去王位為了結，現在我們不是私下裡的朋友聚會，而是代表朝廷跟你談招安的事，又怎麼可以隨便兒戲？**如果你是以海外藩王的身分跟朝廷談判，那就不是招安，而是萬國來朝，你是想要大明把雙嶼島割給你，讓你稱王稱霸嗎？**」

汪直嘴角抽了抽，意識到這件事上自己確實站不住腳，再繼續糾纏，只怕連寧波港也進不去了，這回有求於朝廷，手中沒有多少本錢，於是只好咬牙脫下黃袍，裡面他早有準備，穿了一身紫色的綢緞衣服，身後手下為其換了一頂方形員外帽，讓他看起來就像一個富商。

天狼心裡鬆了口氣，越是這種時候，越是容易出意外，好在汪直最後退讓了，接下來的流程應該會比想像中更加順利。

汪直換好衣服，他身後的徐海和毛海峰以及眾多水手們，一個個都面露忿忿之色，有些人更是扭過頭不願意看到這一幕，汪直卻是神態自若，揚聲道：「俞將軍，天狼大人，汪某已經更衣，現在可以讓老夫和胡總督會面了嗎？」

俞大猷哈哈一笑：「五峰先生客氣了，胡總督有令，五峰先生消滅了大海賊陳思盼，乃是對朝廷有功之人，特賜五峰先生不需行拜見之禮，與胡總督平等坐談，還請五峰先生隨本船入港。」

天狼心道，胡宗憲好生厲害，一開始在汪直的穿著問題上寸步不讓，極為強勢，但汪直稍一服軟後，他馬上又釋放善意，以汪直的名號「五峰先生」來稱呼對方，給足了汪直面子，而且免了他作為平民見官時的跪拜之禮，也算是在禮法內做到了對汪直最大的遷就，如此一來，就連剛才汪直那些不服氣的手下們，情緒上也會好得多。

果然，汪直身後那些人一個個又抬起了頭，就連本來一直氣鼓鼓的毛海峰也面露一絲喜色，剛才還無精打采的眾人又站直了腰板。

就見寧波號掉轉了船頭，在前行駛，黑鯊號則緊隨其後，緩緩地駛入了港內。汪直的大船停在碼頭前的那條方板石通道的一側，立即有衛士們上前，把百餘丈長，三四丈寬的通道上鋪上紅地毯，準備迎接汪直的上岸。

樂隊鼓手們穿著一身的喜慶衣服，紅衣小帽，立在紅毯兩側，鼓著腮幫子，敲鑼打鼓地演奏著《得勝歸》，數百名軍士掛起了鞭炮，只等汪直一上岸，便準備點燃，以示慶祝。

胡宗憲身後的文官武將們也都個個面露喜色，今天是歷史上值得一書的一天，只要能招安為禍海上二十年的大海寇汪直，那東南沿海將徹底太平，在場的諸位官員也必將名留青史，他們興奮地議論紛紛，隨時準備上前相迎，可是胡宗憲卻冷靜地看著遠處的汪直，一言不發，甚至連半點起身的意思也沒有。

天狼和俞大猷從另一個碼頭先行下了船，俞大猷的手上仍然拿著那枚令箭，向胡宗憲說道：「胡總督，汪直及其黑鯊號已經被引入港內，俞某特來還令。」

胡宗憲點點頭，徐文長上前接回令箭，低聲道：「部堂大人，汪直已經來了，您是不是應該起來迎接一下呢？」

胡宗憲搖搖頭：「我看汪直不會這麼容易上岸。是不是呀，天狼？」

天狼微微一笑：「大人所言極是。」

徐文長回頭看去，只見負責禮賓的官員早已派人把踏板搭上黑鯊號的船幫，碼頭上的士兵們也已經把黑鯊號的纜繩牢牢地繫在岸邊的柱子上，這條快船現在穩穩地停靠在岸邊，可是船上的人卻沒有一點下船的意思。

胡宗憲對天狼說道：「天狼，你的內力高，麻煩你問問，為何汪直不肯下船。」

天狼運起內力，高聲道：「五峰先生，既然已經到岸，為何不上岸與胡總督共商大計呢？」

汪直高聲回道：「煩請回報胡總督，陸上他為大，海上我獨尊，現在談招安之事，**雙方各取所需，合則來，不合則去**，我上了岸會被他壓一頭，他上了船又要聽我的吩咐，這樣對雙方都不好，不如就這樣，他在岸上，我在船頭，你問我答，豈不快哉？」

此言一出，胡宗憲身後的官員們一下子全炸開了鍋，紛紛罵汪直狂妄自大，更是有些武人開始嚷嚷著要胡總督下令，現在就把汪直給拿下。

胡宗憲的臉如大理石雕一般，看不出任何表情的變化，也不知他的喜怒哀樂，等到周圍的聲音等平息後，他才緩緩說道：「天狼，你回話，五峰先生說得有理，就這麼辦！」

此話一出，身後的聲音更大了，幾個御史更是大聲嚷嚷起來：

「胡總督，這可是有違朝廷禮法，切不可行啊。」

「胡總督，你這可是向投降的賊寇低頭，要被彈劾的！」

「胡總督，還請三思啊，切不可對著賊人讓步！」

胡宗憲也不反駁，直到這些人吵完了，才開了口，他的聲音不算很高，但每個字都讓人聽得清清楚楚，更是有一種不可動搖的威嚴與鎮定：

「諸位要是有誰有本事讓汪直下船，又讓他外海的那幾萬手下解甲歸田，胡某自當退位讓賢，只要在這裡立下軍令狀，然後憑各位的三寸不爛之舌，我相信一定能既不辱沒了朝廷的法度，又能收得巨寇，如何？」

此話一出，那些剛才還義正辭言，慷慨激昂的文官們一個個都開始往人群後縮，胡宗憲的目光落在一個仍然梗著脖子，氣呼呼的傢伙身上：

「王御史，你可是想要上前請汪直下船？」

此人正是浙江按察御史王本固，官並不大，只有七品，卻有直接向皇帝上書奏報浙江發生之事的權力，他乃是清流派中人，也算是徐階的學生，所以今天才特地跑了過來，就是想抓身為嚴黨之人的胡宗憲的小辮子，以後好在黨爭中作為武器攻擊。

王本固聽到胡宗憲直接點了自己的名，咬咬牙道：「胡總督，要怎麼招安是你的事，下官身為御史，無權過問，只是朝廷的禮法就是在那裡，你若是失了朝廷的面子，下官自然會向皇上說明今天發生的一切。」

胡宗憲臉一沉：「王御史，汪直的力量現在強過朝廷的水師，那外海的幾百條船大家都看得清楚，招安也只是權宜之計，在細節之上，不宜過多糾纏，剛才他已經自去王位，脫掉黃袍，這說明他已經自認大明子民，願意效忠皇上，這才是大節，**只要大節無損，小小的細節又何必糾纏過多？**若是拘泥於你所說的禮節，最後壞了招安大事，這個責任是你來負，還是我來負？」

王本固的臉脹得通紅，卻說不出話，只好低頭看著地上，一言不發，心中卻已經開始打起彈劾胡宗憲的腹稿了。

胡宗憲轉頭對著天狼說道：「天狼，把我的話一字不差地向汪直轉達。」

天狼正待開口，那王本固卻突然說道：「天狼大人，你可是錦衣衛，更應該維護皇上的面子和國法的威嚴，如果你當了這個傳聲筒，王某也只好在奏摺裡把此事也寫上。」

天狼哈哈一笑，眼神中寒芒一閃，鐵面之下，一雙電眼中的神芒刺得王本固心中一虛，不自覺地退了半步：

「王御史，少拿官場上這一套來跟我說教，你要彈劾，儘管去寫，我天狼上次談判就是出生入死，才換來了汪直這回肯來降伏，似你這等酸臭文人，沒本事為國解憂，只會在這些狗屁不通的官樣文章上糾纏不清，你若是有本事，現在就去把這滿海的汪直戰船全給弄沉了，我立馬就把汪直提溜過來，怎麼樣！」

王本固氣得渾身發抖，指著天狼結結巴巴地罵了起來：「你，你，你，身為錦，錦衣衛，卻，卻不忠，不忠於皇上，本官，本官一定要……」

天狼收起了笑容，眼中殺機一現：「要什麼，上書彈劾我天狼知法犯法是不是？王御史，你還沒忘了我是錦衣衛啊，想惹我們錦衣衛，儘管放馬過來，我受著便是。」

王本固雖然囂張狂妄，但也知道錦衣衛的厲害，他剛才一時氣極，這才口不擇言地亂罵一氣，這下給海風一吹，一下子嚇得每個毛孔都開始冒汗，連忙閉緊了嘴巴，再也不敢多說一個字。

天狼轉頭對著汪直喊道：「五峰先生，胡總督已經同意了你的要求，他很欣賞先生一心報國的熱情，先生既然已經率眾前來，想必是已經接受了招安的提議了吧。」

汪直哈哈一笑，道：「不錯，汪某以前一時走投無路，誤入歧途，這些年雖然生意越做越大，但總是想落葉歸根，回歸故里，既然胡總督能給老夫一條明路，老夫自當率眾兄弟回歸。」

胡宗憲依然不動聲色，通過天狼說道：「汪先生，今天你的兄弟們既然來了，那不妨把事情都商量定了，也免得兄弟們空跑一趟，本官已經上奏朝廷，而皇上也授予我全權決斷東南之事，你今天把所有的部下都帶來了嗎？」

汪直點點頭道：「不錯，所有跟著我的兄弟，現在還有五萬四千三百四十九人，除了兩千多人留守各地的據點外，今天所有人都跟著老夫一起來了，戰艦大小共四百二十七艘，都在寧波港的外海，還請胡總督指點一二。」

胡宗憲微微一笑：「汪先生果然是兵強馬壯，不愧這海上的第一勢力，也算是為我大明揚威於七海，本官上次曾讓天狼和你提過，暫時把汪先生的部下編為靖海衛，超規格給予你三個指揮，五萬人的編制，只是這軍餉嘛，朝廷最近北邊軍費吃緊，一下子不能撥出太多，暫時只能給汪先生一萬人的餉銀，每人八十兩銀子，一共是八十萬兩，不知道汪先生是否能滿意？」

汪直身後的海盜們一聽，個個都搖頭嘆氣，汪直的臉色也微微一變，他在雙嶼島上給手下的報酬，都是一趟打劫就給二三百兩的銀子供其花天酒地，而雙嶼島上的寶藏更是有四五千萬兩，這回本指望胡宗憲怎麼也會給個幾百萬兩作為見面禮，沒料到他出手這麼小氣，連一百萬兩都沒有。

汪直眉頭一皺：「胡總督，您可是浙直總督，今天也看到了我有這麼多的兄弟，只給八十萬兩，是不是少了點？」

胡宗憲哈哈一笑：「汪先生，俗話說得好，無功不受祿，你們新被編入官軍，而近年來東南軍費激增，已經嚴重影響到對朝廷的貢賦，你也知道，不少人對你們這次招安之事是有意見的，若是一下子支出太多，只怕有些人又會借題發揮，把此事給攪黃，所以這八十萬兩還請汪先生先笑納，至於答應你們的軍服與旗幟，我們已經準備好了，這些不需要另外開支，一旦汪先生，哦，不，應該是說汪將軍能再立新功，自當重重有賞。」

汪直沉聲道：「胡總督，你的意思是，我們接受招安之後，馬上就要出去征戰，對不對？」

胡宗憲點點頭，道：「汪先生，上次島津氏的走狗陳東，麻葉和你們這裡的叛徒上泉信之，聯手引島津氏和西班牙人攻擊你們的雙嶼島，這樣的深仇大恨，難道你不想報嗎？」

汪直「哦」了一聲，他的表情平靜，看不出任何的喜怒哀樂：「胡總督的意思，是要我們去消滅陳東，麻葉和上泉信之，然後才給足夠的軍餉，對嗎？」

胡宗憲的嘴角勾了勾：「汪先生的理解可能有些差錯，軍餉就是每年一萬人的餉銀，也就是八十萬兩，只是如果消滅了這些賊寇之後，朝廷會另有賞賜的。」

汪直緊跟著說道：「賞賜能有多少？」

胡宗憲正色道：「朝廷有明文賞格，有生擒或者擊斃陳東者，賞銀四十萬兩，麻葉也是如此。上泉信之原來是在汪先生手下，因此沒有開出賞格，不過既然他已經獨立了出來，那也開個三十萬兩吧。」

汪直哈哈一笑：「也就是說，如果滅了這三個王八蛋，朝廷能再給出一百一十萬兩的賞銀，對嗎？」

胡宗憲點點頭：「正是，不過如果汪先生需要其他官軍的輔助，那也要和別人來平分這些賞格。」

汪直問道：「我記得朝廷開出捉拿陳思盼的賞格是三百萬兩，上次老夫可是擊斃了陳思盼，這筆賞錢為何不給我？」

胡宗憲搖搖頭：「那陳思盼和蕭顯的首級已經由福建水師提督，參將盧鏜帶回，由於當時汪先生並沒有加入官軍，所以這賞格是拿不到的。」

汪直嘟囔了一句：「媽的，便宜盧鏜那小子了。」

當天他殺得性起，沒有想到賞格這一層，錢到用時方恨少，這些天手下都趕來效忠，卻沒有錢拿出來獎勵這些人的忠誠，所謂**一文錢難倒英雄漢**，指的大約就是這樣吧。

汪直眼中閃過一絲狡黠，道：「胡總督，你看看這些人是什麼！」

他一揮手，身後的船艙門大開，十幾個五大三粗的漢子走了出來，把三個捆得跟粽子似的人扔了到了甲板上，可不正是陳東、麻葉和上泉信之！

天狼微微一驚，他曾經想過汪直會不等胡宗憲的指令就去攻擊這三個傢伙，可沒料到出手這麼快，而這三個傢伙又是如此不堪一擊，直接就當了俘虜。

胡宗憲嘴角微微抽動了一下，問天狼道：「這三人就是陳東、麻葉和上泉信之嗎？」

天狼曾經在雙嶼島上見過這三個賊人，那陳東和麻葉更像文人，在一眾剽悍的匪首中格外明顯，而上泉信之更不必說，以他的銳利目光，隔了幾十丈也能看清是這三個傢伙，這會兒如同鬥敗了的公雞，一言不發，閉目等死。

天狼點點頭：「正是這三個賊子。」

胡宗憲吩咐徐文長：「文長，速速擬文書，從杭州的府庫速調一百一十萬兩銀子，限三天內運來寧波港，今天布政使鄭大人不在，你擬好文書後直接蓋上我總督衙門大印，由戚將軍陪同你押送，不得有誤！」

徐文長和戚繼光正色行禮稱是。

胡宗憲十分滿意地道：「汪先生又為朝廷立下功勞，可喜可賀，我已經命人去取那說好的一百一十萬兩銀子，三天內就會送到，汪先生可以安心了。只是這三名賊人，汪先生又是如何擒獲的？」

汪直哈哈一笑：「這三個賊子，他們自以為引了島津氏就能滅了我，殊不知我早就反過來在他們手下安排了內線，那天他們攻擊雙嶼島不成，我的內線就趁機想辦法把他們的藏身之所給透露了出來，這三個賊子以為我新丟雙嶼島，需要安撫人心，重新收集部眾，可我偏偏出其不意，帶著第一批回歸的手下迅速突擊他們的巢穴，這三個賊子還沒來得及上船開戰，就給我捉了個正著，胡總督，在這大海之上想和我汪直鬥，或者想背叛我，可得好好考慮後果！」

胡宗憲聽出了汪直話中的弦外之意，也不正面回答，笑了笑，道：「汪先生果然是厲害，本官佩服，以後大明的海疆有汪先生鎮守，當可無虞，本官上奏過朝廷，以後準備在雙嶼島上設一個都指揮所，汪先生就辛苦一下，兼任這雙嶼島正四品都指揮之職了，你手下還有三個指揮所，可以自行任命三個指揮，都是正五品的官銜，一應人事，朝廷並不過問。」

汪直的眉頭一皺：「胡總督，這錢的事情就不多說了，說了傷感情，你也看到了，我手下有五萬多弟兄，你卻只給我一萬人的餉銀，難道要讓我其他的兄弟們喝西北風不成？」

胡宗憲擺了擺手，道：「汪先生，上次我不是讓天狼跟你談過了麼，你既然已經加入官軍，雙嶼島也成了朝廷的指揮所，自然就可以在雙嶼島上進行貿易了，朝廷是不會過問你們的貿易活動的，只要按朝廷的規定上交稅款即可。」

汪直眉頭舒展開來，哈哈一笑：「胡總督果然痛快，這樣一來我的兄弟們就有了保障了，只是汪某習慣了做生意，想要先問個清楚，不知胡總督每年能給我們多少貿易的分額呢？」

胡宗憲沒有正面回答，有些不悅地道：「汪船主，這些都是細節問題，今天的首要大事還是完成招安，在這裡一見面就談錢，不太好吧。」

汪直卻道：「胡總督，你也看到了，汪某手下有幾萬兄弟需要養活，朝廷今天只給了一萬人的軍餉，就算算上抓住這三個惡賊的賞格，也不過二百萬兩銀子不到，維持不了半年的時間，而且我們那裡的情況您也清楚，重建雙嶼島，撫恤弟兄們都需要錢，所以汪某不得不先小人一回，跟胡總督問個清楚，也好讓兄弟們安心，他們都是些粗人，脾氣也不太好，朝廷若是不能釋出誠意，只怕他們也要鬧事的。」

戚繼光臉色一變，大聲喝道：「汪直，難道你們還想降而復叛嗎？」

汪直臉色一沉，徐海高聲道：「戚將軍，今天我們是招安，不是投降，你最好弄清楚這點，合則來，不合則去，用不著這樣盛氣凌人吧。」

胡宗憲擺擺手，阻止了戚繼光，微微一笑，道：「汪船主，既然你這樣說了，那便以和為貴吧，你們招安後，朝廷每年會給你們在杭州市價五百萬兩銀子的絲綢和茶葉、瓷器，都是你們最需要的貨品，這樣可好？」

第五章

心腹之患

陸炳嘆了口氣道：「天狼，你怎麼還不知道，
皇上心中想的是九州萬方，又怎會在乎區區的一城一地，
只有我們大明內部的子民，熟悉我大明內情，
又知蠱惑人心，煽動底層百姓起事，
這些才是真正要消滅的心腹之患！」

汪直臉上閃過一絲喜色，五百萬兩的內地貨物，轉手到呂宋和西洋人做生意，就可以賣到三四千萬兩，換成洋槍火炮後運到日本，就直接可以變現五千萬兩以上的白銀，現在海上已經沒有可以跟自己較量的勢力，再不用擔心給人搶劫，有了這筆錢，安撫手下的數萬兄弟，甚至在兩三年內恢復元氣，都不是太難的事了，就連汪直身後的眾倭寇們，聽到後也都是喜形於色，樂不可支。

汪直哈哈笑道：「胡總督果然痛快，既然開出了這樣的條件，那我們再沒什麼疑義了。汪某願意帶領手下的兄弟們回歸大明，為朝廷守衛海疆。」

胡宗憲一直緊皺著的眉頭終於舒展開來，從大椅中站起了身，笑道：「汪船主，現在你願意下船來接受朝廷的官職與冊封嗎？」

汪直正了正自己的衣冠，帶著徐海與毛海峰等人走下了船，胡宗憲手裡捧著早已經準備好的聖旨，在一堆官員的簇擁下，走到汪直等人的面前，親自展開了聖旨，對著跪倒在地的汪直等人開始宣詔。

天狼在一邊冷眼旁觀，那聖旨的內容他並不覺得意外，無非是封官許願而已，給了汪直一個都指揮使，徐海和毛海峰則都當上了指揮使，而每年朝廷給的軍餉，也一如汪直所說的只有一萬人的正常餉銀，至於開禁通商之事，聖旨上一字未提，天狼看到人群裡的王本固那掛在嘴邊冷冷的笑意，就知道這傢伙今天在胡宗憲這裡吃了虧，回去後一定會就此事大作文章了。

聖旨讀完後，汪直等人磕頭謝恩，胡宗憲身後早有隨從把三身武將所穿的制服端在大紅漆的紫檀木托盤裡端了上來，汪直則一揮手，身後的幾個壯漢把這套衣服和官牌接下，算是招安儀式順利完成。

胡宗憲的臉上掛著微笑，拉著汪直的手說道：「五峰哪，這回你忠心效順朝廷，以後大明的海疆還有賴於你多多出力，回來一趟不容易，先回老家好好看看，這也是你一向的心願吧。」

汪直臉色微微一變，轉瞬又恢復了常態，哈哈一笑：「汝貞兄實在是太客氣了，那就一切依你，只是我手下的這些兄弟們……」

胡宗憲笑道：「五峰，你要回家拜祭祖先，這點我想你的兄弟們都可以理解，至於徐指揮嘛，聽說也是新近迎娶了一位夫人，出身金陵秦淮，上岸一次不容易，也一併回去看看，你的其他兄弟們，就交給毛指揮帶領，雙嶼島那裡也需要重建，一時半會兒無法貿易，正好借這個機會做些自己的事情，來，我早就在寧波城裡最好的醉仙樓設下了薄宴，來為五峰兄接風洗塵，五峰兄的夫人和長子也已經在那裡等你了，您可千萬要賞臉啊。」

天狼聽得心中暗暗嘆息，這胡宗憲好厲害，一下子就拿住了汪直急於衣錦還鄉的心理，把汪直和徐海這兩大首領都扣在了岸上，而讓有勇無謀的毛海峰去統領部眾，在這個人心思變的關鍵時期，極有可能會讓汪直的部下分化。

按照原來的計畫，這個通商貿易的每年供應是會逐漸減少的，汪直部下那些不安分的人便會慢慢自行離開，而留下來的人習慣了和平領餉而不是打家劫舍，作戰能力也會逐漸地退化，幾年之後，再也不會有今天的戰鬥力，到時候對二人下手，幾乎不用擔心汪直舊部的反抗，最後一句更是語含雙關，汪直的家人都在自己手上，也由不得他不就範。

一邊的陳大成嘟囔了一句：「天狼大人，這些倭寇怎麼拿的錢比我們還多，一年就給四五百萬兩？」

天狼微微一笑：「這個比他們之前搶的錢可要少了不少啦，大成，如果海域安寧下來，你們義烏兵有可能會解散回家，這個問題你想過沒有？」

陳大成看了一眼身後那些如狼似虎的軍士們，嘆道：「天狼大人，老實說，當兵之前，大成也沒想到戚將軍能把鄉親們練成這樣。這麼好的兵，一仗不打就解散回家，也太可惜了。」

這時，汪直突然對胡宗憲說道：「汝貞兄，陳東他們這三個賊首，要不要現在就開刀問斬？」

胡宗憲的神情自若，摸著自己的長髯，回道：「五峰，這麼急著殺他們，卻是為何？」

汪直咬牙切齒地說道：「這三個混球，忘恩負義，勾結島津氏和西班牙人，還有陳思盼，背叛我們，雙嶼島的陷落，就是從他們的防區裡把賊人給放進來的，若不是要給胡總督看到活人，弟兄們早就在路上把他們拿去餵鯊魚了，現在既然人已經給您押過來了，您還不殺嗎？」

胡宗憲擺擺手：「五峰，今天是你們招安的大喜日子，不宜有血光之災，這三個賊子嘛，朝廷自有法度，不會讓他們逍遙法外的，來人，暫且把三人押入死牢，等待秋決問斬！」

戚繼光向遠處的陳大成一揮手，陳大成連忙帶了幾個軍士上前，把捆得跟粽子一樣的三人連推帶拉地押了下去。

天狼舉目四顧，今天看來可以安然度過了，只是他沒有看到伊賀天長出現，總感覺有些不對勁，突然聽到一個冰冷的聲音在自己的身後響起：

「天狼，你在等誰？**難不成是在等那個倭寇女忍者嗎？**」

天狼的心猛的一沉，陸炳的聲音對他來說太熟悉了，他轉過頭，陸炳那張稜角分明，黑裡透紅的臉一下子映入了他的眼簾，這會兒的他穿著一身普通士兵的制服，完全沒有把錦衣衛總指揮使的那身行頭顯露出來。

天狼冷冷地道：「陸大人，今天這麼重要的場合，為何如此打扮，汪直已經招安，你不想過去看看這位老對手嗎？」

陸炳不屑地「哼」了一聲：「跟將死之人有什麼好說的，天狼，跟我來。」說著轉身就走，很快就消失在擁擠的人群中。

天狼對身邊一個副手交代了幾句後，便跟著陸炳一路穿行。

今天他這身錦衣衛打扮，外加那張冰冷的鐵面具，讓普通的軍士們對他避之唯恐不及，這也方便了他能在人群中一直跟著快步急走的陸炳。

出了港區後，一下子空曠了許多，眾多的護衛軍士再也不見，天狼的視線之內，只有陸炳在不緊不慢地走著。

他一邊跟在後面，一邊想像著一會兒見面後的話語，這次他有太多的事要向陸炳問個明白，而明天這時候，自己還是否會穿著這身錦衣衛的官服，也將完全視這次談話的結果而定。

陸炳一直走到一片空曠的海灘，只有潮水的聲音還清晰可聞，而寧波港碼頭已經在十里開外，他停下腳步，轉過身子，一雙銳利的眼睛中，神目如電，直刺天狼：「你可知道為何我要把你引來這裡？」

天狼也停下了腳步，距離陸炳五尺左右，冷冷地回道：「陸大人，今天鳳舞為何不來？我可是有些事情想跟她當面問個清楚。」

陸炳的話語透著一股威嚴：「天狼，**讓你做什麼，讓誰見你，都是由我來安排的**，鳳舞這次任務已經完成，現在她另有任務，我沒必要讓她在這個時候和你見面。」

天狼冷笑道：「你既然要把鳳舞藏起來，我也沒辦法，不過至少你陸大人還是出現了，沒有當縮頭烏龜，**你不覺得這次的雙嶼島之行，有許多事你需要給我一個解釋嗎？**」

陸炳臉色一沉：「天狼，你跟我說話越來越放肆了，錦衣衛的家規你都忘了嗎？」

天狼哈哈一笑：「家規？家規的第一條就是說我們錦衣衛要忠君報國，保境安民，探查謀逆大事，對不對？」

陸炳點點頭：「自是如此，有什麼不對的嗎？」

天狼的眼中寒芒一閃：「那跟賣國奸賊嚴世蕃聯手，破壞招安汪直之事，這也是忠君報國的表現？陸炳，我這裡不跟你計較你叫鳳舞上島探查，幾乎壞了我性命和招安大事這件事，只說現在，你又跟嚴世蕃搞到了一起，這算是怎麼回事？」

陸炳反問道：「是誰告訴你這件事的？那個叫伊賀天長的女忍者？你可別忘了，她是嚴世蕃找來的幫手，目的就是為了離間你我之間的關係，你寧可信她也不信我嗎？」

天狼憤怒地說：「陸炳，我以前以為你至少是個有擔當的男子漢，可沒想到你對我也一直是欺騙和謊言，伊賀天長的來歷身分，我已經非常清楚了，你不用在這事上再狡辯，難道你敢摸著良心說，你現在對嚴世蕃的態度還是跟以前一樣，希望要扳倒嚴黨嗎？」

陸炳臉色一變，大概他沒有想到天狼會這麼信任伊賀天長，可是面對天狼那灼熱的目光，他仍然平靜地說道：「天狼，我也不騙你，皇上對嚴嵩父子的態度有變，已經和幾個月前不一樣，我們身為錦衣衛，自然是要執行皇上的旨意，不能再對嚴嵩父子，尤其是嚴世蕃下手，現在國家內憂外患，我們做臣子的需要以和為貴。你明白嗎？」

天狼冷笑一聲：「這麼說來，**你就是現在和嚴世蕃和解了，又重新跟他做了朋友，對不對？」**

陸炳嘆了口氣：「天狼，我知道你嫉惡如仇，我也不喜歡嚴世蕃，可是聖意難違，我們做臣子的，首先要做的就是忠誠，以前皇上態度不定時，搜集嚴氏父子，乃至嚴黨貪汙不法的證據，就是我們作為錦衣衛的忠誠，而現在，聽從皇上的旨意，與嚴黨和解，這就是我們的忠誠，與對皇上，對國家的忠誠相比，我們個人的喜好不算什麼。」

天狼哈哈一笑：「陸大人還真是好口才，說出這樣的話還面不改色。請問你一句，嚴世蕃難道現在做的事情，是於國有利的嗎？他也如你一樣遵從聖意，忠心為國嗎？」

陸炳搖了搖頭：「嚴世蕃自然仍然是借著國家給他的權力給自己謀私利，只是現在蒙古已退，倭寇又已經被招撫，外患暫時得以平息，內部不能再出事，現在動嚴世蕃，只會讓他拼死反擊，你也看到了，國家上下，**從朝廷六部到地方，嚴黨成員占了半壁江山，若是這些人都因為查辦嚴黨而出工不出力，那整個國家都無法運行了。**」

天狼冷冷地說道：「**所以就因為嚴黨勢大，嚴世蕃怎麼折騰賣國，都是可以允許的了？**這回他背著皇帝，不通過朝廷，私下裡先是和汪直勾結、談判，後來更是聯合了島津氏、陳思盼和佛郎機人，割地的割地，給錢的給錢，難道這些也是為國出力，難道皇帝也知道他做的這些事？」

陸炳嘆了口氣：「天狼，你有所不知，**他這次跟這些人談判言和，還真的是得到了皇上的許可**，若非如此，我也不會改變態度。」

天狼的虎軀一震：「什麼，皇帝知道他賣國的事？」

陸炳搖了搖頭：「嚴世蕃比你想像的要聰明，離京之前和皇上說他有辦法解決倭寇之患，你也知道，皇上最恨的是汪直這些大明的叛民，而非島津氏和西洋人，所以就答應了嚴世蕃，只要他有辦法能消滅汪直，就可以向佛郎機人，甚至是島津氏，做出某些讓步。」

天狼不敢相信自己的耳朵：「**皇帝到底是怎麼想的，寧可向倭人作出讓步？**」

陸炳道：「皇上在我出行前其實就說過這件事了，他說倭人和西班牙人不過是外夷而已，並不知我大明虛實，若無內賊勾引帶路，是不可能成氣候的，即使一時能占幾個小島，最終也無法立足，最後只能退去，所以**當務之急，是消滅掉汪直這個心腹大患**。」

天狼咬牙道：「那陳思盼又是怎麼回事？按嚴世蕃的辦法，就算能打倒汪直，又扶起一個陳思盼，他考慮的哪是國事，分明就是自己可以從中賺錢為首要之事，汪直已經看出他的計畫，不願意與他合作，而是轉向胡宗憲的正式招安，所以他才會找上陳思盼，若是在雙嶼島上，汪直願意跟他合作，他哪裡會走這一步？」

陸炳微微一笑：「天狼，所以我說你太低估了你的對手，嚴世蕃在去雙嶼島之前就已經和陳思盼、島津氏，還有佛郎機人聯繫上了，不然就那幾天時間，這麼大規模的攻擊行動，又要三方，甚至加上福建水師，可以說是四方的勢力同時行動，怎麼可能成功呢？」

天狼的手心攥出汗來，陸炳所言非虛，這個問題自己一直沒有考慮過，看來他確實是低估了嚴世蕃，但他仍然不太服氣，說道：「若是嚴世蕃一早就打定了聯合這幾方勢力，要消滅汪直的主意，又怎麼會親自犯險上島？若是他在島上跟汪直達成了協議，還會攻擊嗎？」

陸炳正色道：「天狼，從一開始，這就是一個連環行動，嚴世蕃上島不是為了真的跟汪直談判，而是趁機跟汪直的衛隊接頭，開出他們難以拒絕的條件，讓這些人在最關鍵的時候內部反水，不然以雙嶼島的防守實力，即使給幾方聯合突襲，也不可能一夜之間就陷落。

「而你的出使，也是我和嚴世蕃一早商量好的，你明著上島招安，嚴世蕃則早早地在義烏布局，讓徐海他們知道你們之間的矛盾，於是嚴世蕃上島的動機就不會被他們懷疑，他也有充足的時間做這些收買倒戈的工作。」

天狼的拳頭揑得骨節作響，沉聲道：「這麼說來，**我從頭到尾一直就是被你們利用，就是你們的一枚棋子而已？**」

陸炳安撫天狼道：「天狼，我知道你現在很生氣，也不好受，但是你的個性太剛烈，萬萬不可能跟嚴世蕃聯手合作，所以這個計畫如果你知道的話，從一開始就不可能參與，而你，恰恰又是整個計畫中最重要的一環。

「只有你在明處，嚴世蕃看起來百般阻撓才會順理成章，其實就連那個所謂的伊賀天長，你以為嚴世蕃和我查不到她的底細嗎？王翠翹這個秦淮名妓的出身來路，我們錦衣衛早就打探得一清二楚，連徐海來過幾次蘭貴坊和她暗中相會，我都可以告訴你，**你以為嚴世蕃把她帶在身邊，真的只是要去抓鳳舞嗎？他這是給徐海在演戲，讓他放心，不再對他防備罷了**。

「而鳳舞的所謂打探，也不過是在演戲而已，好讓汪直和徐海把目光盡可能地從嚴世蕃身上移開，把嚴世蕃當成一個只是和你處處作對的人而已，這個計畫進行得很成功，嚴世蕃正好可以在攻擊的前幾天離開雙嶼島。」

天狼怒火急升：「**原來一切都是你們精心策劃好的**，你們為了消滅汪直，不惜破壞胡宗憲的計畫，還把我一個人扔在島上，陸炳，**你口口聲聲說如何看重**

我，就是這樣想借陳思盼他們的手，來取我的性命嗎？」

陸炳搖搖頭：「計畫雖好，但還是趕不上變化，雖然我一再地跟嚴世蕃言明，一定不能動你，但你在島上仍是為了鳳舞強行出頭，而那伊賀天長，又是我們無法控制的，最後你傷重在島上養傷，我為了救你的命，甚至冒險潛入雙嶼島，就是想在聯軍趁機攻島的時候，能趁亂救你出來。

「可是那伊賀天長留下的傷藥，神效出乎我的意料之外，沒想到你能這麼快痊癒，並恢復戰鬥力，我也沒有想到汪直居然能在這樣眾叛親離的條件下還能逃出來，當我看到你打退島津義弘兄弟，跟汪直他們一起下海的時候，我就知道，這次的計畫又是因你而失敗。」

天狼冷笑道：「陸大人，你現在是不是恨死了我，我又像以前破壞了你的青山綠水計畫一樣，再次把你這個天衣無縫的計畫給攪了局？」

陸炳嘆了口氣：「說來說去，**我還是低估了你的能力，也低估了汪直的海戰水準，更沒有想到你居然可以用金牌調動盧鏜的水師助他反攻陳思盼，一步錯，步步錯，這個計畫算是徹底地失敗了。」**

天狼眼中冷光一閃：「我不明白，為什麼明明可以通過招安的方式來解決汪直和徐海，你們卻要費這麼大的勁，兜如此大的一個圈子，難道把陳思盼扶上位後，就不會再成為朝廷的威脅嗎？難道皇帝不知道倭人和西班牙人對我大明領土的野心嗎？這樣折騰來折騰去，又到底是為了什麼？」

陸炳緊緊盯著天狼，道：「為了什麼？你真的不知道嗎？**在皇上的眼裡，陳思盼、日本人、西班牙人都不過是疥癬之患，而自立為王的汪直，才是他絕對無法容忍的**，你如果坐了皇位，就會知道，你不可能容下一個挑戰你君權的人！而打劫沿海，勾結倭人的罪行，跟這種自立的謀逆之行相比，根本算不了多大的事！」

天狼的腦子彷彿被一道雷打過，一下子所有的事情都理順了過來，陸炳前後矛盾的舉動，嚴世蕃看似不合理的行為都得到了解釋，**原來皇帝容不下的，不是汪直集團的倭寇行為，而是他自立為徽王，與自己分庭抗禮的行徑**。

天狼長嘆一聲，看著遠處的碼頭，喃喃地道：「這麼說來，汪直這回是死定了，再無生理？」

陸炳冷冷說道：「胡宗憲對此也是心知肚明，他招安汪直，最後還是要對他舉起屠刀的，別看他現在跟汪直稱兄道弟，好得像是能穿一條褲子，實際上，**接下來的連環殺招早已經準備好了**，留著陳東、麻葉和上泉信之不殺，就是要這些人日後偷偷地召集自己的部屬，然後突襲汪直和徐海，此所謂**借刀殺人**。」

天狼咬牙切齒地道：「你們沒有一個是好東西，全是背信棄義的小人！」

陸炳哈哈大笑起來，聲音如金鐵相交：「天狼，你進錦衣衛也好幾年了，為什麼今天還這麼天真，**世上真的是非黑即白嗎？只有小孩子才會說對錯是非，成人只會對利益進行取捨**。不管怎麼說，這次你誤打誤撞，讓汪直反過來消滅了陳思盼，然後再接受招安，這樣也省了日後再去解決陳思盼的麻煩，也算是無心插柳之功。」

天狼眉頭一皺：「既然如此，為何不一開始就把汪直招安，還要費這麼多周折，讓他去打陳思盼，打西班牙人，不是更好的選擇嗎？」

陸炳聞言道：「不一樣，那時候汪直有雙嶼島，實力強大，可以選擇不和朝廷合作，甚至根本不接受招安，哪像現在，老巢被毀，藏寶盡被搶劫，無法壓制住手下，這才向朝廷投降，若非如此，你覺得汪直會這麼容易地上岸嗎？」

天狼長嘆一聲，在這個棋局中，自己歸根到底還是一枚棋子，任人擺布，即使自己的努力超出了陸炳的意料為，但最後的結局還是不變，他的心中頓時一片空白，一種幻滅的感覺從心中浮起：

「陸炳，**你既然利用了我，現在跟我說這些又是為了什麼，把真相這樣血淋淋地揭開，還指望我以後會繼續信你，跟你嗎？**」

陸炳道：「天狼，我雖然利用了你，但有一點始終不變，我是真心地希望你能繼我之後任錦衣衛總指揮使的，更希望你能幫我照顧鳳舞一輩子，若非如此，我也不會冒險上島去救你，難道我對你的看重，還有鳳舞對你的情意，你也要懷疑嗎？」

天狼心在劇烈地抖動著，雙眼圓睜，激動地吼道：

「陸炳，你聽好了，我不想再當你的棋子，更不希罕你那勞什子總指揮使的位子，道不同不相為謀，你既然和嚴世蕃成了朋友，那就休怪我跟你翻臉！」

說著，眼中紅光一閃，臉上的鐵面具被強勁的氣場震得碎成一塊一塊的，落到了地上，人皮面具也四分五裂地掛在臉上，被海風一吹拂，散得到處都是。

冷冷的海風吹拂著天狼的頭髮，他的胸口因為極度的憤怒而劇烈起伏，已經充血的雙眼則泛滿了紅絲，狠狠地瞪著陸炳，嘴裡噴著粗氣，而身上的紅氣一陣陣地閃現，若非當面站的是陸炳，他早已經出手了。

陸炳神色一變，向後退了半步，擺開戒備的架勢：「天狼，你瘋了嗎，想要對我出手？」

天狼恨聲道：「陸炳，你可以欺騙我，利用我，但你是非不分，只講愚忠，明知嚴世蕃是禍國奸賊，還要跟他同流合汙，這已經突破了我的底線，也有違我當年進錦衣衛的初衷，今天，**我李滄行向你正式宣告，從今以後，我退出錦衣衛，咱們之間的關係，一刀兩斷！」**

陸炳沉聲喝道：「天狼，你胡說些什麼，現在我們錦衣衛怎麼就不能報國了？我再告訴你一遍，這些是皇上的意思，嚴世蕃也不過是執行皇上的命令罷了。」

天狼冷哼一聲：「皇帝？皇帝為了保他自己的皇位，根本不顧天下百姓的死活，這樣的昏君，保他作甚！陸炳，你自己貪戀官位，執迷不悟，可是不要以為天下人都跟你一樣！」

陸炳的黑臉氣得通紅，氣急敗壞地說：「天狼，你暈了頭嗎，竟然說這些大逆不道的話，就不怕給別人聽到，把你千刀萬剮？」

天狼仰天長嘯，聲音如蒼狼夜號，連怒濤拍岸的聲音也被他的這氣勢所震懾，減弱了許多，海天一色間，只有他這嘹亮的嘯聲經久不息。

多年的鬱悶，多年的不平，都隨著這一聲長嘯而得以釋放，天狼再無顧忌，大聲說道：

「陸炳，你把這個給人擁立的皇帝當成神明，當成你陸家世代榮華富貴的靠山，我可不這樣想。**天下乃是天下萬民的天下，不是他嘉靖帝一個人的**，因為他得位不正，所以他就要分裂群臣，故弄玄虛，裝神弄鬼。因為他得位不正，就得重用奸臣，明知嚴嵩父子是奸邪之徒，卻要靠他們來給自己搜刮民脂民膏，只要自己在位時皇權穩固，哪管大明已經洪水滔天，陸炳，**有句話叫助紂為虐，你現在做的，就是這種事！**」

陸炳的眼中殺機一現，渾身的黑氣開始慢慢地騰起，他的聲音低了下來，可是卻是寒氣十足：「天狼，你說這些話，是想造反嗎？」

天狼哈哈一笑，狀如瘋狂：「陸炳，何為造反？忠於一個暴君，昏君，幫著他去凌虐自己的百姓，欺壓自己的人民，把大明好好的江山敗成現在這樣，這就是你陸炳忠誠的表現嗎？我早就跟你說過，若是大明完了，你陸家的世代為官也是難以為繼，你以為你現在是在效忠皇帝？你是在幫他早點讓大明完蛋！」

陸炳厲聲吼道：「住口，天狼，不要以為只有你為民請命，你不就是恨嚴世蕃嗎？皇上用他一時，又不可能用他一世，這次他在東南確實為國立了功，除掉了為禍多年的倭寇，說明這個人對國家是有用的，沒你想的那麼不堪！」

天狼一動不動地盯著陸炳的雙眼，道：「陸炳，你最清楚嚴世蕃是個什麼樣的貨色，他難道是為國安好心？一方面討好皇帝，另一方面私下跟日本人，跟西班牙人接觸，拉上關係，一旦察覺風聲不對，他就會帶著自己的巨額財富，逃跑出國。那些西班牙人和東洋人為什麼要幫著嚴世蕃？難道真的只是看到他的錢嗎？還不是私下裡有見不得人的骯髒交易，尤其是島津氏，嚴世蕃不開出引他們進犯中原的條件，這些倭人又憑什麼會幫他！」

陸炳的臉上肌肉跳了跳，厲聲道：「天狼，這些皇上都很清楚，現在也不過是在利用嚴世蕃罷了，之後也會對他多加約束和防範，不至於讓他真的誤了國。」

天狼怒極反笑：「哈哈哈，約束？防範？嚴黨上下已經把國家搞成這副德性，北邊的蒙古人和東邊的倭人都可以長驅直入，想我太祖洪武皇帝，還有成祖皇帝，都是十幾次地遠征大漠，犁庭掃穴，蒙古人只有逃命的份，哪還敢回頭一戰，可是現在呢？就連只占了我們大明一個州郡大小的倭國島津氏，都生出了進占中原之心，這還不是奸黨禍國，武備廢弛，民怨沸騰的結果？若是朝中上下的大臣都能像夏言、胡宗憲這樣，還會這樣給外夷所欺侮嗎？」

陸炳不以為然地說：「**治國之事哪有你想的這麼簡單，忠奸善惡，哪有你想的這麼黑白分明**，就如你所說的夏言，不照樣是想出了禁海令這個點子，流毒至今，而胡宗憲同樣是心狠手辣，笑裡藏刀，你以為他就不會對汪直下死手嗎？**這些朝中重臣，個個都飽讀詩書，學貫古今，一肚子的權謀腹黑，如果真的是個好**

人，**又怎麼會爬到一國宰輔的位置**？皇上用嚴黨來制約他們，將來自然也會用別人來制約嚴嵩父子，這又豈是我們錦衣衛所能過問的?!」

天狼向地上重重地「呸」了一口：「制約來制約去，不就是怕臣子們奪了他的皇位？不就是怕將來有人會反他的天下？日本人，蒙古人奪他的江山他不怕，就怕清流派的大臣，有這樣的君王，怎麼會不出嚴世蕃這樣的奸臣！」

陸炳嘆了口氣：「天狼，你怎麼還不知道，**治大國如烹小鮮**，皇上心中想的是九州萬方，又怎麼會在乎區區的一城一地，日本人也好，蒙古人也罷，其習俗與我中原迥異，即使一時占了些地方，也是無法維持的，上次蒙古入侵，不也只是在北京城下轉了一圈就回去了嗎？只有我們大明內部的子民，熟悉我大明內情，又知蠱惑人心，煽動底層百姓起事，這些才是真正要消滅的心腹之患！」

天狼的眼中幾乎要噴出火來：「**你說的心腹之患，是白蓮教、汪直、徐海，還有屈彩鳳，對不對？**」

陸炳面沉如水，承認道：「不錯，這些聚眾叛亂，又能得民心的，才是真正對我大明的統治構成威脅的，也是我們大明一定要剿滅的！」

天狼瞬間眼前一黑，一陣血氣翻騰，幾乎一口血要噴出來，嘴角開始淌血，眼珠子都要迸出眼眶來，怒急攻心道：「陸炳，你，你說什麼?!**你要，你要對屈**

姑娘，對巫山派下手?!」

陸炳眼中殺機一現：「**這不是我的意思，是皇上的意思，也是包括徐階在內的清流派大臣們的意思**，這些清流派重臣和嚴黨這回達成了一致，為了永遠地滅掉有人持太祖錦囊起兵造反的可能，就要毀掉巫山派！天狼，你聽好了，現在我們已經不再指望通過屈彩鳳來讓她交出太祖錦囊了，**就讓她帶著這個秘密，跟她的巫山派一起下地獄吧！」**

天狼拔出斬龍刀，全身上下被紅氣所包裹，直指陸炳：「陸炳，你，你背信棄義，你，你答應過我不會去滅巫山派的，我，我殺了你！」

陸炳不為所動地說：「天狼，不要做傻事，你現在心神大亂，舊傷未復，跟我動手不過是徒取其辱而已，我遵守跟你的承諾，這次不會派一兵一卒去滅巫山派，可是有太多的人要屈彩鳳的命，胡宗憲沒有騙你，朝廷也不想惹一身的腥，這回沒有調集各地的兵將去圍剿，而把這個任務交給了你的老朋友伏魔盟。」

天狼的心猛的向下一沉，周身的紅氣散得無影無蹤，以刀拄地，感覺到自己體內陰陽兩股真氣開始不受控制地亂跑，這種走火入魔的感覺，自從那次大沙漠中得了屈彩鳳體內真氣之助後，幾乎就沒有再出現過，現在聽到屈彩鳳有難，他竟然難以控制地再次起了這種反應！

強忍著體內的不適，天狼咬著牙說道：「陸炳，你們，你們這回又在搞什麼花樣，伏魔盟，我的，我的小師妹答應過我，不會，不會對巫山派出手，他們，他們現在放著魔教的血仇不去報，卻，卻要去滅巫山派，怎麼，怎麼可能！」

陸炳眼中現出一絲憐憫：「可憐的天狼，**你永遠在低估你的對手**，你以為沐蘭湘答應了你，就代表伏魔盟會遵守你的那個承諾？以前巫山派沒事，不是因為他們強，而是因為他們背靠魔教，背靠嚴世蕃，清流派不敢跟嚴黨鬥到撕破臉的地步，所以跟魔教一直是鬥而不破，互有攻守，卻不至於毀家滅派，這也是皇上希望看到的，你明白了嗎？」

天狼狂吼道：「不對，不對，正派的俠士心繫天下，以斬妖，斬妖除魔為己任，他們，他們絕不會，絕不會和魔教妖人達成協議的，不會！」

陸炳嘆了口氣：「天狼，有時候我也不想如此殘忍，你永遠生活在自己的理想和信念之中，要讓你的整個人生觀徹底垮掉，是件多殘忍的事?!可是對不起，人總是要長大的，**你不能永遠心裡留著那絲無用的正氣，一個真正的好人，以後是沒法接掌錦衣衛，去迎接朝中的那麼多明爭暗鬥，去做那麼多違背良心的事，今天，我冒著失去你的危險，也要讓你知道這個真正的世界！**

「天狼，你知道落月峽之戰是什麼？你以為真的只是正派聯軍想要斬妖除魔的一次行動？為什麼魔教存在了幾百年，就是本朝也存在了這麼多年，卻一直沒有剿滅？實話告訴你吧，就是**夏言想要徹底壓倒嚴嵩一黨，自己控制整個朝廷，才授意少林派挑頭組建伏魔盟，想要一舉蕩平魔教，然後再扳倒嚴嵩，掌控內閣**，皇上早就明白了他的用心，所以在那時候，就定下了除掉夏言之心！

「可夏言也精明似鬼，伏魔盟中，只有少林是堅定站在他這一邊的，而武當派由於徐林宗的關係，一向跟他的學生徐階交好，華山派和峨嵋派則跟他的另一個學生高拱關係非同一般，夏言想讓武當和峨嵋打頭陣，儘量多地保存自己少林派的力量，因此一出兵時就是分路而行，甚至還暗中透露消息給魔教，讓他們在黑水河邊去伏擊武當和無相寺的那一路，你以為這是偶然？」

天狼沒想到那場神聖的滅魔之戰，背後竟有這麼多驚心動魄的醜惡算計，他搖著頭，喘著粗氣，卻只是不信。

陸炳負手於背後，在天狼面前踱起步來：

「可是夏言千算萬算，沒有算到他的好學生徐階和高拱也打著同樣的算盤，黑水河一戰之後，徐高二人知道了夏言的用意，就開始暗中讓武當和峨嵋二派保存實力，因此落月峽一戰，幾大正派都是各打算盤，未戰就想著退，焉能不敗？

「而巫山派早在戰前就已經決定了加入魔教一方，林鳳仙的死只是個意外，反而讓屈彩鳳更加仇恨伏魔盟各派，有他們從背後襲擊，伏魔盟更是大敗虧輸，精英折損十之六七，這正是皇上最希望的結果，夏言的少林派由於此戰損失巨大，又要承擔戰敗的領導之責，直接動搖了夏言作為清流派首領的地位。

「夏言為了挽回自己的損失，就開始走另一條路，轉而扶持作為邊將的曾銑，示意他在邊關挑起戰事，而讓朝廷的人力物力向邊關傾斜，以加強他作為內閣首輔的權勢，因為嚴嵩一黨那時候控制著江南的稅收，夏言雖有權但手中無錢，動搖不了嚴黨的基礎，於是就希望借邊患而把朝廷的錢再花到邊關去，到時候**內外勾結，有錢有兵，自然就可以逼皇上就範，天狼，你說這樣的人是忠臣良將?!**」

天狼拖著長長的血涎，咬著牙說道：「不，我不信，我全不信！夏言雖然專權，但忠心國事，絕不是你說的這種人，就算，就算是這樣，也比嚴黨好上一萬倍！」

陸炳哈哈一笑：「好上一萬倍？皇上可不這樣想，在他看來，嚴黨再壞，也從沒起過謀逆篡權的心思，最多只是給自己撈錢罷了，而夏言所為，勾結邊將，破壞朝中平衡，想虛君實權，這完全就是篡位的做法，所以皇上寧可最後選擇了貪婪的嚴黨父子，也沒有選擇你認為的這位清廉正直的夏大人。」

「天狼，你是不是覺得夏言兩袖清風，身無餘財，最後上路的時候也只有老妻和幾個老僕，根本不像嚴黨那樣金山銀山，這就是好官，清官了？我告訴你，**歷代君王，不怕臣貪錢，就怕臣貪權貪名**，夏言這樣的人，不貪錢財，不好美色，那好的就只有一樣東西，**權力**，一旦他掌握了權力後，那眼中就只剩下了皇上的江山，所以不殺夏言，還能殺誰？」

天狼只覺得體內的真氣亂跑得越來越厲害，一股氣團在他的身上清晰可見，到處亂跑，他盤膝而坐，開始強行地運功定下心神，嘴裡念起清心訣，而陸炳的話卻如同刀子一樣不斷地繼續刺著他的內心。

「天狼，**你以為殺夏言的是嚴黨？實話告訴你吧，不僅是嚴嵩父子，就連他的好學生徐階和高拱也參與了此事**，暗中提供了許多夏言與曾銑來往的證據，不然你以為我這麼容易就能查到他們的書信？如果整個清流大臣集團能抱團與嚴黨一戰，就是皇上，又怎麼能輕易地殺夏言這個內閣首輔？

「夏言一死，少林立即失去了伏魔盟的領袖地位，徐林宗順利接手武當之後，一躍又成為伏魔盟的老大，你那可愛的小師妹在此過程中出力甚巨，若非她的全力支持，徐林宗這個位置也不可能坐得太穩。哈哈，當然，對我來說，更好的結果是你終於進了我們錦衣衛，從此成為了我的得力助手，若無你之助，我也不可能這麼快地先後解決掉白蓮教和倭寇，天狼，在江湖中漂泊實在太屈你的才了，**只要你能放下你心中那點不值錢的正義感，天底下有什麼是你取不到的呢！**」

天狼剛才強行平復內息，感覺稍微好了一些，可陸炳最後的那幾句話卻刺激得他忍無可忍，從地上一躍而起，破口大罵：「陸炳，你這個小人，一直就是在利用我，欺騙我，你要我現在知道了真相，還跟你同流合汙，休想！」

陸炳哈哈一笑：「不跟我同流合汙，那天下之大，你又能去哪裡呢？徐階這回和嚴嵩達成了協定，聯手先滅了巫山派，而巫山派的地盤，則給武當作為分舵，所以魔教這回跟伏魔盟，還有洞庭幫都是聯手行動，幾乎是整個江湖去圍攻一個巫山派，還用得著朝廷出動大軍嗎?!」

天狼的身子搖了搖，喃喃地說道：「不會的，小師妹，小師妹她答應過我，不會攻擊巫山派的，她不會騙我的，不會的……」

陸炳搖搖頭：「你的小師妹還答應要和你一輩子長相廝守呢，還答應了會愛你一生一世，永遠在武當等你呢，現在還不是嫁為人婦，天狼，你那天也親眼見過了你的小師妹，叫她徐夫人的時候，她可曾有半分不適！」

天狼的身子歪了歪，陸炳的話就像把利刃一樣，不停地剜著他的心，把他心中最痛的傷口又刺得千瘡百孔，剛才已經漸漸止住的血又開始順著他的鼻孔和口角流下，他連忙再次運功導氣，壓抑著體內到處亂跑的真氣。

陸炳嘆了口氣，聲音柔和下來：「天狼，其實我也不想這樣揭你的瘡疤，但是你已經是個男人了，有些事情必須要面對，總不能永遠抱著自己那些虛幻的理想和正義來行事，世事本就是這樣，虎狼成群，為了生存，不可能不向著現實低頭，**名門正派也不像你想的那樣堅守正義，揭開那華麗的表皮下，照樣是不能見光的醜陋，照樣是各種陰險權謀，利益交換，如果說魔教那樣是真小人，這些名門正派也不過是偽君子罷了，不值得你為他們付出一切，乃至生命。**」

天狼低吼道：「不，陸炳，你休得逞口舌之利，那麼多正道俠士都在落月峽戰死了，他們完全是為了自己的理想和正義的理念，絕不是你說的那樣，我的師父，師伯，還有那麼多同道，那些已經功成名就，在外開莊立派的師叔們，他們也是為了爭權奪利才加入此戰嗎？那些已經進了你錦衣衛，當上了百戶，千戶的人，回師門赴難，也是為了利益嗎？」

陸炳的嘴角抽了抽，臉上依然是一副不屑的表情：「天狼，從小到大，你都是一個脫離社會現實的存在，從小你就給你的師父，你的師叔伯們圈養在武當，二十歲了還沒下過山，過的是衣來伸手，飯來伸口的日子，除了讓你每天練劍習武外，你並不知道你的衣食用具是怎麼來的，如果我記得不錯的話，落月峽之前的那次下山聯絡，你才是這輩子第一次見過銀子是啥東西吧。」

天狼沒有說話，算是默認。

陸炳繼續說道：「就算這之後你開始走江湖，到各派臥底，其實情況仍然沒有什麼改變，你每次走東闖西，都不是用自己掙的錢，不是師父給的，就是門派出的，**你沒有真正地自己掙過錢，也不知道生存的不易，更不知道要經營，要維持一個家，一個村莊，乃至一個門派，需要多少錢**，而你又得靠什麼方式來得到這些錢，**脫離了現實，才會讓你變得如此理想化，去追求那些不切實際的正義**。

「醒醒吧，天狼，就是你進了錦衣衛後，我只交給你一個個的任務，但你無論走到哪裡，若是缺了錢，到任何一處的衙門或者錦衣衛的分部，只要把腰牌一亮，自有人給你花不完的錢，用不完的銀子，只是因為你是錦衣衛，是天狼，但如果你離開了錦衣衛，你還能過得這麼瀟灑嗎?!

天狼吼道：「不，陸炳，不要跟我說這些，即使窮得一文不名，哪怕到街頭賣藝，我也不會違背自己的良心，不會違背自己的原則，更不會為了這些錢，跟你一樣丟掉良知，去和魔鬼合作，去助紂為虐！」

陸炳哈哈一笑，眼神變得凌厲而狠辣：「天狼，你知道嗎，我每天晚上睡覺的時候都得睜著一隻眼，防著別人對我們錦衣衛的滲透和迫害，每天早晨一睜眼就要思索如何養活手下這幾千號人，如何不讓朝廷、不讓皇上裁撤了，壓縮咱們錦衣衛。**要想掌握自己的命運，只有掌握更大的權力**，天狼，你早晚有一天要接我的班，執掌整個錦衣衛，**我不能永遠讓你活在自己的世界裡，我必須要讓你知道生存的不易，世道的殘酷。**」

天狼挺直腰，大聲說道：「不，陸炳，如果不能堅持自己心中的正義，要變成像嚴世蕃那樣的人，那我寧可不要這個錦衣衛，人不是畜生，不能為了生存就不擇手段，無所不為，就是汪直和徐海，也心存善念，罪孽深重還知道回頭，而你卻甘願為了自己的榮華富貴，去放棄自己的良心，我就是解散錦衣衛，也絕不當這樣的鷹犬和走狗！」

陸炳冷冷地說道：「天狼，**就算不在錦衣衛，你只要活在這個世上，就逃不開這種責任**，這個道理連沐蘭湘這種女流之輩都清楚，她儘管很愛你，但為了武當仍然選擇了和你分開，這種做法，和我有何區別?!」

天狼瞳孔猛的收縮了一下，抗聲道：「不，小師妹和你不一樣，她是為了維護武當，而武當是天下正道的首領，她沒有和嚴世蕃這樣的奸賊同流合汙！我不許你這樣侮辱武當，侮辱我的小師妹。」

陸炳反問道：「天狼，你說我跟嚴世蕃合作是同流合汙，那這次武當又何嘗不是？他們可是直接和魔教聯手去滅巫山派，這算不算同流合汙？」

天狼身體搖搖欲墜，一股熱流再也控制不住，一張嘴，噴出一口鮮血，身子也無力地跪倒在地上，以刀撐地，虛弱地道：「不，我不信，武當，武當絕對不會，絕對不會和魔教聯手的，陸炳，你，你就是能把死人說活，我也不會相信你的鬼話！」

陸炳冷冷地說道：「信還是不信是你的事，也許只有讓你親眼看到，你才會信我的話，武當有足夠的理由和魔教聯手一次，且不說曾經的魔教教主張無忌就出身武當，有這麼一層淵緣，就說利益衝突，武當身在湖北，和身處川湘交界的巫山派本就是水火不容，所以**伏魔盟裡，最迫切要消滅巫山派的就是武當**，這事上和洞庭幫不謀而合。

「天狼，你大概不知道吧，你在湖南前腳見楚天舒，後腳嚴世蕃就找上了他，跟他約定合力攻擊巫山派，利益面前，楚天舒對你的承諾也打了水漂，為了這次攻巫山派之役，他們早就謀劃多時，又怎麼可能放棄？

「至於武當派，嚴世蕃也直接去找了他們，以魔教在三年內不入中原為條件，換取這回的聯手，此外還願意把巫山派總舵送給武當。天狼，如果你是徐林宗，會不答應這個條件嗎？」

第六章

與狼共舞

陸炳內心也想做個忠臣良將，痛恨嚴世蕃這樣的禍國奸臣，
但現實中卻選擇了退縮和妥協，一如他出賣夏言一樣，
堅持良知的代價如果是死亡和滅族，
這是陸炳不能承受之重，
所以他選擇了與狼共舞，同流合汙。

天狼一時無語，他的心在一陣陣地刺痛，伏魔盟元氣未復，多年來的戰鬥嚴重地損耗了實力，武當的情況更是窘迫，如果能有一個緩過勁的機會，很難拒絕，即使是自己處在徐林宗的位置，只怕也很難拒絕。

陸炳得意地笑道：「天狼，不說話是吧，看來你都對這個條件很滿意，更不用說徐林宗了。不過你的徐師弟當時可沒有答應下來，他轉而派了你的寶貝小師妹前往蒲田南少林，想要找少林僧兵的支援，哼，這種死道友不死貧道的事情，徐林宗這小子現在也是駕輕就熟了。」

天狼這才明白過來，為何那次小師妹會現身南京，原來是為了向南少林求助，**看來這次也跟當年的滅魔大戰一樣，事先武當派出各路弟子到處引援，而自己還傻乎乎地給蒙在鼓裡，白白地浪費時間**。

天狼咬牙切齒地說道：「既然你們需要武當聯絡南少林去攻擊巫山派，為何還要在南京城外對小師妹下手，還有，屈彩鳳當時和我在一起，你們為什麼不對她下手？」

陸炳微微一笑，繼續說道：「南京那次只不過是給徐海演戲罷了，嚴世蕃就是要讓徐海認定他是個既貪婪又好色的傢伙，全無城府，只想著逃命，這樣才會對他放下戒備，順便想要把你引出來，讓徐海看清楚你跟嚴世蕃的矛盾，好進入下一步的義烏事件，再慢慢進入上雙嶼談判，你連壞嚴世蕃兩次好事，他上雙嶼島阻你和議，再正常不過了，汪直和徐海都以為他是要報仇，這才不會對他在島上搞策反生出戒備之心，明白了嗎？」

天狼幾乎一口血又要噴出來，到了喉頭時勉強忍住，嘆息道：「原來自始至終，我一直是被你和嚴世蕃利用的一枚棋子而已。」

陸炳眼中閃過一絲寒芒：「棋子是不假，但我們確實低估了你，**你這枚棋子的能量超過了我們的想像，甚至差一點壞了全盤大事**，可到了最後你卻促成了汪直更加堅決地招安，這起到了意想不到的效果，老實說，我很吃驚，也很滿意，只有這樣的天狼，才有資格接我的位置，以後掌管好錦衣衛。」

天狼咬牙切齒地說道：「你還沒有回答我，為什麼你們不直接來攻擊落單的屈彩鳳，而是要兜這麼大一個圈子！」

陸炳哈哈一笑：「一個屈彩鳳算什麼！土匪婆一個罷了，只會意氣用事，根本成不了大事，巫山派真正能威脅到朝廷的，一是他們散布在江南七省的十幾萬人馬，二是那個太祖錦囊，如果只滅了巫山派總舵，不消滅他們的各地分舵，又得不到錦囊，誰知道屈彩鳳會不會留下什麼備案的手段，讓她的餘黨拿出太祖錦囊作亂呢?!」

天狼只覺得眼前一黑，幾乎要暈倒過去，強撐著說道：「你，你說什麼，你，**你是要把巫山派上下無論男女老幼，就連那些婦孺，都要，都要……**」

陸炳的眼中殺機盡現：「他們聚眾作亂，本就是死罪，天狼，你從來不會站在朝廷，站在皇上的角度考慮問題，這件事我警告了你許多次，可你從來不聽，也罷，我不強逼著你參與此事，但也不會讓你來壞我的事，所以我這回讓你在東南跟汪直和徐海打交道，而不去折騰救援屈彩鳳的事，就是不想你陷進去。」

天狼緊緊地咬著自己的嘴唇，虎目含淚，連嘴唇都幾乎要給咬出血來：「不行，我要救他們，我一定要救屈姑娘！」

陸炳冷冷地說道：「其實我知道，屈彩鳳八成是把太祖錦囊的事情告訴了你，所以這回我給你一個面子，我們錦衣衛不出手消滅巫山派，你真的想報仇，就去找你的武當派、少林派吧，呵呵，他們可是這回親手消滅巫山派的主力。天狼，**看著你的小師妹和屈彩鳳相互之間你死我活，非死一個，你會幫誰？**」

天狼痛苦地大吼道：「住口，陸炳，你，你不是人，你好毒！」

陸炳哈哈一笑：「毒？天狼，**徐林宗和屈彩鳳可是夫妻關係，連他都能狠下心來把自己的枕邊人親手送入地獄，你說是誰更毒呢？**我告訴你吧，這回是徐階親自去的武當，命令徐林宗出頭消滅巫山派，徐林宗可以不遵聖命，也可以掙扎糾結於他的那點俠義精神，但是無論如何也不可能不聽從他的父命的。」

天狼一想到巫山派後山的那個寧靜安寧的村莊，那成千上萬的老弱婦孺，那個幸福安穩的世外桃源，心就一陣絞痛：「不會的，不可能的，徐師弟也見過巫山派的大寨，他怎麼會忍心，怎麼會忍心對這些孤兒寡母下手！」

陸炳冷冷地說道：「武當派只會和伏魔盟的其他各派一起攻破巫山派的總舵，至於那些村寨，則交給魔教和洞庭幫去收拾，髒活兒總得有人來做是不是？這樣也能避免他們正邪雙方見面，一時忍不住大打出手，反而給屈彩鳳機會。哦，對了，現在屈彩鳳也知道了總舵有難，正在各地召集分舵的人馬回總壇救援呢，天狼，你也懂點兵法，知道嚴世蕃為什麼會給她留下這時間吧。」

天狼咬牙切齒地說道：「你們好狠的心，這是要，這是要一次把整個巫山派各地的勢力一網打盡，這樣，這樣其他各寨都會輕易攻破！」

陸炳點了點頭：「不錯，若是各寨據險死守，那朝廷剿滅又要費不少力氣，可若是精兵強將都在這回隨著巫山派總舵一網打盡，那消滅各地賊寇就會輕鬆得多，天狼，如果你在嚴世蕃和徐林宗的位置上，也會這樣做的吧。」

天狼只覺得一陣天旋地轉，陸炳的話是那麼地殘酷，卻又是那樣地真實，於情於理，武當都沒有放過這麼一個大好的消滅巫山派的理由，就是換了自己，若不是和屈彩鳳有如此親密的關係，只憑以前巫山派在落月峽對正派聯軍做的事情，滅他們一萬次也不會有絲毫猶豫的。

陸炳的話如二月的寒風一樣冷冷地灌進了天狼的耳朵裡：「天狼，識時務者為俊傑，今天我跟你說這麼多，就是要你明白一件事，跟朝廷，跟皇上一條心的，自然能有個好的結果，而反過來自立為王，聚眾叛亂的，無論是否回頭，最後的結局都是一樣，那就是被朝廷以各種手段分化瓦解，最後徹底消滅。徐林宗已經放下了他的原則，跟自己的仇家嚴世蕃合作，武當也能和魔教暫時聯手一回共破巫山派，**你以往堅持的那些信念，就跟你和沐蘭湘那曾經山盟海誓的愛情一樣，早就隨風而去，一錢不值。**」

陸炳越說越激動，上前一個箭步，把半跪倒在地上的天狼一把拉起，糾著他的前襟，厲聲喝道：「天狼，睜開你的雙眼吧，好好看看這個世界，**弱肉強食，虎狼成群，想要不被人擺布，不當人棋子，只有掌握絕對的權力**，你那套無用的道德觀，只能去騙騙涉世未深的小孩子。

「只有心狠手辣，血冷心硬，才能在這個世道上存活下來，這個世上除了你的親人，沒有人會真心地對你好，上天眷顧你，給你這身傲視天下的武功，給了你這麼聰明的頭腦，就是要你做一番大事業的，只要丟掉你那點可憐的善惡觀，血冷心硬，不擇手段，你一定可以闖出自己的一片天地！」

天狼冷冷地看著陸炳的雙眼，他能感受到陸炳嘴裡噴出的熱氣吹拂著自己的臉，而那副狀若癲狂的表情，是他認識陸炳以來的第一次，他很清楚，這個鐵一樣的男人今天才第一次卸下自己的面具，毫無保留地把內心裡所有的想法向自己灌輸。

可是天狼還是用力地推開了陸炳的手，倔強地說道：「血冷心硬？不擇手段？陸炳，如果我對你也用上心機，也為了上位要取你的性命，是不是就是你希望我變成的樣子？」

陸炳微微一愣，轉而怒道：「天狼，你昏了頭嗎？錦衣衛我是要交給你的，你為何要取我的命?!」

天狼哈哈一笑，聲音如泣如訴：「你不是要我血冷心硬嗎，不是要我不擇手段嗎？我若真的到了這一步，還會任你這樣愚弄，擺布？你擋著我上位的道，你利用我，只要你在一天，我就不得安寧，我不殺你殺誰？」

陸炳氣得一跺腳：「你小子是不是腦子氣糊塗了！我說過要把鳳舞嫁給你，到時候不止是你的上司，更是你的岳父，就這樣你還要連我都殺？」

天狼的雙目盡赤，吼道：「你們父女一直都是在利用我，鳳舞說愛我，又能有幾分是真心？我早就答應了你，去過雙嶼島後會娶她，即使是這樣你們還是不肯和我說真話，直到現在你才告訴我一切，**就跟那個永遠不敢在我面前摘下面具的鳳舞一樣，我已經再不會信你們父女了，這個世上，只有屈彩鳳是沒有騙過我的，也是我現在唯一想要保護的人！**陸炳，我最後一次告訴你，我絕對不會變成你這樣的人，就算是死，我也會守護我心中的道義，保護我要保護的人！」

天狼吼完後，一個大轉身，頭也不回地向另一個方向走去。

陸炳氣得在後面破口大罵道：「天狼，你瘋了嗎？你這時候去巫山派，已經根本不可能救得了屈彩鳳了，你的那塊金牌是胡宗憲給的，出了東南就是塊廢鐵，根本別指望有人能聽你的號令！」

天狼的臉上早已經淚水成行，道：「金牌我早就還給了胡宗憲，而且我已經不指望能救下屈彩鳳，你們精心策劃，早早布局，我單槍匹馬又怎麼可能壞了你的大事，但我至少可以忠於自己的良心，救不了屈姑娘，我就跟她死在一起，這樣也可以問心無愧，不枉男兒一生。」

陸炳怒道：「你師父培養你這麼多年，我這樣對你傾盡心血，為什麼你就是不開竅，就是不肯面對現實，屈彩鳳對抗朝廷，雙手也是沾滿鮮血，那個太祖錦囊一旦現世，就會引得天下大亂，這道理你又不是不知道，為何還要執迷不悟！」

天狼擦掉臉上的淚水，聲音透出不可改變的決絕之意：

「陸炳，你聽好了，無論是屈姑娘還是我，都無意讓太祖錦囊重新現世，但那幾萬在巫山派安居樂業的老弱婦孺是無辜的，你身為朝廷命官，不去撫恤這些被黑暗世道逼得走投無路的可憐人，巫山派幫大明養活了這些人，你們卻還要趕盡殺絕，天理何在，天良何在?!不管是嚴世蕃，武當派，徐林宗……沐蘭湘，只要濫殺無辜，那在我眼裡就是背離了俠義之道的魔道妖徒，盡可殺之！」

陸炳臉色一變：「你會對你武當派的同門，對你小師妹下手？我不信！」

天狼厲聲道：「那你等著瞧好了！陸炳，從他們有違俠義，和嚴世蕃合作的那一刻起，就再不是我的同門和生死兄弟，我若保護不了屈彩鳳，只有一死而已！」

天狼說完後，咬了咬牙，堅決地向前走去，只剩下呆若木雞的陸炳還怔怔地留在原地。

怒濤拍岸，狂風呼嘯，天狼那蹣跚的身影漸漸地在遠方的海灘上變成了一個小黑點，陸炳仍然陰沉著臉，一言不發。

不知何時，**他的身後出現了一個高大的黑影**，全身上下都裹在一襲寬大的黑袍之中，只露在外面的一雙招子，卻是眼神凌厲如電，全身上下散發出一股可怕的氣勢，雖然不言不語，但站在陸炳的身後，仍然能在氣勢上蓋過這位名滿天下的錦衣衛總指揮一頭。

陸炳沒有回頭，輕輕地嘆了一口氣：「你說得沒錯，天狼最後還是沒有跟我走，唉，想不到我布局多年，還是沒真正瞭解他。」

神秘的黑袍人開了口，蒼老的聲音中透出一股不可冒犯的威嚴，即使透過拍岸的驚濤聲，也是清晰可聞：

「天狼永遠活在自己的信念和世界裡，你錯就錯在以為愛情能改變他，以為想辦法讓沐蘭湘攻擊屈彩鳳，就能動搖他的信念，我早就告訴過你，這個傻瓜的腦袋裡，**除了道義，一切皆可拋**，要不然當年也不會把沐蘭湘在武當山上一扔那麼多年不去管。」

陸炳咬了咬牙：「現在怎麼辦，我都說到這份上了，他還是這樣走了，如果讓他繼續去巫山派，會不會壞了大事？」

黑袍人的眼神中光芒一閃：「有什麼可壞的，我倒還希望天狼能取出太祖錦囊呢，那對我們來說不是什麼壞事。」

陸炳吃驚地轉過了身，看著黑袍人訝道：「什麼，讓天狼得到太祖錦囊？」

黑袍人陰惻惻地一笑：「**看來你還不知道天狼身上的另一個秘密**，不過也罷，總有一天你會知道的，我就是希望他心中的憤怒能淹沒整個世界，變成我希望他成為的樣子，也不枉我多年來在他身上下的心力。哈哈哈哈哈。」

黑袍人的笑聲如蒼梟夜啼，陸炳盲然地站在那裡，看著這個黑袍人，彷彿第一次見識到他那可怕的內心，身體也不自覺地微微發起抖來。

天狼茫然地走在沙灘上，陸炳的話不停地在他的耳邊，在他的心中迴蕩著，他一時還沒有回過味來，大腦中一片空白。

也不知走了多久，突然間一隻大手攔住了天狼的去路：「天狼，是你嗎？」

天狼茫然地抬起了頭，戚繼光的臉映入了他的眼簾，猛的想起自己還在寧波，強行打起精神，揉了揉眼睛：「戚將軍，你怎麼……」

戚繼光回頭喝道：「全都退下！」身後的親衛士兵本來都已經拔了半把刀出鞘，給戚繼光這樣一喝，才紛紛收刀而退。

戚繼光仔細打量著天狼，疑道：「你的臉怎麼回事？」

天狼木然地摸了摸自己的臉，才反應過來，自己在陸炳面前的那次暴氣，不僅把錦衣衛的鐵面震碎，也把自己的人皮面具給震破，現在露在外面的是自己的本來面目，大概是自己這樣如行屍走肉般毫無目標的行走，碰上了巡防的戚繼光，若不是自己身上的這副錦衣衛的衣甲，大概早就會給他的那些親兵們拿下了。

天狼苦笑道：「戚將軍，你現在看到的，是我的真面目，自從進入錦衣衛後，我一直是戴著面具過活，今天，我終於可以脫下假面，做回我自己啦。」

戚繼光疑惑地打量著天狼：「什麼叫戴著面具？天狼，我沒見過你戴過面具啊，你是說那層鐵面具嗎？」

天狼搖搖頭，摸了摸懷中，掏出兩張人皮面具，拿了一張往自己的臉上一套，立即就變成了一個四十多歲的紅臉中年人，對驚訝地張開嘴巴的戚繼光說道：「戚將軍，這個叫作人皮面具，而製作這種面具的辦法叫易容術，我在走江湖的時候為了不暴露自己的身分，經常是戴著面具，而加入錦衣衛後，更是成天易容行走。」

戚繼光道：「那我又如何知道你是天狼，而不是別人假扮的呢？」

天狼嘆了口氣：「戚將軍可還曾記得你我去義烏時，你我審問那施文六，得到嚴世蕃通倭叛國的口供的事？」

戚繼光點點頭：「現在我可以確認你是天狼了，我一直還很奇怪，你這樣的英雄豪傑，為啥長得像個白面商人，原來是戴著面具，你的本來面目是如此的英武不凡，這符合天狼大俠威武雄壯的本色。哈哈。」

天狼道：「戚將軍，從今以後，我要離開錦衣衛了，再見不知道會是何年。」

戚繼光一下子愣住了，連忙說道：「天狼，怎麼回事？你這次立下如此大功，正是前程似錦的時候，為何還要離開錦衣衛？難道是嚴世蕃那賊子見不得你的好處，又暗中使壞？」

天狼一想到自己這些年給陸炳的利用，就恨得牙癢癢，斷然道：「不，這次還真的和嚴世蕃沒太大的關係，只怪我有眼無珠，誤信奸人，現在已經鑄成大錯，悔之晚矣，戚將軍，汪直和徐海的招降之事現在如何了？」

戚繼光嘆了口氣，說道：「汪直和徐海已經上岸，胡總督一個時辰前就帶他們進城赴宴了，不過依我看，胡總督秘令總督府的衛隊來負責汪徐二人的護衛，名為保護，實為監視，那毛海峰率部眾，帶著那些銀兩回了雙嶼島，而胡總督也派了他的貼身護衛，指揮夏正隨毛海峰一起回島。」

天狼見過那夏正，知道此人跟隨胡宗憲多年，也算是胡家的累世忠僕了，胡宗憲為他謀了一個指揮的位置，更是讓他死心踏地，他搖了搖頭：「只怕夏指揮是不可能再活著回來了。」

戚繼光的臉色一變：「怎麼回事？既然已經招安了，難不成倭寇還會反水不成？」

天狼苦笑道：「胡總督早就確立了除掉汪直和徐海的決心，所做的一切，不過是為了誘他們上岸而已，既然已經得手，哪還會讓這兩人生離大明？夏正只不過是讓倭寇們安心的一個道具罷了，等到胡總督通過各種軍餉，通商等手段分化瓦解掉汪直的手下後，就是對他們二人下殺手的時候。而夏指揮，只怕也會被那毛海峰洩憤殺掉，作為胡總督的棋子，被無情的遺棄。」

戚繼光臉色一變，低聲道：「既然要殺這二人，為何又要將其誘降？自古有云，殺降不祥，胡總督學貫古今，怎麼會不明白這個道理？」

天狼眼中寒芒一閃，陸炳的話在他的耳邊迴蕩，便說了出來：

「胡總督可能個人並不想對他們痛下殺手，但皇帝卻不能容忍自立為王，挑戰君權的汪直，**這次東南之事，從一開始就是一個局**，胡總督、我、戚將軍你，全都是配合著在演戲，**下棋的這個人，則是一直深藏在陰影中的嚴世蕃，他故意讓徐海看到我跟他的矛盾，然後上雙嶼島明裡阻我和議**，暗中卻買通汪直的衛隊讓他們反水，然後裡應外合攻取雙嶼，若不是我助汪直突圍，只怕汪直和徐海早就死在雙嶼島上了。」

戚繼光倒吸一口冷氣：「居然還有如此毒計！難道連義烏之事也是他的計畫之內？」

天狼咬牙道：「**嚴世蕃才是真正奉了皇帝的秘旨來東南解決汪直的人**，聖意已明，汪直非死不可，而胡總督想必也早已經得到了這個旨意，所以借和議招走投無路的汪直和徐海上岸，就是等分化掉他的手下後，再開刀問斬！」

戚繼光半天默然無語，最後長嘆一聲：「胡總督的手段雖然見不得光，但倭寇作惡多端，殘殺百姓，也當有此報應，天狼，難道你想救汪徐二人嗎？」

天狼木然地搖了搖頭：「其實本來我答應過徐海的夫人，會盡力保他們一條命，但現在他們已經身入牢籠，只怕我也救他不得，而且我這裡有件更重要的急事要去辦，生死尚未可知，如果能活著回來，自當想辦法救出徐海夫婦，至於汪直，就聽天由命吧。」

戚繼光一皺眉：「你說的徐海老婆，可是那金陵名妓王翠翹？你和她有交情？」

天狼嘆了口氣：「她的身分很複雜，卻是個深明大義的奇女子，徐海肯改過從善，一大半要歸功於此女，而且這次在雙嶼島上，我被她所救，還托她辦了件大事，無論如何，這個恩是要報的，我既然答應了放徐海一條生路，那只要還有一口氣在，就當盡力做到。」

戚繼光搖了搖頭：「天狼，我知道你是鐵骨錚錚的男兒，但如果是皇上下了令要殺他，那他可就是欽犯，你若是幫他逃亡，只怕大明的天下，也容不得你了，即使不當官，也不要弄得自己有國難投，有家難歸，三思啊。」

天狼擺了擺手：「男兒在世，一諾千金，徐海本已改過從善，朝廷卻要取他性命，本就是不義之舉，戚將軍，如果到時候你負責看守徐海，而我要來劫他的話，千萬不要手下留情，你有你的職責所在，我能理解。」

戚繼光用力地點了點頭：「自當如此，不過，天狼你的為人我戚某佩服，不管怎麼說，你既然說了此事，那徐海夫婦只要交給我看管的話，我自當盡力保全，不會讓人害了他們，但若是朝廷的欽命，也請恕戚某只能照辦！」

天狼哈哈一笑，與戚繼光的這番對話，讓他一直陰鬱難過的心情變好了不少，他向著戚繼光拱手一揖：「戚將軍，那就後會有期了。」

戚繼光嘆了口氣：「天狼，如果不在錦衣衛的話，可不可以考慮來胡總督這裡？他倒是一直很欣賞你。」

天狼搖了搖頭：「不用了，胡總督雖然是個好官，但仍然行事不擇手段，你也說了，殺降不祥，他這回雖然可以名垂青史，但嚴世蕃卻已經容他不得，只怕禍事就在眼前，再說了，我已經在錦衣衛受夠了給人利用和欺騙的滋味，不想再經歷一次，這回如果能幸得不死，也不想再入官場，**仗劍行天下，青鋒掃不平，這才是我李滄行真正想過的日子。**」

戚繼光點了點頭：「李滄行？這是你的名字嗎？我好像有點耳熟。噢，對了，你是不是江湖上傳說的那個武當弟子？」

天狼哈哈一笑：「李滄行的名字，連作為世襲將軍的戚將軍也聽說過嗎？」

戚繼光笑道：「戚某自幼喜歡槍棒武藝，也經常與江湖人士來往，所以聽過你李兄弟的名字不奇怪，難怪這些年李滄行在江湖上徹底消失，原來是進了錦衣衛，成了天狼。」

天狼點點頭：「往事不用再提，戚將軍，你我就此別過，我如果這回不死的話，以後會浪跡天涯，將軍若有所需，可以托人帶話，千山萬水，李某自當前來相會。」

戚繼光正色道：「保重，李大俠。」

天狼轉身欲走，突然想到什麼，又回過頭：「戚將軍，如果胡總督真的殺了汪直和徐海，他的手下必將復叛，這些倭寇的凶悍和對首領的忠誠我很清楚，到時候一定是勁敵，而東南海防的重任，只怕還是要落到戚將軍的身上了。」

戚繼光表情嚴肅地說：「這點戚某清楚，剛才你一說到胡總督會殺汪直徐海時，我就想到了，這一年來我訓練義烏兵，已經初見效果，接下來就是要讓他們操練陣法，編成小隊作戰，對倭寇之戰，大隊人馬擺開陣勢攻擊是沒用的，他們跑得很快，大陣追不上，單兵又很難打過，所以只有分成小隊，掩護搏擊，老實說，再有個半年左右，新兵訓練就可成形，只是不知道胡總督會不會給我們這個時間。」

天狼微微一笑，拱手道：「分化瓦解倭寇的手下也需要時間，大概半年內，將軍還是可以有時間練兵的，言盡於此，惟祝將軍一切順利。」

戚繼光也是一拱手：「李大俠，珍重！」他想到了些什麼，對著身後遠處的親兵們高聲喝道：「來人，把我的棗紅飛電牽來。」

一匹高大帥氣的駿馬被牽到了戚繼光的面前，戚繼光把轡繩塞到了天狼的手裡：「李大俠，雖然我不知道你要到哪裡，可是這一路上，只怕千山萬水，幾次助戚某的大恩，無以為報，臨別之時，以坐騎相贈，也算是戚某的一點心意。」

天狼也不推辭，用力地點了點頭，翻身上馬，雙腿一夾馬腹，嘴裡「呵哈」了一聲，良駒通人性，奮起四蹄，飛揚而去，帶起漫天的飛沙，轉眼間就不見了蹤影。

幾里外的一處小山頭上，黑袍神秘人冷冷地看著天狼一騎絕塵，向著西北方而去，眼神中露出一絲笑意，喃喃道：

「很好，滄行，非常好！」

騎在棗紅飛電的背上，一路風馳電掣，而天狼一邊在運功調息，一邊腦子裡也在飛快地思索著剛才和陸炳的對話。

說也奇怪，剛才自己乍聽巫山派有難的時候，心中一陣氣息難平，自己學會天狼刀法以來，每次碰上屈彩鳳，都會莫名其妙地走火入魔，**難不成上一世除了小師妹外，自己和那屈彩鳳還有什麼瓜葛嗎？**

天狼把思路從混亂中拉了回來，現在不是兒女情長的時候，**一個巨大的問號浮上了他的心頭，陸炳為什麼要在這時候告訴自己這些事，是為了徹底向自己攤牌，還是讓自己去巫山？**

天狼猛的一拉馬韁，高大的紅色駿馬一下子前蹄立起，一聲長嘶，在這官道之上生生地立住，引得路兩邊的行人們一陣側目。

天狼咬了咬牙，一拍馬臀，拐到了路邊的一處林中，拴好棗紅飛電，在地上打起坐來，閉上雙眼，功行全身，一邊調理著全身的內息，一邊開始仔細地思考起來。

陸炳和嚴世蕃結成聯盟之事，顯然已經是事實了，這點他們並不否認，但他們**既然早知道了伊賀天長就是王翠翹，那天嚴世蕃在船上還故意讓她聽到自己和鳳舞的說話，這又是為了什麼？**

天狼心中一動，自己從一開始就低估了嚴世蕃，這點陸炳說得沒錯，伊賀天長雖然也是絕頂聰明的女中英傑，武功智謀都屬上品，但跟嚴世蕃一比還是差了不少，那天她聽到的只是嚴世蕃想讓她聽到的，或者說是嚴世蕃想通過伊賀天長告訴自己的事，鳳舞應該是不可能讓自己知道她們父女已經和嚴世蕃聯手的事，那麼嚴世蕃就是想用這種辦法來告訴自己，陸炳不可信，以離間自己和陸炳。

想到這裡，天狼的心情稍微平復了一些，陸炳和嚴世蕃的合作應該是自己離開京城後，皇帝下旨查處仇鸞之後開始的，聖意不明的時候，陸炳給自己的任務是全力打擊嚴黨勢力，而仇鸞之死，讓陸炳明白了皇帝是不可能動嚴嵩父子的，為了保住自己的位置，而選擇了和嚴世蕃言歸於好，設下了這個連環局，就是要以自己為棋子衝在明處，掩護在暗中行事的嚴世蕃，給他創造出收買汪直衛隊，拉攏四方勢力合攻雙嶼島的機會。

至於雙嶼島之戰前，嚴世蕃應該已經是算到雙嶼島必破，就算汪直逃得一命，也是元氣大傷，他很確信以自己的本事，不至於死在雙嶼島，退一步說，就算自己無法獨立逃脫，陸炳上了島，也能把自己給救出來。

當時的陸炳應該還不知道自己已經從伊賀天長口中得知了他與嚴世蕃聯手合作之事，這樣一來，有可能會讓自己見到陸炳時怒不可遏，拒絕他的幫助，最好是兩個人一起死在雙嶼島，這是嚴世蕃最希望看到的。

就算自己逃離了雙嶼，在得知了陸炳的背叛和對自己的利用之後，再也不可能和陸炳繼續合作下去，就如同現在這樣，一氣之下離開錦衣衛，而脫離了陸炳保護的自己，顯然要好對付得多，嚴世蕃一心一意地想得到鳳舞，只有自己死了，他才有這個可能。

想到這裡，天狼無奈地嘆了口氣，他現在有些明白陸炳的用意了，陸炳肯定在從雙嶼回來之後得知了嚴世蕃的所作所為，**這兩人雖然名義上合作，但實際上也是各懷鬼胎**，嚴世蕃深知在鳳舞之事上把陸炳得罪狠了，之所以跟陸炳合作只是不想錦衣衛總是針對著自己找麻煩，如果能鬥倒陸炳，換個自己的親信或者盟友掌握錦衣衛，自然是他求之不得的事。

陸炳的內心應該還是痛恨嚴世蕃這樣的禍國奸臣的，這個人良知未泯，也想做個忠臣良將，但是在現實面前卻選擇了退縮和妥協，一如他上次出賣夏言一樣，**堅持良知的代價如果是死亡和滅族，這是陸炳不能承受之重，所以他選擇了與狼共舞，同流合汙**。也想等待機會，如果皇帝對嚴黨再次不滿，決意換人的時候，他會毫不猶豫地拋棄嚴世蕃的。

所以**陸炳是離不開自己的**，一來鳳舞確實喜歡自己，如果自己真的娶了鳳舞，成了他的女婿，那沒有什麼人能比自己這個女婿能幫上更多的忙了。

他說的希望自己接掌錦衣衛應該也是實話。二來自己最恨嚴世蕃，如果以後需要跟嚴世蕃攤牌的話，那絕對少不了自己，於情於理，把自己想辦法留在身邊幫忙，都是陸炳的底線。

所以陸炳今天找自己，應該是一種補救的措施，他知道自己已經恨上了他，不光恨他對自己的利用和欺騙，更不能容忍他跟嚴世蕃的聯手，所以索性跟自己攤牌，把事情挑明，希望能得到自己的諒解。

這次對巫山派的行動，應該也是嚴世蕃一手策劃，東南平倭之事，雖然嚴世蕃苦心布局，手段用盡，但最後消滅陳思盼，引汪直來招安的卻是自己，將來在皇帝面前論功的時候，這功勞自然是記在陸炳，而不是嚴世蕃的頭上，所以嚴世蕃處心積慮地想要在消滅巫山派的過程中處於主導地位，又通過皇帝向清流派大臣施壓，自己對徐階等人想必也是各種威逼利誘，讓其命令伏魔盟各派出動主力，合力消滅巫山派。

陸炳顯然也是算好了時間，嚴世蕃這次要做的絕不是消滅一個巫山派總舵，而是要讓屈彩鳳召集各地的分舵高手來援，然後再一網打盡。

他的計畫很陰毒，雖然陸炳沒有細說，但剛才有意無意地透露了口風，攻擊的主力將由伏魔盟和洞庭幫來擔任，給這兩大勢力的好處也是最多的，武當得了巫山派的總舵，而洞庭幫則能接手湖廣一帶的各巫山派分寨，加上以他們對巫山派的仇恨，一定會傾力而為。

至於魔教，他們的任務則是偷襲巫山派的山後大寨，那裡多是沒有戰鬥力的老弱婦孺，也許目的就是引巫山派的主力來救，誘他們離開堅固設防的山寨，路中由伏魔盟與洞庭幫伏擊。

天狼的眼睛一下子睜開，精光暴射，陸炳應該是做了兩手準備，如果自己肯接受他的洗腦，留在錦衣衛自然最好不過，但他也知道自己眼裡揉不得沙子，大是大非的問題上來不得半點妥協，一定會盡力破壞嚴世蕃對巫山派的攻擊，所以故意把這個計畫告訴自己，就是希望自己能去巫山派攪局，無論是幫屈彩鳳出謀劃策還是想辦法讓伏魔盟退兵，都是可行的選擇之一。

而且這回伏魔盟攻擊巫山派，自己若是出手攻擊伏魔盟，那無疑要與各正派結仇，以後再想回歸武當只怕是沒有可能了，同時，得罪了江湖上的正邪各股勢力，只為了救一個還不知道能不能存活下來的巫山派，以後自己肯定是走投無路，到時候若是不想死，也只有回去投靠錦衣衛這一條路了。

天狼的牙齒咬得格格作響，陸炳還真是算無遺策，這次自己若是要救屈彩鳳，只有回去投靠他，而鳳舞這回沒有出現，應該是隨嚴世蕃一起行動，**這恐怕就是陸炳給自己留的一招暗棋**，關鍵時候，這個對自己像霧像雨又像風的女人，也許會幫上忙。

天狼回頭看了看已經遠在十餘里外，只剩下一個模糊輪廓的寧波港，想到了汪直和徐海接下來的悲慘命運，自己答應過伊賀天長，會救徐海一命，到時候也許會再次借用錦衣衛的力量，而這次的巫山之行，**就當是自己最後一次為陸炳效力了**，無論如何，哪怕賠上這條性命，**不向奸臣賊子低頭的這條原則，是一定要堅持的**，這也是自己和陸炳最本質的區別。

天狼咬咬牙，放聲長嘯，心中的不平與鬱悶，通通隨著這聲清嘯脫口而出，隨著嘯聲的繼續，一股凜然的正氣也油然而生，無論前方有多少艱難險阻，都無法阻止他按著自己心中的理念行事。

天狼跨上了棗紅飛電，解下韁繩，神情堅毅，這一瞬間，他已經想好了怎麼辦，雙腿一夾馬腹，棗紅飛電揚起馬蹄，絕塵而去。

二十天後。

正值新年，可是巫山派的總舵內，卻沒有一點節日的喜慶，平素裡容納著三四千人的大寨內，這會兒至少擠了兩萬多人。

空曠的廣場上到處都是臨時搭建的帳篷，而裝束打扮各異，明顯是彙聚自各地的綠林好漢們，也都縮在各自的營帳之中，一隊隊蒙著臉的寨中女兵們把熱水和食物送進營帳之中，而遠處的鐵匠鋪這時候卻是爐火猛燃，打鐵的「叮噹」聲和工匠們的號子聲不絕於耳。

屈彩鳳今天一襲白衣，站在寨中至高的摘星樓頂層外，一張金色的下半截面具遮蓋住了她絕美的容顏，只有兩隻大大的眼睛露在外面，濃密而修長的兩道美眉直入鬢角，眉頭緊緊地蹙著，顯示出她內心的憂慮。

天空中開始飄蕩起小雪，雪白的雪花落在屈彩鳳雪白的長髮上，配合著她的一身銀裝素裹，遠遠地看去，還以為她是一個美麗的雪人呢。

屈彩鳳的手輕輕地搭在圍欄上，看著山下星羅棋布，燈火通明的大營，一隊隊的光頭僧兵和武當弟子，或者是峨嵋的道姑持劍握杖，來回巡查，她的眼中漸漸地泛起一道淚光，輕聲地呢喃：「林宗，這回你真的要和我做個了斷了嗎？」

往事一幕幕地浮上屈彩鳳的心頭，那些巫山派後山密林裡，黃龍水洞中和徐林宗的纏綿悱惻，緣定三生，山盟海誓，如同電影畫面一般在她眼前展現，兩行清淚漸漸地流下，她輕輕地嘆了口氣：「罷了，該來的總歸會來，正邪永遠不兩立，林宗，既然你不念舊情，也別怪我狠心！」

她的秀目殺機一現，突然心中一陣劇痛，不由得捂住了自己的心口，劇烈地咳嗽起來，一朵鮮紅的血花落在皚皚的白雪上，瞬間把周圍的雪給融了。

屈彩鳳咬了咬牙，素手一揮，那朵雪花一下子被邊上的白雪所覆蓋，再也不見，她幽幽地嘆了口氣：「滄行，這回你也棄我而去了嗎？」

天狼的聲音從屈彩鳳的身後輕輕地響了起來：「我不會棄你而去的，屈姑娘。」

屈彩鳳嬌軀微微一晃，眼神中先是一陣驚愕，轉而閃出一絲喜色，一下子回過了身子，那一頭霜雪般的秀髮，帶起片片飛舞的雪花，配合著她身後那漫天的雪景，說不出的美麗。

天狼今天沒有戴面具，一襲黑衣，蒙面的黑布已經被他拉下，那張英武帥氣的臉上，稜角分明，兩鬢和頷下短短的虯髯讓他顯得男子味道十足，他皺了皺眉，說道：「看起來你的情況不太好。」

屈彩鳳本想衝動地鑽進天狼的懷中，無論她在部下面前如何地強作鎮定從容，可是敵強我弱，近十萬江湖正邪高手已經把這巫山派圍得水泄不通，這幾天為了接應各地來援的部屬，她已經折損了至少五千人，現在寨內傷兵滿營，又值天降大雪，部下們只能待在外面的空地裡挨餓受凍。

她作為主帥，心急如焚，卻又無計可施，昔日的情人徐林宗已經反目成仇，而智勇雙全的天狼幾乎成了她的唯一指望，眼下終於看到了天狼，她幾乎就要動情地投進這個男人懷裡大哭一場，把所有壓力和重任都痛痛快快地釋放一回。

只是屈彩鳳剛邁出半步，馬上意識到這樣不妥，趕忙收住幾乎要衝出的身形，勉強地擠出了一絲笑容：「你是說我，還是說巫山派？」

天狼嘆了口氣：「你的走火入魔情況比以前更重了，換了半年前，我這樣出現在你身後，你不可能毫無察覺的。而且……」

天狼眼光看向了剛才屈彩鳳咳血的那堆積雪，一陣寒風吹起了蓋在上面的那團白雪，鮮紅的血花就像在這寒冬縮放的臘梅一樣醒目。

屈彩鳳搖搖頭：「我反正就是這樣了，天狼，上次我就跟你說過那事，希望你能幫我好好照顧巫山派的老弱婦孺，現在的情況你也知道，巫山派已經面臨大難，這次伏魔盟和魔教居然能聯手，還有洞庭幫，正邪加起來近十萬弟子，這麼大的聲勢，居然還不是朝廷所策劃，我事先一點消息也不知道。」

天狼咬牙道：「屈姑娘，你有所不知，這次的圍攻巫山派的行動，乃是嚴世蕃一手策劃的，可是真正要你們巫山派上下性命的，是在北京城裡的皇帝！」

天狼接著把從陸炳那裡聽到的事情和自己的分析跟屈彩鳳細細地說了，聽得屈彩鳳時而花容失色，時而咬牙切齒，聽到最後，恨恨地用手一拍小屋的柱子，打得這根兩人合抱的大木柱子一片木屑飛揚：「都是些絕情負義的狗賊！通通該死！」

天狼搖了搖頭：「屈姑娘，現在的問題不是去罵敵人的狠毒無恥，而是想辦法如何才能度過眼前的這場危機。」

屈彩鳳美目眨了眨，說道：「若是我們把那太祖錦囊取出，號召天下朝廷，反了朱明的狗皇帝，如何？」

天狼否決道：「這個辦法我在路上就想過許多次，只怕很難，第一，谷口那把大刀現在正是伏魔盟的宿營之地，我在上山前曾經探查過，少林和華山的首腦人物就在附近宿營，想要取出來只怕很困難。

「第二，光有錦囊，卻無建文帝後人和那個密詔，這個錦囊也是不完整的，即使有建文帝後人在，只有錦囊也只是矯詔，無法讓那個解散天下軍戶的詔命合法化，更不可能做到讓朝廷的大軍臨陣倒戈。

「至於這第三嘛，山下的這些正邪各派高手，都並非軍戶身分，而是江湖人士，那紙太祖錦囊裡的詔命，對他們是沒有什麼作用的，伏魔盟和洞庭幫攻擊巫山派，是為了往日的仇恨，還有嚴世蕃許諾的現實好處，至於魔教，更是惟嚴世蕃之命是從，不會聽那太祖錦囊裡的命令。」

屈彩鳳恨恨咬著銀牙道：「早知道就把錦囊拿出來了，管他是不是矯詔，只要有這東西，自然不怕天下的野心家和那些宗室親王們會起兵造反。」

天狼聽了道：「屈姑娘，如果那樣的話，你就是作亂的賊子，連我也不會幫你了，這樣的做法，和以前的寧王為了自己的野心而拿著錦囊作亂，又有何區別？」

屈彩鳳的火氣一下子也上來了：「對，我們巫山派都是些綠林土匪，還心懷不軌，想著造反，自然比不得你李大俠心存正義，既然如此，你還是下山去吧，不必陪我們這些賊子一起完蛋！」

屈彩鳳恨恨地坐了下來，扭頭向一邊，再也不看天狼一眼。

天狼跟屈彩鳳自從化敵為友以來，也相處了幾年，尤其是前面半年多的時候可算得上與她朝夕相伴，對她的性格一清二楚，也不生氣，更不急於解釋，微微一笑，在她的身邊坐下來道：「屈姑娘，如果我不來幫你，為何在這個時候來巫山派？可能剛才我的語氣不太好，向你賠罪啦。」

屈彩鳳冷冷地說道：「我們這幫綠林土匪，哪當得起你李大俠的賠罪呢。」

天狼正色道：「屈姑娘，現在不是使小性子的時候，取出錦囊的辦法不可行，你還有什麼別的主意嗎？」

屈彩鳳心中暗想，現在不是跟天狼作無謂之爭的時候，她扭過了頭，取下面具，正色道：「李滄行，你今天沒戴面具來見我，有什麼特別的含義嗎？在這次的事件上，你們錦衣衛又是何立場？」

天狼點了點頭：「不瞞你說，由於陸炳又重新與嚴世蕃勾結到一起，因此我不會再跟他合作了，這次出來的時候，我說得很清楚，以後大家橋歸橋，路歸路，塵歸塵，土歸土，我會恢復我李滄行的真名在江湖上行走，再不是錦衣衛天狼。」

屈彩鳳吃驚地睜大了雙眼：「李滄行，你不會是說真的吧，在錦衣衛裡你已經做到了副總指揮，而且陸炳對你的看重盡人皆知，為何要放棄如此大好的前程？」

第七章

定情信物

屈彩鳳急得跺腳：「怎麼辦？總不能這樣坐以待斃吧。」
天狼道：「彩鳳，你跟徐師弟有何定情信物，可否借我一用？」
屈彩鳳睜大了眼睛：「滄行，你是說你親自去一趟？
這太危險了，我不能讓你為我冒這個險。」

天狼毅然決然地說道：「我要加入的錦衣衛，應該是一個正義的組織，忠君報國，愛護百姓，和腐敗的奸臣與外虜對抗，如果是為了消滅嚴世蕃這樣的奸賊，或者是抗擊蒙古人與倭寇，那讓我拿出性命也願意，但如果是要我違背本意，與嚴世蕃同流合汙，那就是要了我的命，我也不願意的。」

屈彩鳳哈哈一笑，眼神中流露出一絲敬意：「這才是我心中的李滄行，頂天立地的男子漢。不過這樣一來，你以後跟陸炳也可能會反目成仇了，你沒想過這個後果嗎？」

天狼微微一笑：「屈姑娘，你可能還不知道陸炳的真正內心，他雖然表面上和嚴世蕃合作，但內心裡也是恨不得除之而後快，不然也不會跟我說那些事情，就是希望我能來這裡攪了嚴世蕃的事。」

屈彩鳳的臉色一變：「還有這種說法？」

天狼正色道：「陸炳這次和嚴世蕃合作只不過是因為皇帝現在倒向了嚴世蕃，他不敢違背皇帝的意思而已，但他更不希望嚴世蕃能消滅掉你們巫山派，在皇帝那裡撈取更多的實權，所以他故意和我說這些事情，大概就是希望我能壞了嚴世蕃的事，而鳳舞現在在嚴世蕃那裡，這應該是個給我留下的暗棋。」

屈彩鳳歪了歪嘴，臉上露出了一絲不快：「鳳舞？就是那個以前跟你形影不離的錦衣衛女殺手？」

天狼一下子反應過來，屈彩鳳雖然不是自己的情侶，卻不自覺地吃醋了，以前這種口氣只有在自己提起小師妹的時候她會有，可能上次自己把她在南京城扔下，最後跟鳳舞去了東南的事情她也知道，因此到現在仍無法釋懷。

天狼哈哈一笑：「不錯，是個不折不扣的殺手，這個女人騙了我好久，我這次在雙嶼島差點被她害死，還好撿了條命回來。」

屈彩鳳的表情變得緊張起來：「你去了汪直的老巢？天哪，你還真是不要命了，那鳳舞又怎麼會害你？」

天狼本想把雙嶼島之行跟屈彩鳳全盤托出，畢竟這次自己壞了嚴世蕃的大事，又勸降了汪直，自己也頗為得意，但一想到現在時間緊急，巫山派危在旦夕，不是吹牛的時候，於是他的嘴角勾了勾：

「鳳舞和我一起去雙嶼島，但她奉了陸炳的密令在島上暗查，結果被倭寇發現了，差點壞了和議大事，我這條命也差點送在了雙嶼島，不過後來也算因禍得福，找機會勸降了汪直，過程曲折複雜，有機會再跟屈姑娘說，咱們先說眼前吧。」

屈彩鳳壓抑住好奇心，點點頭：「好，就說現在，鳳舞能幫到你什麼？嚴世蕃也不可能對陸炳完全信任，對於陸炳派在他身邊的這個女殺手，想必也有所防範吧。」

天狼皺眉道：「有這個可能，但現在兩人再度合作，我覺得更可能的是為了要顯示誠意，不然他也沒必要把鳳舞帶來，以前錦衣衛駐守巫山派多年，對寨中的虛實和機關都有所瞭解，而嚴世蕃也需要通過鳳舞來知道寨中的布置。」

屈彩鳳不屑地「哼」了一聲：「我巫山派主寨機關密布，有六七十種陣法，可以隨時通過機關切換，當年錦衣衛駐守時，我們留了個心眼，一向都留著十幾種布置，這些機關消息現在正在用著，和當年的完全不同，前幾天敵方也曾經試著攻過兩次，在山道上就被我們打下去了，不足為慮！」

天狼的神情變得凝重起來：「屈姑娘，千萬不可大意，我看了一下大寨的防守，還算嚴密，但是既然我可以潛入進來，那伏魔盟的高手也可以，到時候裡應外合，破壞各處的機關布置，再以大軍攻山，你如何防守？」

屈彩鳳長長的睫毛動了動：「若真到那時候，也沒有別的退路了，只好拼死一戰，李滄行……我覺得你我這樣稱呼總顯得生分，以後你就叫我彩鳳，我叫你滄行，好嗎？」

李滄行笑著點了點頭：「彩鳳，你繼續說吧。」

屈彩鳳的眼中閃過一抹喜色，轉而又變得沉靜下來，正色道：

「其實我原來也擔心這一招，把寨中的高手都分派了出去，藏在各處要點，因為以前林宗……徐林宗也熟悉我寨中的各處布置，就連那些沒用過的機關也瞞不過他，我本來最怕的也是徐林宗帶人趁機摸進來，可是這些天下來，卻是平安得很，滄行，你說是不是徐林宗還是不忍心下殺手？」

李滄行微微一笑：「肯定是有這個原因，剛才我說過，徐林宗本人一開始是拒絕和嚴世蕃合作，聯手消滅巫山派的，後來是他父親徐階出面對他下令，他才勉強動身，所以肯定是心不甘情不願，加上考慮到和你的舊情，也不願意當這個急先鋒。

「我在山下看過他們的大營布置，華山和少林派出動了兩萬多弟子駐守在山腳，武當則位在他們的後面，弟子只有五千多，可見未盡全力，做做樣子罷了。後山那裡暫時是洞庭幫在守著，看來他們是想等伏魔盟攻擊之後，再趁亂從後面夾擊，至於魔教眾，則遠遠地散在外圍，和這兩支力量遠離。按嚴世蕃的計畫，他們的目標應該是你們散亂在山中的那些老弱婦孺，再一個就是截殺你們各地來援的部眾。」

屈彩鳳咬了咬嘴脣，眼中閃過一絲狠厲之色：「山中分寨的那些人，我已經作了安排，大半發了銀兩讓他們在被圍前就散出去，等這仗打完後再回來，而小部分實在不願意走的，就讓他們進了大寨，為各地來援的忠實兄弟們做些服務工作，只是現在寨中一下子進來這麼多人，不僅占了太多地方，讓弟兄們只能屈身於風雪之中，而且存糧也只有兩個多月的量了。」

天狼點了點頭：「彩鳳，有一件事我一直在擔心，陸炳說過，嚴世蕃的計畫是想吸引你們各地的分寨力量來援，在此戰中一舉殲滅，然後各分寨也可以不攻自破，我看了現在的情況，你們分寨來援的弟兄進入寨中的大約有兩萬，在外面損失的只怕也有一萬上下吧。」

屈彩鳳點點頭，眼睛眯了起來：「是的，而且現在大寨已經完全被圍，要想再進來，只怕要付出更多的代價，昨天那一仗，湘西五雲寨的七百弟兄，只衝進來了不到四百，而我們派出去接應的，還損失了二百多人。」

天狼嘆了口氣：「彩鳳，你不覺得**嚴世蕃的毒計就是想控制這寨中的人數嗎？**如果他真的想全力截殺的話，只怕這七百人能進來一百就不錯了。」

屈彩鳳的臉色一變：「你的意思是……」

天狼點了點頭：「不錯，大寨雖然易守難攻，但缺乏糧食，若是能讓數量足夠的人進入，非但起不到助守的作用，反而能加快糧食的消耗，彩鳳，現在各寨還有多少人沒來救援？」

屈彩鳳咬了咬牙：「離得近的四川、湖廣、江西三省的兄弟們基本上都已經到了，浙江、南直隸、福建和雲貴四省的還在路上，滄行，你說現在怎麼辦？」

天狼從懷中摸出了屈彩鳳給自己的那枚羅剎令，說道：「屈姑娘，浙江，南直隸和福建這三省的人，我這一路上碰到後都出示了羅剎令，讓他們放棄來援，回各自的山寨嚴防，而雲南省的人，我準備再找機會出去一趟，讓他們回去。事發緊急，來不及先徵求你的同意，實在抱歉。」

屈彩鳳緊皺的眉頭舒緩了開來：「滄行，謝謝你，其實這些天我也一直在憂心這事，越來越後悔當初要各寨來救的決定，防守大寨，只需要五千人左右就行了，能撐個半年左右，山下的敵軍自然會撤離，可現在進來了三四萬人，糧食就成了大問題，我沒有打過這樣的大戰，缺乏經驗，還好有你幫忙。」

天狼點了點頭：「彩鳳，現在的情況並不好，伏魔盟這回出動這樣規模的大軍，還有洞庭幫和魔教眾，加起來人數已達十萬，我查探過，他們的糧食軍需是由湖廣省和四川省供應，兩省的布政使調了軍糧供他們食用，足可以在這裡待上一年，所以你指望他們短期內糧盡而退，是不可能的。」

屈彩鳳恨恨地一拍椅子的扶手：「怪不得這幫狗賊在山下守著不動，滄行，現在怎麼辦，我們這樣可耗不過他們！」

天狼沉吟了一下：「彩鳳，寨中可有什麼秘道可以通向山外，也就是那種逃生通道？」

屈彩鳳說道：「是有一條，就是大寨下的地道，能直通黃龍水洞附近的那片密林，那裡是巫山的偏僻之地，極少有人到達，只要到了那裡，拐幾個彎就可以出山。」

天狼的眼中神芒一閃：「怪不得徐林宗和武當弟子的大本營駐守在那裡。」

屈彩鳳驚得站起了身：「什麼，徐林宗在那裡?!」

天狼點了點頭：「上山前我摸過地形，武當基本上是自成一軍，就駐守在黃龍水洞那裡，徐師弟他知道你這條逃生通道嗎？」

屈彩鳳搖了搖頭：「這是我大寨中的機密，和太祖錦囊的秘密一樣，我對他都保密的，只有對你，在這種生死存亡的時候我才透露出來，滄行，你說徐林宗他守在那裡，是為了什麼？」

天狼想了想，搖搖頭道：「如果他不知道這條通道的話，我覺得事情可能有轉機。」

屈彩鳳精神一振，連忙追問道：「轉機？你是說徐林宗有意放我們走嗎？」

天狼微微一笑：「我前面就說過，徐師弟本不願意加入此戰，他很清楚你並不是殺紫光師伯的凶手，更不願意和嚴世蕃合作，所以肯定是有意對你網開一面的，之所以駐紮在黃龍水洞，如果我猜得不錯的話，應該是希望你找機會去與他相會，商量出一個放你一馬的辦法。」

屈彩鳳一下子站起了身：「那我現在就去。」

天狼勸阻道：「不，屈姑娘，現在你不能去。」

屈彩鳳訝道：「為什麼？你不是說他在那裡等我嗎？」

天狼解釋道：「他確實是有此意，但你別忘了，我們能猜到的，只怕嚴世蕃也會想到，如果我所料不錯的話，這惡賊一定在周圍設下了埋伏，專門就等著你上鉤呢。」

屈彩鳳急得一跺腳：「那怎麼辦？總不能這樣坐以待斃吧。」

天狼咬了咬牙：「彩鳳，你跟徐師弟有何定情信物，可否借我一用？」

屈彩鳳睜大了眼睛：「滄行，你是說你親自去一趟？這太危險了，我不能讓你為我冒這個險。」

天狼目光一冷：「我既然來了，就會和你們同生共死，而且現在不是死不死的問題，而是要**死中求生**，你的目標太大，嚴世蕃一定會緊緊盯著，只有你我配合，才能給我創造出一個見徐師弟的機會。我如果現在貿然以李滄行的身分見他，時間緊迫，無法跟徐師弟解釋這些年我的經歷，只有以你的信物去見他，才能在最短的時間內商量出一個脫困的辦法。」

屈彩鳳聽了，探手入懷，摸出一個毛髮編成的小結，遞給李滄行，說道：「這個同心結，是我和徐林宗當年定情時，以各自的頭髮編成的，當年本以為海誓山盟，可以一生廝守，卻不料造化弄人，現在卻要仇人相見，不過這個秘密，只有我和他知道，你如果持了此物去見他，他一定會知道你是我派去的，見結如見我，如果他真的有幫助我的辦法，也會和你商量。」

天狼想到了自己與沐蘭湘定情時，那個留在身上十幾年的月餅，心中一陣刺痛，當年自己在武當大受刺激時，一氣之下扔了月餅，後來又返回武當後山幾次去尋找，卻是一無所得，屈彩鳳把這同心結貼身還保留著，可見其對徐林宗的癡情。

天狼接過這個同心結，收進自己的懷裡，二人間的氣氛變得有些微妙，一時間都沉默不言。

屈彩鳳螓首微垂，看著自己的足尖，目光始終不敢與天狼相接觸，最後還是天狼開了口：「彩鳳，除此之外，我還需要你做一件事。」

屈彩鳳抬起頭，擠出一絲笑容：「說吧，我一定會盡力而為。」

天狼正色道：「那條秘道去黃龍水洞要多久？」

屈彩鳳說道：「那是一條可容三人並排走的甬道，走過去的話大約是十餘里，在裡面無法施展輕功，大約半個時辰可以出洞，出口就在黃龍水洞的那個瀑布後面。」

天狼點點頭：「那你計算一下時間，我離開半個時辰後，你親自帶人衝下山一次，突襲少林或者是後山的洞庭幫，最好是打一下洞庭幫，做出突圍的樣子，只有你親自帶隊，嚴世蕃在徐師弟那裡的防備才會鬆懈一些，我這裡則會想辦法引出徐師弟單人相會。」

屈彩鳳笑了起來：「這事太容易了，放心吧，我這就去集合人，滄行，地道口就在這裡。」

她說著，走到屋內自己的床邊，一拍床頭的一塊小突起，整塊床板立馬翻了起來，露出了一個黑黑的洞口。

天狼微微一笑：「看來尊師當年早有安排，這回在雙嶼島上，汪直也有類似的逃生通道。屈姑娘，那我就去了，如果半天內我還沒回來的話，你就想個辦法，帶大家在一個月內突圍而出，坐守這裡必是死路一條，切記。」

屈彩鳳一下子捂上了天狼的嘴：「不，我相信你一定會回來的，不管多久，我都會在這裡等你。」

天狼被屈彩鳳這一下突如其來的動作弄得措手不及，這隻玉掌的掌心已經沁出了汗水，掌心的溫度反映出主人內心的焦灼不安，而素手上的清香直鑽他的鼻子。

他輕輕地拿下屈彩鳳的玉手，微微一笑，拉上蒙面的黑布：

「我會回來的。」

夜色茫茫，巫山內外已經下起了鵝毛大雪，即使在已經三更的夜裡，天地間仍然是一片白花花的景象。

黃龍水洞外的密林裡，一片連綿四五里的營地，上千頂帳篷錯落有致，每一頂帳篷裡都亮著火光，顯然在這嚴寒的天氣裡，即使是武功高強的武當弟子也需要生火取暖，以禦嚴寒。

一處高崗上，徐林宗一身藍衣，紫金道冠，深藍色道袍，那把武當至寶青冥劍正插在他的背後，玉帶束腰，漫天的風雪吹在他那冠玉一般的英俊臉龐上，而那雙朗星一般的眸子裡，分明透出了一絲淡淡的憂傷。

沐蘭湘仍然是一副道姑的打扮，站在徐林宗的身邊，天藍色的道袍，七星劍背在後背，高高的雲髻下，清秀的臉龐上，大大的眼睛緊緊地盯著遠處的火光。

她嘆了口氣，嘴唇一分一合，銀鈴般的聲音從編貝般的玉齒之間發了出來，即使在這漫天風雪的嘶吼聲中，仍然清晰地鑽進了徐林宗的耳裡：「徐師兄，屈姑娘沒有這麼傻吧，在這種天氣裡貿然突擊，究竟是為了什麼？」

徐林宗搖搖頭：「我也不明白她的用意，後山那裡本就不好走，不適合大部隊行動，而且這麼大的風雪，她寨子裡的人也不可能全部衝出去，一開始我還以為會是去接應什麼新上山的人，可是現在的戰報傳來，卻是她的單獨行動，我也弄不清楚了，不知道是不是因為寨中無糧，她才要拼死一搏。」

沐蘭湘面帶憂色道：「徐師兄，我答應過那個錦衣衛天狼，不會去主動攻擊巫山派的，這次雖然我們是以正擊邪，為這些年來死難的師叔伯和師兄弟們報仇，可是，我總覺得這樣背離了承諾，又要跟嚴世蕃那個惡賊合作，總不是什麼好事。」

徐林宗微微一笑：「師妹，不要太意氣用事了，那個天狼雖然在南京城外救了你，可是也難說是不是跟嚴世蕃聯手演戲給我們看。陸炳心思一直不可捉摸，上次說要跟巫山派休戰，這回卻又讓那個鳳舞跟著嚴世蕃過來，說是要消滅巫山派，師妹，你能猜到陸炳的心思嗎？」

沐蘭湘緊緊地咬著嘴唇，眼中現出一絲恨意：「我猜不到，也不想猜，就是這個惡賊，害得大師兄離我而去，我們武當這麼多年就是給錦衣衛害慘了，徐師兄，**我現在寧可和魔教合作，也不願意跟錦衣衛有任何的瓜葛。**」

徐林宗笑著搖了搖頭：「小師妹，可是我看你對那個天狼倒是頗有好感，並不像陸炳這樣一提起來就是咬牙切齒呀。」

沐蘭湘的臉上飛過一朵紅暈：「徐師兄，你又取笑我，我哪可能對錦衣衛有什麼好感。只是，**這個人給我的感覺挺特別的，甚至，甚至有點像大師兄。**」

徐林宗的臉色一變，急道：「你說的可是事實？天狼，天狼?!當年大師兄在那落月峽之戰後打死老魔向天行，救你回武當，用的可是天狼刀法？」

沐蘭湘神色變得落寞起來，嘆了口氣：「徐師兄，你就別胡思亂想了，天狼刀法我見屈彩鳳使過，是一種刀法，而大師兄是空手打死向天行的；再說了，如果他真的是大師兄，又怎麼可能不與我相認？他的身形相貌和大師兄完全不一樣，就連身上的味道也不一樣。」

徐林宗感嘆道：「要是他這時候在武當該多好，我寧可把這掌門之位讓給大師兄，也省得你我這樣一直下去。」

沐蘭湘眼中淚光閃閃：「都是我不好，當年在那小樹林中惹了他生氣，他是，他是真的不要我了。」

徐林宗伸出了手，輕輕地搭在沐蘭湘的肩頭，沐蘭湘想到以前和李滄行的種種恩愛與誤會，一時情難自已，忍不住放聲大哭，鑽進了徐林宗的胸膛，徐林宗也想到了與屈彩鳳美好的往事，黯然神傷，不自覺地緊緊地抱住自己的師妹，兩個身影就在這漫天的飛雪中緊緊地摟在一起。

一聲不大的響聲突然從十餘丈外的雪堆裡傳出，以徐沐二人的絕頂武功，瞬間就做出了反應，兩人的身形剎那間分開。

神劍脫鞘而出，從空中飛到二人的手中，分別擺開兩儀劍法的起手式，徐林宗沉聲喝道：「哪路的朋友，何不現身一見？」

一個白色的身影從雪地裡站了起來，臉上蒙著黑布，濃濃的眉毛上已經沾滿了雪花，一雙虎目中，盡是難以言說的神色。

此人正是天狼，出洞之後他便把黑色的夜衣行衣反穿，裡面正好是白色，與外面這片茫茫的雪地渾然一色。

他剛才仔細地檢查了徐林宗和沐蘭湘的周圍，沒有發現有任何異常之處，本想聽聽他們的對話，可這會兒正是北風怒吼，隔了三十餘丈遠的雪地裡什麼也聽不清楚，當他看到沐蘭湘被徐林宗攬入懷中時，不可遏制地激動起來，連呼吸也變得無比沉重，因而讓徐林宗和沐蘭湘一下子發現了。

天狼暗罵該死，明知二人已經是夫妻了，這種程度的接觸還讓自己亂了心神。他裝著鎮定自若地站起了身，拉下蒙面黑布，裡面則是那副在南京城外遇到沐蘭湘時的白面微鬚面皮，沉聲道：「徐掌門，久仰。在下天狼，有事商量。」

沐蘭湘眼中閃過一絲喜色，收起了劍：「天狼，你果然出現了。」她轉頭對著徐林宗說道：「師兄，這就是我說過的天狼。」

徐林宗的劍卻是一直舉著沒有放下，沉聲道：「閣下在此時現身，還偷聽我夫妻二人的談話，是何用意？」

天狼的眼神儘管一直刻意地避免與沐蘭湘接觸，可是他卻無法控制自己看向小師妹，她的臉，她的眼，她的唇，她的髮，是那麼地熟悉，她身上散發的那陣淡淡的蘭花清香，即使在這雪地中隔了十餘丈，對天狼來說仍然清晰可聞，一如十年前那個成天纏著自己練武，撒嬌的青澀少女，只是現在她卻成為人婦，如何不讓天狼心中掀起一陣陣漣漪又黯然神傷？

天狼知道只要沐蘭湘在，自己就無法靜下心來與徐林宗談正事，而這次關係到巫山派數萬人的生死存亡，容不得半點大意，便狠狠心道：「沐女俠，在下有要事與徐大俠商量，不知道是否能行個方便？」

沐蘭湘似乎並不想離開徐林宗，準確地說，她並不想離開天狼，扭頭看向了徐林宗。

徐林宗不用看就能明白師妹的心意，沉聲道：

「天狼，我師妹不是外人，你跟我說的事情，她完全可以知道，而且她是我武當的妙法長老，重大的決定我也需要徵求她的同意，你有什麼事就當著我夫妻的面說吧。」

天狼冷冷地說道：「徐大俠，請問上回令尊來武當強令你出兵攻打巫山派的時候，沐女俠也在場嗎？」

徐林宗和沐蘭湘不約而同的臉色一變，徐林宗沉聲道：「此事你是怎麼知道的？你們錦衣衛在我武當還有內奸嗎？」

天狼沉聲道：「徐大俠，今天天狼是以個人身分前來，並不代表錦衣衛，你們這次出兵的內幕，在下一清二楚，事關重大，還請徐大俠與我單獨商量。」

徐林宗厲聲道：「天狼，不用拐彎抹角的，我再說一遍，我師妹不是外人，你如果連她都信不過，那就一切免談。」

天狼從懷中摸出那個同心結，扔給徐林宗：「難道這個也需要當著尊夫人說嗎？」

徐林宗臉色一下子變得慘白，眼中光芒閃爍，喝道：「你怎麼會有此物？」

天狼哈哈一笑，他覺得很諷刺，自己的昔日愛人現在在別人的懷裡，而這個人的老情人卻託自己過來送信。

「徐大俠，時間急迫，我知道嚴世蕃一直在監視你，若不是屈寨主與我分頭行事，調開了嚴世蕃的注意力，你我也不會有對話的機會，至於沐女俠，此事還是不介入的好，你說呢？」

徐林宗咽了一泡口水，轉頭對沐蘭湘道：「師妹，委屈你一下，我跟此人有話要說，還請你幫我護法。」

天狼強迫讓自己不去看一臉失望的沐蘭湘，說道：「徐大俠，請隨我入洞。」他的身形一閃，快逾閃電，一下子就沒入了崗下的黃龍水洞之中。

徐林宗不甘示弱，緊跟著天狼的身影，也進了水洞，洞口的藤條微微地晃了兩下，便一切如常，沐蘭湘無奈地嘆了口氣，抖了抖身上的積雪，立於洞口，為二人當起了守衛。

天狼怕小師妹的耳朵靈，會聽到兩人的對話，便走進那道水瀑後面，奔雷般的流水聲是對談話最好的保密，就是陸炳，此刻只怕也不可能聽到二人的言語。

徐林宗的身影穿過水簾瀑布，周身上下青氣一收，深藍道袍上沒有沾上半點水珠子，他的面沉如水，說道：「天狼，你說你這次不是代表錦衣衛，又是代表誰？」

天狼微微地勾了勾嘴角：「徐掌門，你率武當弟子們駐守此地，今天屈寨主突圍，你又不去參戰，只怕是不想介入此戰吧。」

徐林宗冷冷地說道：「你既然已經明白了我的意思，就早點給個痛快話好了，我想知道錦衣衛這回一邊派了那個叫鳳舞的女殺手來，配合嚴世蕃要滅巫山派，一邊又派你與屈彩鳳取得聯繫，是何用意？還有，屈彩鳳為什麼會信你，還把這東西給你？」

天狼哈哈一笑：「徐大俠，你可真是絕情啊，明知屈姑娘並非殺你師父的凶手，卻仍然這樣苦苦相逼，**你可知道屈姑娘現在是多麼地傷心欲絕？這次攻巫山的所有人她都可以理解，唯獨不能原諒你。**」

徐林宗的語調仍然很冷靜，可是他的手卻在微微地發抖：

「天狼，不用繞彎子，早在我與師妹大婚的時候，我就和屈彩鳳恩斷義絕了，我不知道你是如何下結論說屈彩鳳沒殺我師父的，但她手上畢竟有成百上千武當弟子的血債，這筆帳，我是非和她算不可的。你現在持她的信物來找我，就是代表了她，有什麼話，直說吧。」

天狼從徐林宗的表情變化上能看出他的內心，自己的師弟從小到大一說謊就會手發抖，冷笑道：「徐大俠，我說過時間緊迫，你我最好坦誠相見，你駐守在這黃龍水洞邊，又不出大力攻擊巫山派，不就是對屈姑娘念及舊情，想要留有餘地嗎？」

徐林宗的眉毛一揚：「就算如此，那又如何？我只是不想被嚴世蕃所驅使罷了，舊情什麼的，我早就忘了。」

天狼哈哈一笑：「若你真的忘情，又怎麼會收下這同心結，徐大俠，你的真實內心自己最清楚，不用在我面前隱瞞。」

徐林宗厲聲道：「我和屈彩鳳的事，不需要別人多操心，不錯，我確實不想看著巫山派被這樣消滅，一來不想便宜了嚴世蕃和魔教，二來。那裡畢竟有許多無辜的老弱婦孺，我不想看著他們白白送命。」

天狼點點頭：「徐大俠果然是俠者仁心，不過不管怎麼樣，你都是想放屈姑娘和她的部眾一條生路，對吧。否則你早就會把巫山派內各種的機關布置告訴嚴世蕃，讓他帶大隊人馬攻進去了。」

徐林宗點點頭：「只是我也只能做到這種程度，出工不出力而已，嚴世蕃這回運了兩個省的軍糧，山下的大軍可以待上一年，天狼，**你先回答我的問題，你是錦衣衛，為什麼這回要幫著屈彩鳳？**」

天狼道：「我是錦衣衛沒錯，但我還有良知，怎麼也不會和嚴世蕃同流合汙的，而且我也知道巫山派的內幕，更不會看著屈彩鳳和老弱婦孺們就這樣萬劫不復。徐大俠，你能不能想辦法幫屈姑娘度過這一劫？」

徐林宗眉頭一皺：「這麼說，這是你的個人行為，並非陸炳指派？」

天狼道：「不錯，但陸炳也不喜歡嚴世蕃，我這回雖然沒有他的命令，如果攪了嚴世蕃的圍攻行動，只怕他也樂見其成。徐大俠，多說無益，你這裡的位置很關鍵，不瞞你說，我下山正是從這裡的密道所出。」

他說著，一指自己出來時的那個暗道口，由一塊泥土堵著，若非仔細觀察，根本看不出與周圍有何異樣。

徐林宗的眉頭舒緩了開來：「有這個就好辦了，天狼，你的意思是：想讓巫山派眾人從這裡出來，然後經過我的防區逃出山區，對嗎？」

天狼微微一笑：「正是如此，只是這秘道容不得太多人，現在山寨裡有三四萬人，若是一口氣從這裡跑出來，一定會被發現，到時候就走不掉了，所以這個逃離的行動，還需要你幫忙才是。」

徐林宗點點頭：「需要我做什麼，直說吧。」

天狼說道：「我觀察過你們這裡的營地，每天都會有上百名弟子值守巡邏，守衛外面入口的，則是你的親傳弟子，是吧。」

徐林宗雙眼一亮：「你的意思是，讓巫山派眾人換上我們武當弟子的衣服，然後悄悄離開？」

天狼笑道：「不錯，你們每天都有人去城鎮採辦，所以我讓巫山派分批從地道而出，換上武當弟子的制服，只要你把出山的那些弟子給控制好，讓他們不要刁難尋查就行。」

徐林宗笑道：「這個沒問題，我的親傳弟子們絕不會違背我的命令，只是每天出來的人不能太多，大約三四百個，如此一來，想要全部脫離，也要三四個月啊，我只怕時間一長，就會生變。」

天狼道：「先這樣進行吧，讓老弱婦孺先撤出來，如果條件允許，以後再增加大出來的人數。」

徐林宗問：「如果寨子裡的人太少，抵擋不住攻擊，如何是好？」

天狼分析道：「大寨的情況你應該清楚，地勢險要，易守難攻，嚴世蕃雖有十萬大軍，也難以攻進去，只要有個幾千人就能守住，徐大俠，你們武當弟子這些天都是穿這種淺藍色的冬衣嗎？」

徐林宗點頭道：「不錯，我們出武當的時候已經入冬，當時也不知道要在這裡待多久，所以每個弟子帶了一套換洗的冬衣，如果要待到開春的話，那還得派人回山去取衣服。」

天狼沉吟了一下，突然問道：「徐大俠，嚴世蕃想必也不會放棄對你們的監控，雖然今天因為屈姑娘突圍，他派來這裡的人去了別處，但平時肯定會有人監視你們武當派，你想想看，每天若是要出去幾百人，會不會引起他們的懷疑？還有，那些擔任守衛的你的親傳弟子們，真的絕對可靠嗎？」

徐林宗微微一愣，聲音中透出了不高興：「天狼，你這話什麼意思，我的親傳弟子都是我徐林宗嚴格挑選過的，會有什麼問題？」

天狼正色道：「事關幾萬人生死的大事，由不得半點兒戲，徐大俠，恕我直言，多年來錦衣衛或者其他的不明勢力一直在向武當派出內鬼和臥底，就是當年紫光真人之死，也是透著內鬼的影子，這點你不會否認吧。」

徐林宗瞳孔猛的收縮了一下，沉聲道：「這些武當派內部的極密之事，你是怎麼知道的？」

天狼雙目炯炯有神：「徐大俠，時間緊急，我是怎麼知道的不重要，重要的是這些是不是事實？」

徐林宗咬了咬牙：「師門不幸，出了這等叛徒，不過我相信我的親傳弟子們，他們都是從小在武當長大的，也是我們武當派的老人親眼看著長大的，絕對忠誠可靠。」

天狼斷然道：「不，徐大俠，你有所不知，陸炳原來有個青山綠水計畫，就是專門挑一些小孩子，從小就送到正邪各派，然後靠各種方式操縱和控制這些小孩子，等他們長大後就成為錦衣衛的死忠內鬼，防不勝防。你的大師兄李滄行，當年曾經臥底各派，目的就是專門破壞這個計畫，這一點尊夫人很清楚，你可以問問她。」

徐林宗眼中寒芒一閃：「你知道我大師兄的下落？」

天狼心中一陣刺痛，師弟就在眼前，**那個自己無數次夢回的武當明明伸手可及，卻又是咫尺天涯，如果現在表明身分，以後和沐蘭湘如何相處？會不會給武當再帶來新的災難**，這是他不敢想像的，於是搖搖頭：

「徐大俠，你多心了，李大俠的下落，我跟你一樣，四年前就不知道了，最後一次有人看到他，還是在那年倭寇攻打南京城的時候，據說他現身南京，然後就下落不明。即使是陸炳，這些年也多次讓我暗中打探李滄行的下落，可惜全無頭緒，那個被俘的倭寇頭目上泉信之曾經交代過，說李滄行和他們東洋的一個厲害高手互相打鬥，而後雙雙不知所蹤。」

徐林宗緊盯著天狼，彷彿想要看穿他的內心，問道：「請問尊駕是何時加入錦衣衛的，師承何派？」

天狼心下雪亮，徐林宗還是對自己的身分存疑，所以要問個究竟，哈哈一笑：「徐大俠，這個問題，尊夫人早就在南京城外就問過在下了，在下的師承來歷不便透露，只是初出江湖時碰到了陸炳總指揮，談得投機，想要做番事業，所以就進了錦衣衛，算起來也有七八年時間了，怎麼，有什麼不對的地方嗎？」

徐林宗一字一頓地說道：「以尊駕的武功，雖然徐某沒有交過手，但知道尊駕武功之高，平生所僅見，絕不會是尊駕自謙的那樣，是個無名小卒，而且尊駕聲名鵲起是三年前消滅白蓮教的時候，正好我大師兄也差不多是那個時候失蹤的，這是不是太巧合了一些？」

天狼哈哈一笑：「徐大俠，如果在下的記性不差的話，好像李滄行失蹤之後，你也是突然重新出現，而且**武當上下除了紫光真人外，沒有人知道你失蹤這四五年的經歷，您是不是也應該對江湖解釋一下？**」

徐林宗一下子被嗆得啞口無言，一甩袍袖，不高興地說：「天狼，這是我武當的家事，好像不勞尊駕費心吧。」

天狼笑道：「徐大俠，不必這樣激動嘛，我的意思只是，大家都有自己的秘密，你可以保留自己的過去，我當然也不能把自己的所有事情都說得一清二楚，畢竟我不是武當弟子，對不對？至於我天狼可不可信，我想那個同心結應該能充分證明了吧。」

徐林宗道：「我並不懷疑你在巫山派一事上的幫忙，事實上，屈彩鳳信你，我徐林宗也信你，但我很難清楚你的動機，你說你是因崇拜佩服陸炳而加入了錦衣衛，可是這個人的真面目如何，想必你也知道，**我不是信不過你，而是信不過陸炳，你有什麼理由要這樣幫助巫山派？**」

天狼朗聲道：「理由？**理由就是我佩服屈彩鳳這個女中豪傑**，當年我加入錦衣衛也只是想為國出力，造福百姓，徐大俠，你也知道我當初大破白蓮教，名震天下，但你可能不知道，在塞外大戰白蓮教的時候，在下與屈姑娘頗有淵源，一開始她不知道嚴世蕃的真面目，站在了白蓮教主趙全的一方，與在下也是兵刃相見，可是後來她發現自己誤入歧途之後，毅然地反戈一擊，甚至冒險親自進入蒙古大營企圖刺殺俺答汗，這種行徑，不值得欽佩嗎？」

徐林宗輕嘆了口氣：「也怪我們接到消息太慢，大營去遲了，不過那次應該也是你我的第一次照面吧。」

天狼哈哈一笑：「說起來我還得感謝徐大俠救了我一命呢，在此之後，屈姑娘因為得罪了嚴世蕃而備受打壓，所以我覺得自己有必要盡一份力幫助她，後來與她聯手參與了幾次打擊嚴黨的行動，那也是當時陸總指揮的命令，要我們全力對付嚴世蕃，這一來二去，就和屈姑娘的關係更進一步了。」

徐林宗動了動嘴脣，似乎想說什麼，還是忍住了。

天狼看到徐林宗這個樣子，心知他的心中始終不能對屈彩鳳忘懷，要不然也不會一直在這個定情的黃龍水洞流連不去。

本來想到屈彩鳳對徐林宗的一往情深，到現在還留著他的同心結，心中還有些同情，但突然一想到小師妹已經嫁給了她，這會兒還站在洞外為他護法，但是他的心裡仍然忘不了屈彩鳳，一下子變得怒不可遏起來，冷冷地道：「怎麼，難道徐大俠還對屈姑娘念念不忘嗎？」

徐林宗沒有說話，低頭不語。

天狼的心中怒火更盛，那種心如刀絞的感覺重新又回來了，他壓抑著自己的萬丈怒火，儘量平靜地說道：「徐林宗，我提醒你一句，你已經娶沐姑娘了，亂七八糟的想法最好不要再有，免得害人害己。」

徐林宗突然抬起頭，雙眼中寒芒一閃：「天狼，這些是徐某的私事，不勞你費心。」

天狼怒道：「徐林宗，我提醒你一句，你是武當掌門，正派的首領，你的身上肩負著武當的責任，還有你師父未完成的心願，為了你坐在現在這個位置上，你的師妹放棄心中所愛，以身相許，就連屈姑娘也忍住心中對你的思念，一直不來找你，現在你師父大仇未報，武當也只是剛剛有點起色，你不去想著帶領武當度過難關，卻又吃著碗裡看著鍋裡，當心自己身敗名裂事小，若是毀了武當的幾百年基業，死後如何有面目去見列代祖師！」

徐林宗的臉脹得通紅，吼道：「天狼，你把話說清楚，什麼叫吃著碗裡看著鍋裡？」

天狼冷笑道：「你自己心裡清楚，徐林宗，你可別忘了，你是有老婆的人，沐女俠才是你的妻子，而不是屈彩鳳！若是你三心二意，辜負了她，我，我看你們武當的歷代祖師，怎麼會饒得了你！」

天狼剛才說話時過於激動，差點把自己的身分脫口而出，幸虧靈機一動，轉到了歷代祖師身上，才算勉強對付了過去。

徐林宗厲聲道：「天狼，我再說一遍，我的私事不需要你多過問，一說到我師妹，你就這麼激動做什麼，難道你真的是我的大師兄李滄行?!」

天狼哈哈一笑：「徐林宗，你是不是想你的大師兄想瘋了，想要他回來幫你執掌武當，你好再去過那種不用負責任的浪子生活？甚至可以扔下擔子，扔下妻子，跟屈彩鳳一走了之，過那神仙眷侶的生活？」

徐林宗的眼中光芒暴射：「**如果你摘下自己的面具，露出本來面目，我會考慮向你說出我的真實想法，天狼，你有什麼怕的？**」

第八章

造化弄人

天狼想起小師妹和自己山盟海誓，甚至願意以身相許，
可自己那時候為了那支笛子而暴走，絕情扔下小師妹，
從此造化弄人，今生再與伊人無緣，
這一切，說白了都是內心的自卑和猜疑，徒負佳人！

天狼冷靜下來，意識到自己過於衝動，有可能反而引起徐林宗的懷疑，再這樣糾纏不休，只怕會壞事，說道：「這就是我的本來面目，你不相信也沒辦法，如果你一定要認定我戴了人皮面具，你可以憑本事來取下。還有，如果我真的是李滄行，我有什麼理由對你隱瞞身分？」

徐林宗咬了咬牙：「**如果你是李滄行，我會告訴你一個天大的秘密，讓你後悔這些年自己隱姓埋名，故意不現身的選擇**，如何？」

天狼擺了擺手：「不用說這種無聊的事情了，回到正題，你們武當一直有內鬼，就算是從小上山的，也未必見得可靠，我們還是得另想辦法才是。」

徐林宗嘆了口氣，他知道天狼是不可能承認自己是否為李滄行了，壓抑強烈想揭開天狼面具的衝動，說道：「天狼，如果你真的是李滄行，你一定會後悔不承認自己的身分的。」

天狼不耐煩地擺了擺手：「徐大俠，我說過，我們時間有限，與其在這裡為不著邊際的事情浪費時間，不如抓緊商量正事吧，我想到一個辦法，可保萬無一失。」

徐林宗雙眼一亮：「你有什麼辦法？」

天狼微微一笑：「到時候你讓負責值守的那些親傳弟子們出去採辦，而我會讓巫山派徒眾穿上武當弟子的衣服，扮成你親傳弟子的模樣，這樣就不會惹人懷疑了。」

徐林宗哈哈一笑：「這一招確實高明，只是扮成那些親傳弟子後，若是我派出去採辦的人回來了，你又如何解釋？」

天狼笑了笑：「只要算準時間即可，最後換崗的時候，換幾個易容成另一批弟子的人，和採辦回來的人交接就是。」

徐林宗聞言，點點頭道：「你有易容術這個辦法確實可行，這樣一來，即使內鬼也無從察覺了。只是你們每天要控制好人數，不能太多，不然還是會惹人懷疑的。」

天狼正色道：「這個是自然，還有一條，寨內現在糧食緊張，本就只夠半年的存糧，一下子湧進了幾萬人，現在只夠吃一個多月了，這樣每天向外偷運幾百人，出去的速度太慢，我怕糧食撐不到那時候，能不能讓我們的人背一些米麵乾糧回去？」

徐林宗笑了起來：「天狼，想不到你身為男兒，心思卻是如此之細。沒有問題，糧食我會每天親自堆在這黃龍水洞裡，你們到時候派人來取便是。」

二人商議已定，天狼轉身欲走，徐林宗突然說道：「天狼，稍等一下。」

天狼一皺眉頭：「徐大俠還有何指教？我還要趕著回去。」

徐林宗咬了咬牙，開口問道：「她……現在怎麼樣？」

天狼一聽徐林宗還在問屈彩鳳的事，氣就不打一處來，怒容不自覺地上了臉：「徐大俠，我記得剛才和你說過，不要吃著碗裡，看著鍋裡，沐女俠才是你的妻子，你這樣總是對舊情人念念不忘，這算什麼？對得起你的夫人嗎？」

徐林宗道：「你誤會了，徐某並無那方面的非分之想，只是想知道她現在過得如何？天狼刀法畢竟是歹毒殘忍的邪惡武功，練之傷身，我雖然和她此生無緣，仍不希望她練功傷身。」

天狼冷冷地說道：「屈姑娘如何練功，自己心裡清楚，不需要你這個負心之人多加評論，你別以為她給了你這個定情信物就是心中還有你，想和你重拾舊情，徐林宗，她早已對你傷心透頂，更是在武當山的時候就死了心，這回若不是為了全寨幾萬條生命，她是根本不會來找你的。你還是收起這些亂七八糟的念頭，考慮一下如何避開嚴世蕃的耳目，救下巫山派眾人吧。我警告你，若是此事出了什麼岔子，我這輩子也不會原諒你。」

徐林宗突然冒出一句：「天狼，你跟我說實話，你是不是現在和彩鳳已經是一對愛侶了？」

天狼盛怒之下，脫口而出便道：「不錯，姓徐的，彩鳳現在是我的女人，你既然拋棄了她，就別指望她回頭，你把她傷成這樣，我看了都恨不得想殺你，知道今天我為什麼要約你一個人談嗎？就是我知道你這人的脾性，管不住自己的嘴，就是在你夫人面前，也會不自覺地流露出對屈姑娘的非分之想，我不想在你的女人面前跟你動手，這是我們兩個男人的事，沒有什麼錦衣衛，也沒有什麼武當掌門，你聽明白了沒？好好對你的老婆，不要對別人的女人打什麼鬼主意，你若是對沐姑娘不忠，我一定會殺了你！」

天狼說到最後幾句時，鬚眉皆張，雙眼血紅，殺氣四溢，拳頭緊緊地握著，一如那天在武當山時看到徐林宗抱著屈彩鳳，而沐蘭湘在一邊偷偷垂淚時的感覺。

徐林宗身子晃了晃，幾乎要摔倒在地，伸手扶住一邊的石壁才勉強站住，他的嘴邊擠出一絲笑容，眼中卻是淚光閃閃：「彩鳳，她，她真的跟了你？」

天狼咬著牙，厲聲道：「不錯，她就是因為不想見你，所以才要我過來和你說個清楚，這個同心結還給你，就是代表她對你徹底沒了瓜葛，徐林宗，你聽好了，**屈彩鳳是我天狼的女人，現在是，以後也是，我不會讓她離開我半步，更不會讓你把她從我身邊搶走，你好好對自己的夫人，別逼我讓你身敗名裂！**」

天狼說完，身形一閃，就沒入了瀑布後的那個漆黑的洞口，在他身後，一扇暗門猛的合上，與周圍的石壁看起來紋絲合縫，看起來沒有任何區別，只剩下徐林宗一個人無力地靠在石壁上，嘴裡喃喃地說道：

「彩鳳，彩鳳。」

幽暗的地道裡，從縫隙裡傳來的微風震得燭火不停地搖晃，昏暗的光線照著天狼的臉，他一把狠狠地扯下面巾，連同那個人皮面具一起被撕得四分五裂，雙眼血紅，怒火在他的胸中熊熊燃燒。

剛才他強忍著情緒衝進洞中，只怕慢了那麼半刻，就會忍不住和徐林宗動手，如果你不愛小師妹，為何娶她？既然娶她，為何還對屈彩鳳念念不忘，如此傷她？

儘管這些年來，天狼一直盡力要把沐蘭湘的影子從自己的腦中心中除掉，但今天見到沐蘭湘的第一眼起，所有的嘗試全部化為了泡影，**對小師妹的思念和愛早已滲進他的靈魂與骨髓，即使遠隔千山萬水，即使五年十年不見，也無法澆滅他心中對小師妹的執著。**

天狼想到恨處，一拳一拳地擊打著花崗岩的石壁，他沒有用內力，堅硬而鋒稅的岩石把他的拳頭磨得血肉模糊，骨頭都露了出來，而這股鑽心的疼痛並沒有讓他心中如同刀絞的感覺有絲毫的舒緩，一個聲音在他的心裡大叫著：帶她走，帶她走！離開這個塵世，放下一切！

天狼幾次咬著牙，想要衝回去，可是一想到**一邊是嫁給負心郎的小師妹**，另**一邊卻是巫山派的幾萬生靈**，如何抉擇？這讓他的頭痛得要炸，拿著腦袋狠狠地向石壁上撞，鮮血順著他的額角向下流，錐心的痛則讓他的腦子變得清醒。

石壁的搖晃隨著天狼這種自虐動作的停止變得停息下來，他抹了抹自己腦門上的血，火光映著天狼扭曲的面孔，他長出一口氣，拉上面巾，一轉身，頭也不回地向著巫山派的方向奔去。

摘星樓，屈彩鳳的閨房中，香爐裡嫋嫋地騰著氤氳的檀香。

屈彩鳳已經脫下了戰甲護具，一襲大紅羅衫，混合著淡淡脂粉味的汗珠布滿了她的臉頰和粉頸，手臂上纏著兩道剛裹好的繃帶，還帶著絲絲殷紅的血跡，而她卻顧不得擦，獨自倚著屋邊的柱子，鳳目焦急著盯著自己的那張床。

床板一翻，一個白色的身影從床板下一躍而出，穩穩地落在屋子的中央，屈彩鳳眼中現出一抹喜色，立即迎了上去，剛邁出一步，卻因為吃驚而停下了腳步：「滄行，你，你這是怎麼了？」

天狼看了一眼自己的雙手，一路奔來沒有包紮，這會兒傷口的血早已凝固，就和他額角被自己撞出的傷痕一樣，結成了一道道的血痂，而練了十三太保橫練的天狼卻是渾然未覺，只有這會兒站在頂樓，被穿過屋子的凜冽寒風一吹，才感覺到一絲痛意。

天狼搖搖頭，擠出一絲笑容：「沒什麼，不小心碰的。」

屈彩鳳快步上前，心疼地捧起了天狼的手，聲音中透出急切道：「滄行，你真的是連說謊也不會，似你一身銅皮鐵骨，又怎麼可能給碰成這樣，分明是你不運內力對著岩石亂打一氣，什麼事能把你氣成這樣？難道……」她突然收住了口，沒有再說下去。

天狼知道屈彩鳳冰雪聰明，肯定猜到自己是看到了徐林宗與沐蘭湘的親熱場面，才會痛苦得以這種方式自虐，於是冷冷地道：「你既然已經知道了，又何必再問。」

屈彩鳳幽幽地嘆了口氣：「他，他現在還好嗎？」

天狼怒吼起來：「你們一個個的心裡都只有徐林宗，對不對？哈哈，也是，從小到大，他都是上天的寵兒，所有人都圍著他轉，就算是被他狠心拋棄的你，也對他念念不忘，對不對！」

屈彩鳳沒料到天狼反應會如此激烈，不覺地後退一步，吃驚地看著天狼：「滄行，你，你是怎麼了？」

天狼雙目盡赤，眼中盡是憤怒與嫉妒的火焰，這一刻，他覺得自己整個人快要炸開來，心中的黑暗面和委屈感被無限地放大。

從小到大，從武當長老到身邊的所有人，無不是把徐林宗看得更重，無不給他自己不如徐師弟的心理暗示，現在徐林宗已經奪走了自己的一切，他覺得自己的人生徹底的失敗，活到現在，永遠是為別人而活，而為之奮鬥和犧牲的那個人，卻不會在意自己的感受。

天狼衝出了屋子，跑到圍欄邊上，呼嘯的寒風和漫天的飛雪也無法讓他心中的怒火有半點的熄滅，他一把扯開自己的胸衣，鋼鐵般的胸膛暴露在寒風中，雄獅般的胸毛則迎風飄揚著。

他只覺得胸口脹得像要爆炸一樣，狠狠地用右手在自己的胸膛上抓了起來，五道血紅的印子在他發達的胸肌上浮現出來。

屈彩鳳先是給嚇得呆在原地，終於回過了神，衝上來緊緊地拉住天狼的右手，聲音中帶著哭腔：「滄行，別這樣，是我不好，你千萬別這樣！」

天狼心亂如麻，滿腦子裡都是仇恨，一幕幕在武當時被打壓的畫面浮在他的眼前，而小師妹吹著徐林宗送的那支笛子的畫面，也在他的眼前揮之不去，最後的影像是剛才從徐林宗的嘴裡無情地吐出的那個「她」字。

天狼再也忍不住了，重重地甩開屈彩鳳的手，仰天長嘯，樓下的巫山派徒眾們被這嘯聲震驚不已，紛紛抬頭向上看去，只見一個蒙面漢子在寒風中赤裸著胸膛，迎著風雪怒號，嘯聲淒厲，透著無盡的悲憤，屈彩鳳則失魂落魄地站在一邊，眼中隱隱有淚光閃閃。

天狼吼完之後，雙足在欄桿上一點，整個身子從摘星樓上凌空飛下，十餘丈的高度，完全擋不住他，他的身體如一隻大鳥似的，順著漫天的飛雪，如神兵天降，在眾人的驚呼聲中，重重地落到了地上。

巫山派徒眾們如同被施了定身法一般，寸步不敢移，儘管這個神秘而陌生的男人並沒有運起戰氣，看起來也並非敵人，但這副可怕的模樣仍然讓平時殺人不眨眼的這些綠林豪強們不敢上前。

屈彩鳳緊跟著從天而降，顧不得披上外衣，只穿著那件紅色羅衫，便從高高的摘星樓上一躍而下，一面喝道：「全都讓開，不許傷他！」

天狼慢慢地從地上起身，一雙眼睛裡已經見不到半絲人類的氣息，如同一隻受傷的野獸，突然雙足一動，就在雪地中狂奔起來，向後寨的方向而去，幾個起落便不見了蹤影。

這時，驚呆的寨眾們才回過神來，紛紛向屈彩鳳行禮：「恭迎寨主！」

屈彩鳳也顧不得多說話，擺擺手道：「大家各回崗位，不要跟來！」

話音未落，人已經閃出三丈之外，迎著天狼奔去的方向直追而去，很快，一白一紅兩道身影便消失在茫茫的雪色中，只留下數百名寨眾仍然愣在原地不知所措。

天狼在一片風雪中已經辨不清方向，也不想認清方向，不知跑了多久，他鑽進樹林中，再也控制不住心中的情緒，一如多年前在武當山腳下，聽到小師妹即將結婚時的那種反應，**那是一種讓他心如死灰，了無生趣的感覺，蒼天彷彿都在旋轉，大地似乎出現了一個巨大的漩渦，要把他捲進去，撕成碎片。**

天狼連聲怒吼，整個世界彷彿都在和自己作對，要把自己珍惜的一切都殘忍地奪走，連一絲一毫也不留下，他瘋狂地吼道：

「死老天，賊老天，為什麼要這樣對我，為什麼！」

隨著聲聲怒吼，他出手如風，渾身上下如同被一道紅光所籠罩，一棵棵碗口粗的大樹隨著他的拳打掌劈，被打得從中折斷，轟然倒下。

一陣巨大的氣浪從身後襲來，天狼野獸般的本能告訴他，有人在後面襲擊自己，他雙目盡赤，大吼一聲：「擋我者死！」渾身上下一陣戰氣爆發，身上的衣衫如雪片般地崩裂，除了一條犢鼻短褲外，幾乎不著寸縷，向著來襲之人就以天狼刀法攻出。

來人使的也是天狼刀法，如同同門師兄弟拆招，一拳一腳都帶起陣陣飛雪，兩人身邊的樹木，被激蕩的內力所震撼，樹皮紛紛剝落，和漫天的飛雪一起在空中盤旋飄蕩，巴掌大的碎木皮很快又被震成了粉末狀的碎屑，貼在天狼赤裸的身上，幾乎把他蓋成了一個雪人。

兩人間的爪光拳影越打越快，轉眼間已經過了三百多招，天狼連聲暴喝，功力提到十成，眼中紅光一現，而積在身上的飛雪與木屑被這一下暴氣震得全部飛開，一招「**天狼搜魂**」，右手巨大的狼爪直接衝著對面擊過來的一拳打過去。

「砰」地一聲，這一下硬碰硬直接把來拳打得一滯，而對手也被生生地擊出一丈開外，護身的紅氣一散，悶哼一聲，不自覺地彎下了腰，居然隱隱間已經受了內傷。

天狼得勢不饒人，繼續衝上前去，左手一招「**天狼追命**」，擊奔著來人的面門而去，他咬牙切齒，眼前的一切彷彿不存在，只剩下徐林宗那張可惡的臉在自己的面前晃動。

他雙目盡赤，就是這張臉，給自己造成了一輩子的苦難，只有把它打得粉碎，才能讓自己胸中這幾十年的怨氣徹底得到發洩。

天狼左手的狼爪伴隨著虎虎的風聲，向著徐林宗的那張臉打去，**這個世上，已經沒有任何力量能阻止他把這個情敵徹底地終結**。

突然，天狼耳邊似乎響起了小師妹的聲音：「滄行，不要！是我啊！」

天狼微微一走神，眼前彷彿看到了小師妹那雙美麗的大眼睛裡正盈滿了淚水，站在自己的面前，她張開雙臂，擋在徐林宗的前面。

天狼這一下驚得如五雷轟頂，左手狼爪已經如奔雷之勢而出，哪還停得下來，匆忙間，他右手橫出，大姆指狠狠地戳在自己的左肘內彎處，這一下左手出擊的方向微微地偏了一點，向左移出了半尺，一道紅色的氣勁波從掌心噴湧而出，就像一個巨大的狼頭嘶吼著，擦著小師妹的那張臉飛了出去。

「砰」地一聲，紅色狼頭擊中了遠處十餘丈外的一棵碗口粗的大松樹，把這棵巨大松樹打得從中斷裂，直飛出去，撞上一丈之外的另一棵稍細一點的松樹，同樣撞得從中斷開，兩棵樹一起「喀喇喇」地倒了下去，震得雪地裡的積雪又是一陣重重地蕩起，化成一人高的雪霧，才緩緩地落下。

天狼只覺得胸腹處一陣劇痛，剛才的這一下硬生生地收功，讓他的經脈受損，一張嘴，「哇」地一口鮮血噴出，落到對面那人的衣服上，徐林宗和沐蘭湘的臉從他的眼睛裡消失，剩下的卻是屈彩鳳那張蒼白的絕美容顏，一滴晶瑩的淚珠正從她的鳳目眼角處滴下，她的聲音也清晰地傳進了天狼的耳中：

「滄行，你真的認不出我了嗎？」

一陣瘋狂的發洩之後，取而代之的除了是經脈中時而灼熱，時而冰冷的感覺外，就是全身上下巨大的無力感。

天狼刀法是集中人體所有潛能，瞬間爆發的強大武功，但相應的，也會對人的精神和肉體造成巨大的傷害，往往打完之後是極度的乏力，天狼平時出手很少有這種全力瘋狂施為的情況，但今天自己神智盡失，若不是在尚存一絲理性時離開了人群，衝進這片無人的荒林之中，只怕這會兒巫山派大寨內早已經成為修羅屠場了。

天狼無力地癱軟下來，整個身子重重地栽在雪地裡，砸了一個大坑，這時候，他突然感覺到周身冰冷的寒意，冰霜般的感覺順著全身上下的每個毛孔侵入他的體內，讓他不自覺地發起抖來，體內的血液也像要冰凍住一樣。

屈彩鳳睜開了眼睛，剛才她看到天狼那樣瘋狂地在林中到處亂劈亂打，明顯已經是瘋癲發狂的跡象。

天狼刀法的邪門之處她最清楚不過，以前自己也曾經有過月圓之夜走火入魔，連殺上百名本派巡夜弟子的悲慘往事，深知像天狼這樣地瘋狂發洩，若是自己不能出手阻止，勢必會讓他經脈盡斷，氣血倒流，即使保住一條命也會是武功全廢，內力盡失，所以這才咬牙上前與天狼纏鬥，只盼自己能讓他清醒下來。

可惜現在的天狼，武功已經高出屈彩鳳不少，全力施為下，三百多招就把屈彩鳳打得跪地不起，剛才那一招「天狼追命」直奔著她的面門而去，若不是天狼突然間自己停手，這會兒屈彩鳳已經香消玉殞了。

屈彩鳳先是一驚，轉而暗喜，剛才自己真的是在鬼門關走了一圈，幸虧天狼在最後的關鍵時候恢復了理智，可是看到天狼這樣幾乎赤身露體地倒在雪地中，以他高絕的修為居然是全身發紅，身子不停地發抖，顯然是經脈嚴重受損，風邪一旦入體，只要稍微有個閃失，馬上就會氣血凝固，冰凍而亡。

屈彩鳳心中大急，也顧不得男女之防，衝上前去，緊緊地抱住天狼的身體，平時那具溫暖堅強的胸膛，這會兒幾乎沒有任何的氣息，甚至連心跳也變得非常地微弱。

天狼吃力地撐開眼，僵硬的身體讓他感覺不到一點從屈彩鳳身上透來的熱氣，那兩團柔軟而堅挺的美乳這會兒緊緊地貼著他的胸膛，若在平時，一定會讓他血脈賁張，可是這會兒他卻是毫無感覺，甚至連張口說話都很困難。

天狼緩慢而艱難地動了動嘴：「屈，屈姑娘，對，對不起，剛才，剛才我，我實在沒辦法，沒辦法控制我自己。」

屈彩鳳淚如雨下，一滴滴淚珠滴在天狼的胸膛上，轉瞬間便化為冰珠，從他的胸前滑了下去：「天狼，不要說了，都是我，都是我不好，你千萬，千萬不能有事，我一定要救你！」

天狼突然想到了什麼，狠狠地一咬自己的舌尖，強烈的痛感讓他又恢復了一些神智：「屈，屈姑娘，你聽，聽好，我，我見到了徐，徐林宗，他，他答應，答應助你撤，撤離，只要，只要換上武當，武當弟子的衣服，然後，然後易容，分批，分批走，每天，每天幾百人。不要，不要管我，你，你快去和，和徐林宗接上，接上頭。」

屈彩鳳泣不成聲，緊緊地抱住了天狼：「不要說了，不要說了，天狼，我不要你死，你一定要給我活過來。」

天狼一口氣說完了這些，感覺心中一塊大石頭像是落了地，喃喃地說道：

「我本，本就是個，多餘，多餘的人，這個世上，赤條條地來，赤，赤條條地走，在這，在這，在這乾淨的雪地裡，也許，也許能洗清我滿，滿手的血腥，這，這才是，才是我李滄行最好的，最好的結局。」

屈彩鳳突然尖叫了起來：「不，滄行，**你絕不是多餘的，你的小師妹還愛著你，我也，我也愛你，你不可以死，絕對不可以死！**」

天狼想要笑，卻是根本笑不出來，反而咳出了兩口血：

「彩鳳，不要，不要騙我了，你們，你們愛的都是，都是徐，徐師弟，這世上，這世上除了，除了師父是真心，真心為我好，沒有，沒有人真正喜歡我，全是，全是利用我，這個，這個世上沒有，沒有值得，值得我留戀的，讓我，讓我就這樣，這樣走吧！」

他的聲音越來越小，眼前漸漸一黑，再也沒了知覺。

半昏迷中，天狼只覺得自己的身子像是在雲端飛，輕飄飄的靈魂在強烈地掙扎，似乎要脫離這個軀殼，卻總有些東西讓他留戀不去。

他夢到了武當，在小師妹的香閨中，紅帷帳內，床榻上，淡淡的香氣中，自己正緊緊地摟著小師妹，黑夜中她看著自己的迷離雙眼中，充滿了情意，厚厚的嘴脣正忘情地吻著自己的胸膛，嘴裡囈語著：「師兄，愛我，愛我。」

天狼的記憶突然隨著這個畫面的出現而變得異常清醒，迷香，該死的迷香！在這個世上還有自己沒有辦完的事，那個害得自己一生顛沛流離，給武當，給自己帶來巨大災難的黑手，現在還在武當山逍遙法外，還在不斷地做著壞事，而沒有得到懲罰。

還有那個天下至惡嚴世蕃，這會兒正在冷笑著看著自己，嚴世蕃那張肥臉上的肌肉在抖動著，而獨眼中卻閃出淫邪的光芒：

「天狼，哈哈哈，你終究還是死了，叫你跟爺作對，告訴你吧，你別以為你死了就可以一了百了，老子要先滅巫山，再踏平武當，你的屈彩鳳，沐蘭湘，鳳舞，通通要變成我的女人，哈哈哈哈哈哈！」

陸炳的臉也再次浮現在天狼的面前，他冷冷地看著自己，那金鐵鏗鏘的聲音再次響起：「天狼，你終於還是讓我失望了，**你始終不明白自己是誰，能做什麼**，想做個絕對的好人，你沒能力，想做個徹底壞人，你也沒那勇氣，帶你師妹走你不敢，跟鳳舞結合你不願，你活得太累了，一輩子都在和自己搏鬥，去吧，去另一個世界，下輩子，記得活出一個真正的自己。」

在嚴世蕃和陸炳身後的陰影裡，一雙邪惡的三角眼在閃爍著，這個人臉上蒙著厚厚的黑布，看不清他的容顏，而他眼角的魚尾紋證明了他的年齡當在六十以上，全身隱藏在黑暗的夜色之中，整個人似乎只剩下這一對眼睛。

他的聲音低沉而邪惡，一絲陰陰的笑聲讓天狼的心在下沉：

「李滄行，你不是想找我報仇嗎？怎麼，這就要去死了？這可一點兒也不好玩。徐林宗和沐蘭湘實在讓老夫提不起什麼興趣來，你若死了，那我留著他們也沒啥用了，放心，我會很快讓他們上路陪你的！哈哈哈哈……」

天狼突然激動大吼了出來：**「不要！不行，我不能死，我現在不能死，這個世上我還有事要做，我還要戰鬥，我還要找出內鬼，我還要……」**

求生的欲念再次在天狼的心中占了上風，也不知道哪裡來的一股勁，把那飄飄然欲脫體而出的靈魂生生地拉了回來。

天狼猛的睜開了眼，這眼皮足有千斤之重，剛才他睜了多少次，卻始終沒有睜開，可是這一下也不知道哪裡來了一股大力，讓他從死亡的邊緣又衝了回來，眼前的情形卻讓他驚得馬上又閉上了眼睛。

只見屈彩鳳一絲不掛，一雙玉臂緊緊地環著自己，那對朱唇正緊緊地和自己的雙唇貼著，她的右手手掌貼在自己後心的命門穴上，口中的丁香卻是緊緊地抵著自己口中的上鄂。

暖暖的陽氣從她的櫻桃小嘴中灌入自己的體內，而極寒的陰氣則從背心的命門穴進入自己的經脈之中，那些剛才因為自己過度凶猛的發力而受到重創，幾乎斷裂的經脈，隨著這兩股陰陽氣流的進入，一個穴道一個穴道的打通，經脈也得以修復。

漸漸地，自己體內的一股暖氣也從丹田之處開始升起，慢慢地順著經脈向下半身行走，氣流經過的地方，皮膚的知覺也緩緩地得到恢復，屈彩鳳玲瓏剔透的冰肌雪膚開始讓天狼的身體發熱。

屈彩鳳的臉早已紅暈滿臉，他們被屈彩鳳的那身大紅羅衫裹著，身邊則是厚厚的積雪，也不知是紅衫在屈彩鳳的臉上留下的映色，還是她女兒家的羞怯，讓這絕美的容顏變得如同落日的紅霞一般，幾乎要熱得發燙了。

大紅羅衫和屈彩鳳的粉色胸圍在天狼的背上蓋起的臨時穹廬內，春色無邊，外面風雪漫天，身下美人如玉，這一下驚得天狼本能地想要起身，卻被屈彩鳳的玉臂緊緊地環住。

這位絕世美女的心聲透過她胸膜的震動，清楚地進入天狼的心中：「滄行，不要動，你寒氣入體得太凶，不這樣無法把你救回來，這是我自願的，你不用負疚什麼。」

天狼試著震了一下胸膜，還好，屈彩鳳的內力已經打通了這條手少陰肺經，急促地說道：「彩鳳，這畢竟是男女大防，我李滄行留在這世上，百無一用，害人害己，你又何苦這樣以身相救？更何況，你剛才也經歷大戰，這樣做太危險了。」

屈彩鳳睜開雙眼，那雙如晨星般明亮的雙眸裡波光閃閃：「滄行，我說過，我不會看你這樣在我面前死去的，無論付出什麼代價，我都會救你，你再也不要說在這個世上你是多餘的，我要告訴你，**在這個世上，你絕不是孤身一人，就算沐蘭湘離你而去，我，我也願意陪你一生一世。**」

天狼沒有想到屈彩鳳會這樣主動示愛，一時有些不知所措，幾乎要咳出聲來，屈彩鳳連忙通過舌尖熱力一吐，會合了玉掌上的陰勁，合歸一處，一道溫暖的氣流幫天狼護住了肺經。

她沒讓天狼的嘴脣和自己的朱脣分開，二人都清楚，現在是行功的緊要時刻，若是陰陽兩道真氣突然中斷，有可能兩人都會經脈盡斷而亡。

天狼定了定神，看著屈彩鳳的雙眼，鳳目中滿是濃濃的情意，就如同他曾經在沐蘭湘和鳳舞的眼中看到的那樣，更是多了一份火熱的期盼，他有些不知所措，雖然一直以來，他隱約感覺到這位女中豪傑對自己似乎有些難以言說的情感，甚至也提過要嫁給自己以保巫山派。

但細細想來，這恐怕更多的是為了保全山寨的權宜之計，更像是明知自己壽數將近在託付自己身後之事，從她昨天拿出貼身的同心結之後，他更是認定了屈彩鳳的心中只有徐林宗，不可能真正愛上自己，但這一下從她的眼裡，他卻清清楚楚地讀出了屈彩鳳的心聲。

天狼的眼中現出一絲疑惑，只聽屈彩鳳幽幽地說道：「我知道你不會信，其實，在我的心裡，從徐林宗結婚時，就開始有你的一席之地了，那次我雖然恨極你，把你綁在樹上，但我沒想真的要你的命，就算要廢了你的武功，也是想帶你回巫山派，以後一生一世地照顧你，你殺我這麼多同門，我若是對你不作懲戒，只怕我自己良心這關也過不去，你知道嗎？」

天狼沒有說話，只是靜靜地聽著屈彩鳳說下去：

「滄行，從第一眼見到你，我就喜歡你的男子氣概，只是那時候我有林宗，對你雖有好感，卻不至生情，**你我都是專情之人，我看到你為了沐蘭湘而傷成那樣，我的心跟你一樣痛**，那個武當後山的大雨天裡，我就已經下定決心，今生既然已經與林宗無緣，就與你共度一生，也許，這才是我們兩個為愛所傷，同病相憐之人最好的結局。

「天狼刀法歹毒凶殘，而要修習這刀法，只有用其獨門心法，滄行，我在武當那樣對你，本是想廢去你的武當和其他各派武功，然後回巫山派後，以移功大法把自身的功力傳給你，我相信你的稟性和品德，你看了我們巫山派的情況後，一定會幫我守護住這裡，只是我沒有想到，你本身就有天狼真氣，居然可以自成刀法，也許這是上天對你的眷顧吧。」

天狼嘆了口氣：「彩鳳，那也許是我前世的經歷，我和你說過，我自己也不知道是怎麼回事。」

屈彩鳳雙目中愛意無限：「塞外那次，我聽說有個會天狼刀法的錦衣衛殺手重現，我一下就知道是你。滄行，你知道嗎，我雖然嘴上說要殺你，要報仇，其實只想見你一面，如果確認是你，我會求陸炳把你弄到我們寨子裡駐守，我相信時間長了，你一定會慢慢喜歡上我的。」

天狼本能地想搖頭，可是嘴巴卻不能動，只能眨眨眼睛：「彩鳳，你說你喜歡我，是因為我心裡只有我小師妹，如果我就這樣移情別戀，還值得你喜歡嗎？」

屈彩鳳很肯定地說道：「值得，**我喜歡你的專情，更喜歡你的人品，喜歡**

你胸懷天下的男兒氣概，既然你我的初戀已無可能，何不走在一起？而且，我的情況你也知道，我自己身中寒心丹毒，又練天狼刀法走火入魔，能活多久都不知道，在我死之前，能讓你感覺到愛的溫暖，也算不枉我此生，就算是上天對你的補償吧。滄行，你知道嗎，和你接觸越多，我就越喜歡你，如果我當初不是先遇到了林宗，而是同時碰到你們兩個，那我愛的一定會是你，你俠義，無私，實在是極品的男兒，**能和你結為夫妻，哪怕只有一天，也是我屈彩鳳的榮幸。**」

天狼沒有說話，不知不覺間，屈彩鳳櫻口中的氣息已經和天狼背上命門穴的那道真氣徹底會合，這表明天狼全身的經脈已經被打通，而天狼自行生出的真氣也已經順利地通行全身的奇經八脈，源源不斷地開始運轉。

隨著體內經脈的修復，天狼的周身感官也完全恢復，他的皮膚漸漸地有了體溫，不像剛開始時那樣冰冷僵硬，屈彩鳳胸前的兩粒櫻桃結實地頂在天狼赤裸的胸膛上，熱得發燙，一雙修長玉腿不自覺地盤在天狼的腰際，似乎在召喚天狼不羈的真龍入主自己的巢穴。

屈彩鳳閉上雙眼，櫻脣離開了天狼的嘴，玉臂則摟住天狼的脖頸，這分明是等著天狼來吻自己，再沒有比這更明顯更大膽的示愛了，那是一個女子把自己最寶貴的身子主動交給最心儀的男子時才會做出的舉動。

即使在這臨時搭設的紅帷帳中，天狼也能清楚地看清她的胴體，猶如一座晶瑩剔透的雕塑，足以讓每個正常的男人發狂。

屈彩鳳的雙唇輕輕地張合著，那誘人的囈語就如風中的呢喃一樣，清楚地鑽進天狼的耳中：「滄行，你是不是怪我一直留著林宗的同心結？我告訴你，那不是因為我現在愛他勝過愛你，只是，那畢竟是我最初的感情經歷，也是我心底珍藏的美好，我知道你可能會為了這個吃醋，所以就把那東西給你，讓你送回林宗的手裡。今生今世，以後，我只會一心一意地對你，再不會想他。」

天狼的腦子裡剎那間一道閃電劃過，小師妹那一直插在腰間的竹笛再現於他的腦海，他連忙問道：「彩鳳，**你說的可是真的？女人帶著男人的東西，不一定是愛他，只是為了作紀念？**」

屈彩鳳微微一笑，緊閉的雙眼上，長長的睫毛微微地抖動著，嘴邊迷人的梨窩浮現：「傻子，你怎麼連這個也不知道？**只有願意把身子給你的女人，那才是真正心裡有你。**」

天狼突然想到那個奔馬山莊外的樹林之夜，那次小師妹和自己山盟海誓，甚至願意主動以身相許，可自己那時候卻退縮了，也許就是因為自己的心裡還在猶豫和掙扎，還不相信她對自己的感情真的超過了徐林宗，後來渝州城外小樹林裡，自己終於為了那支笛子而爆發，狠狠地大罵沐蘭湘一頓，然後絕情地扔下哭泣的小師妹，掉頭就走。從此造化弄人，今生再與伊人無緣，**這一切，說白了都是自己內心的自卑和猜疑作祟，徒負佳人！**

天狼突然意識到自己以前犯了多大的錯，**這一生的愛情坎坷，實在是自找，**用一個更大的錯誤來掩蓋另一個，是不合適的，就算屈彩鳳能真心愛自己，而自己心裡卻只有小師妹，這樣對她不公平。他猛的直起了身，閉上雙眼，鑽出紅帳，只剩下屈彩鳳一臉驚疑地躺在那裡。

天狼拭著臉上的淚水，輕輕地說道：「彩鳳，謝謝你對我的看重，我已經誤了我的小師妹，不能再誤了你。」

屈彩鳳坐起身，玲瓏的玉體徑直地展現在漫天的風雪之中，哭道：「不，滄行，我是心甘情願的，你不會誤我。」

天狼嘆了口氣：「彩鳳，你我這樣是自暴自棄，我心中仍有師妹，你也不可能完全忘卻徐師弟，更何況，就是徐師弟，現在想的仍然是你，假以時日，也許他還會回來找你，不要做讓自己後悔終身的事。」

屈彩鳳緊緊地咬著嘴脣，嬌豔欲滴的紅脣，已經被她咬得鮮血淋漓：「滄行，事到如今，你，你難道還想著沐蘭湘？」

天狼不回頭，卻堅毅地點了點頭：「是的，我也很想把我的心給挖空，這樣就可以不再想我的小師妹，可是我做不到。只要見她一面，我所有設定的防線就會全部崩潰，**今天我之所以發狂到走火入魔，不就是因為徐林宗心裡還有你，對我小師妹不忠嗎？**彩鳳，你我都清楚，我們就算成了夫妻，心裡仍然是有著別人，就算你能忘了徐師弟，我也不可能忘了小師妹，這樣對你不公平，所以我不能負了你，對不起。」

天狼說完，站起身，撿起剛才落在林中的斬龍刀與莫邪劍，身形一動，頭也不回地離開了這片小樹林。

屈彩鳳呆呆地坐在原地，晶瑩的淚珠從她的眼睛裡不斷地湧出，很快凝成了點點冰晶，灑在身下的雪中，口中喃喃地說道：

「屈彩鳳，你好傻。」

天狼就這樣赤身露體地跑回了山寨裡，好在夜色已深，大家都已經休息了，他拐到了製衣的鋪子裡，摸了一件衣服套在身上，又弄了雙靴子，這才敢大搖大擺地走出來。

經過這一夜的折騰，儘管他的內力已經恢復，但仍然感覺到刺骨的嚴寒，露在外面的皮膚也給凍得通紅，甚至有些鼻孔堵塞的感覺，像是傷風感冒的前兆，這也是習武多年來很久沒再經歷過的事。

天狼知道現在最需要做的就是找個安靜的地方打坐運功，雖然今天屈彩鳳不惜委身取暖，把自己從經脈盡斷的危機中拉了回來，可是寒氣已經入體，不及時逼出的話，只怕會落下內傷的病根。

他離開衣帽鋪，轉到寨中的地窖，幾次出入巫山派總舵，他對這裡的各種機關布置和建築分布早已爛熟於心，為了迎接這一批批上山的各地分舵成員，屈彩鳳早已下令打開幾個封存的酒窖，尤其是在這冬天的雪夜，供宿在雪地裡的群豪們飲酒驅寒。

天狼鑽進一個酒窖，風雪太大，守在外面的兩個女兵早已昏昏欲睡，圍著外面的火爐在取暖，只覺得眼前一花，似乎是一個黑影進了酒窖，再定睛一看，什麼也沒有留下，只有那兩扇木門被風吹得「匡噹」直響，兩人相視一笑，又繼續抱著鋼叉，在火盆前來回地跺腳活動著。

天狼鑽進酒窖，上下三層的空間裡，到處都堆滿了酒罈，這裡都是沒有兌水的燒刀子烈酒，談不上多好喝，但濃度夠烈，點火即著，是綠林豪客們的最愛。

他找了一個陰暗的角度坐了下來，打開其中一罈的罈口封泥，一股撲鼻的酒香一下子冒了出來，讓他情不自禁地喝了聲：「好酒！」

屈彩鳳的聲音幽幽地從酒窖的入口處響起：「滄行，你要喝酒，為何不叫我？」

天狼知道從衣帽鋪那裡，屈彩鳳就一直跟著自己，他嘆了口氣：「彩鳳，你不覺得現在這種情況下，你我還是保持一點距離比較好嗎？」

屈彩鳳裹了一層白色的棉袍，一如她那如霜雪般的白髮一樣，純潔無瑕，她那絕美的容顏漸漸地從門口移了過來，表情已經變得很平靜，眼睛有點紅，顯然是哭過了，但現在卻不再有哀怨。

她拿了一件棉布做的黑色披風，遠遠地扔了過來：「你那幾件衣服不能禦寒，裹件棉袍吧。」

天狼也不客氣，把身子裹在棉袍裡，嘴裡說了聲：「謝謝。」

屈彩鳳走到天狼面前，也是盤膝席地而坐，右手拿著一個巨大的酒罈，封泥已經被打碎，平靜地說道：「滄行，今天晚上我想喝酒，能陪我嗎？」

天狼的臉上閃過一絲歉意：「彩鳳，對不起，我真的……」

屈彩鳳擺擺手，淡淡地說道：「不用多說了，你的心意我清楚，我不怪你，只怪你我沒有少時相遇，青梅竹馬，你說得對，現在大敵當前，我不顧寨中兄弟的死活，卻糾纏於兒女私情，這樣才會給以後的自己留遺憾，今天晚上我只想痛痛快快地醉一場，到了明天太陽升起的時候，我就要做回那個綠林盟主玉羅剎，再不會被兒女私情所拖累。」

天狼點點頭，屈彩鳳畢竟是女中豪傑，巾幗英雄的性格，拿得起，放得下，看來自己是有些多慮了，若是自己一味推脫，只怕是小瞧了這姑娘，他拿起面前的酒罈，正色道：「彩鳳，既然如此，那我沒什麼可說的，今天你我一醉方休吧。」

屈彩鳳微微一笑，也提起面前的酒罈，和天狼重重地一碰，二人都單手舉起這數十斤重的大酒罈，對著嘴就倒了下去，濃烈的燒刀子味道一下子瀰漫了整個地窖。

二人也不說話，你一口我一口地就這樣灌酒。

天狼開始時還有些拘束，但屈彩鳳的酒量實在驚人，兩罈酒下來連臉色都不變一點，讓一向自認酒量過人的天狼也暗自驚奇不已，再無顧忌，也不多想些什麼，你一罈我一罈地痛快暢飲。

第九章

大義名分

天狼嘆了口氣：「為何天下只有一個皇帝？
就因為大義的名分，所謂受命於天，既壽且昌，
倘若是人人都心懷不軌，
都想靠著自己手裡的實力而起兵奪位，
那給天下百姓帶來的災禍，
遠遠要大於一個昏庸貪婪的皇帝。

喝了三四鐔酒後，屈彩鳳突然幽幽地嘆了口氣：「滄行，你說皇帝是真的不準備給我們任何活路了嗎？就算能躲過這一劫，是不是我們也不可能再重振巫山派的聲勢了？」

天狼放下手中的酒鐔子，點了點頭：「現在看來是這樣，皇帝不允許有規模的反抗力量存在，如果不能收服，那就一定要消滅，就像我這次在東南平定的倭寇汪直，只因為自稱為徽王，皇帝便不準備放過他，在招安後要對他痛下殺手。」

屈彩鳳「哦」了一聲，臉上閃過一絲鄙夷不屑的表情：「我看這狗皇帝才是天下最該除去的，他任用奸黨，弄得民不聊生，還不給人改過自新的機會，早知如此，我就應該取出太祖錦囊，放手一搏。」

天狼嘆了口氣：「彩鳳，這話雖然說得解氣，可並沒有實際作用，其實我也一直在考慮這個問題，就算窮人造反成功了，就一定能建立起一個友愛良善的天國王朝嗎？」

「就好比我們大明，太祖洪武皇帝也是窮人出身，窮到不能再窮，父母兄弟都是活活餓死的，自己走投無路才當了和尚，可一旦當上了皇帝，還不是和以前的皇帝一樣，只顧當官的和朱明宗室，又哪曾管過百姓死活了？」

屈彩鳳勾了勾嘴角：「我和洪武皇帝不一樣，如果我得到了天下，一定也會養活這些孤苦無依的老弱婦孺。」

天狼搖了搖頭：「彩鳳，你想得太簡單了，如果不是靠著打家劫舍，不是靠著過路商隊上交的買路錢，你又如何能養活這十幾萬部下？」

屈彩鳳微微一愣，轉而說道：「滄行，你也看到了，我們這山谷中的寨子裡都是種田紡布，自給自足的。」

天狼嘆道：「那些田我看過，包括賣出的布，只能養活幾千人，就是你這巫山大寨的兩萬部眾，也不可能全部養活，你是寨主，對開支心知肚明，你和寨子裡這幾千部下不事生產，光靠老弱婦孺種田紡布，又如何能自給自足？彩鳳，作為江湖門派，幾萬人或者十幾萬人，尚可劫掠為生，但若是治國，坐天下，有著億萬生靈要養活，又如何能夠靠這種方式來維持？」

屈彩鳳的秀眉一皺：「滄行，你這話是什麼意思，**難道說狗皇帝靠著貪官汙吏來盤剝百姓，還是有理的，應該的？**」

天狼搖了搖頭：「對百姓的壓迫和剝削確實難以讓人接受，但有一個最起碼的道理，天底下不是所有人都非要靠種田為生，就算大家都願意種田，也不可能有這麼多的地，必然會有一部分或者大部分人離開土地，從事別的工作，就好比我在東南一帶看到的桑農和紡工，他們所從事的事情，跟吃飽肚子沒有關係，但照樣是必不可缺的衣服這一塊。

「所以，既然有國家，有分工，那就涉及到管理，好比你治理巫山派一樣，不可能大家都去當戰士，或者全去種地，必然要有所分工，而要安排管理這樣的分工，就需要一個龐大的官僚系統來維持，所以即使太祖皇帝深恨官員，甚至在洪武朝幾次大案大殺貪官，但最後還是得靠著官員來治國，因為離了他們，天下無人理事，就會出亂子。」

屈彩鳳若有所思地點點頭：「你說的有道理，但是現在是皇帝昏庸，官員貪腐，欺壓百姓，要不然我們巫山派怎麼會有這麼多人加入？**難道我們黎民百姓就得忍著受著官府這樣世世代代的欺壓？**」

天狼嘆了口氣，又喝了一口酒，眼神中閃過一絲落寞：「**所謂王朝興亡，君王更替，就是指這個**，當官府黑暗，君昏臣庸的時候，就會有英傑之士從草根中奮起，這就是民變，平時像你們和倭寇那樣，只占山為王，不以奪取皇位為目的，那皇帝和官府還是會姑息縱容，可一旦打出奪取君位的反旗，想要奪天下，那皇帝就會不惜一切，調動大軍來圍剿，比如汪直，他其實並無反意，但自封了一個徽王的頭銜，這就犯了忌諱，所以皇帝要先招安，再除掉他。」

屈彩鳳咬牙道：「與其這樣，不如放手一搏，推翻了狗皇帝呢。」

天狼微微一笑：「我剛才就說過，如果推翻一個皇帝，建立了新皇朝，然後再把以前的一切重複一遍，又有何不同？」

屈彩鳳眨眨眼睛：「不一樣，至少洪武皇帝會比現在的這個昏君要好上許多，滄行，我是女兒身，不懂這些軍國大事，但如果你能登高一呼，奪了狗皇帝的江山，那我想世道一定不至於像現在這麼黑暗。」

天狼先是一愣，然後啞然失笑：「彩鳳，你醉了，我怎麼可能去奪天下？我只會武功，對軍國大事可是一點也不懂的。」

屈彩鳳擺了擺手，鳳目中閃過一絲喜悅：「滄行，我不是說著玩的，你智謀絕倫，不僅武學天賦極高，而且權謀經營之道也幾乎是無師自通，我以前想要你接手巫山派，絕不是因為你的武功強過我，當然，這也是一個原因，不過更重要的還是你那出色的頭腦，老實說，你是我見過最聰明的人，徐林宗看起來比你機靈，但我最清楚不過，你的臨機應變和反應能力，包括算計的本事，都在他之上，紫光真是有眼無珠，一直不看重你，不知道是為什麼。」

天狼正色道：「彩鳳，說話還是留點口德吧，紫光師伯選擇全力培養徐師弟，自有他的道理，他要考慮武當和朝臣的關係，尤其是要和當朝重臣徐階，也是徐師弟的父親搞好關係，所以我覺得他的安排是沒有問題的。」

屈彩鳳不屑地「哼」了一聲：「反正你們這些名門正派做事就是瞻前顧後，畏首畏尾，一點也不痛快，哪有我們綠林人士活得瀟灑，人生在世，短短幾十年，還要去巴結朝廷官員，那還混個屁啊！」

屈彩鳳痛快地直舒胸臆之後，頓感一陣暢快，拿起酒罈子又是一陣猛灌，天狼本想開口反駁，一見屈彩鳳興致頗高，暗想與女子為這種事情爭來爭去也沒啥意思，便笑而不語。

屈彩鳳放下酒罈，抹了抹嘴角的酒漬，笑道：「滄行，其實你懂兵法，也深通人性，若是真的能在這黑暗的世道中趁勢而起，一定會有一番作為的。如果你願意幹，我屈彩鳳和整個巫山派，一定會全力支持你。」

天狼笑著擺了擺手：「彩鳳，這玩笑不要開了，到此為止吧，我並無權力欲，連武當都不想爭了，更不用說爭天下了。而且謀反之事，牽動整個天下，那可不是幾萬人，十幾萬人的生死，當年成祖朱棣起兵靖難，歷經數年，中原大地血流成河，死者數十上百萬，就是不遠的寧王謀反，儘管只一個月就給平定，仍然害得幾十萬人身死，數百萬百姓流離失所，你師父親歷過此事，當有體會。」

屈彩鳳眼神轉而黯淡，嘆了口氣：「這也是我師父終身的遺憾，當年沒有輔佐寧王成事，推翻那個只會胡鬧的武宗皇帝，所以她臨死前跟我說，她並不後悔當年助寧王起兵，只恨時運不濟，功敗垂成，如果我有機會的話，若是君主昏庸，世道黑暗，還是要以太祖錦囊召集天下義士，扶真龍天子澄清天下的。」

天狼哈哈一笑：「你把我看成真龍天子了？彩鳳，你真的是醉了，這可太好笑啦！」

屈彩鳳眨了眨眼睛，微微一笑：「天狼，這斬龍刀的來歷，我也聽說過一二，據說只有身具龍血，而且是上天所挑選的命中真龍，才能駕馭這把上古神刀，其實我第一眼看到你拿到這把刀時，就覺得你與眾不同，若不是你命非常人，又如何能拿得動這刀？」

天狼想到了那個神秘的刀靈，臉色微微一變，又打量起這把靜靜插在刀鞘裡的斬龍寶刀，若有所思。

屈彩鳳突然哈哈一笑，輕輕地掩著櫻口，指著天狼，笑得前仰後覆：「好了好了，看你還真的把自己當成真龍天子了，我就這麼隨口一說，你還真信啦，嘻嘻，滄行，看來你還得練練聽人話的本事，什麼時候是真話，什麼時候是在騙你。」

天狼本有些心動，一看屈彩鳳是故意在消遣自己，先是一愣，轉而跟著笑了起來：「彩鳳，想不到你還會這樣尋我開心啊，哈哈哈哈。」

二人相視大笑，如同相交多年的平生好友，一舒胸臆，天狼也覺得一開始面對屈彩鳳時的那絲歉意與難為情，隨著這陣大笑而煙消雲散，看著屈彩鳳開懷捧腹，更是覺得這姑娘這麼快就能放下剛才的心結，實在是厲害，轉而也為她高興起來。

笑畢，屈彩鳳端坐了回來，衝著天狼道：「不過說真的，若是真有英雄之主，持著建文帝後人的詔書，還有這太祖錦囊，興兵除暴，滄行，你願意去助其一臂之力嗎？」

天狼以前沒有想過這個問題，突然被一問，一時無法回答，沉吟了一下，還是搖了搖頭：「彩鳳，今上雖然無道，但還不至於像歷朝歷代的末世昏君那樣，濫用民力，大興宮室，征伐四方，雖然現在百姓的日子過得艱難，但還不至於無路可走，加上國家還是有些忠臣良將的，就像上次的寧王之亂，武宗皇帝雖然胡鬧，但王陽明這樣的能人還站在朝廷一方，天下人心思安，我想這才是寧王失敗的原因，而不是簡單的什麼缺少了建文帝的詔書。」

屈彩鳳的眼中現出一絲失望：「**即使有了能推翻皇帝的可能和太祖的遺命，你也不願意加入嗎？**」

天狼嘆了口氣：「為何天下只有一個皇帝？就是因為這個大義的名分，所謂受命於天，既壽且昌，若是人人都心懷不軌，都想靠著自己手裡的實力而起兵奪位，那戰亂四起，給天下百姓帶來的災禍，遠遠要大於一個昏庸貪婪，但還算循規蹈矩的皇帝。彩鳳，你的想法我知道，但未必人人起兵，都是抱著你這樣善良單純的想法，而且天下大亂，盜賊蜂起，那各地百姓都無以為生，要麼為盜為匪，要麼只能死於亂世，就是連你這巫山派的老弱婦孺，也只能在戰場上搏殺，彩鳳，你確定你想要這些嗎？」

屈彩鳳勾了勾嘴角：「真會這麼可怕嗎？」

天狼知道屈彩鳳從小讀書並不多，對歷代興亡更是幾乎一無所知，其實天狼自己幼時在武當習武，對這些也並不太清楚，還是進了錦衣衛後，陸炳經常和自己談古論今，在錦衣衛練十三太保橫練那半年，自己練功泡藥酒之餘百無聊賴，也看了不少錦衣衛總部裡的史書，不說學富五車，但至少對於從春秋時期到大明的歷代興亡更替已經是了熟於心了。

天狼正色道：「彩鳳，自古以來，最可怕的不是官府欺壓百姓，而是那種各路豪傑揭竿而起的亂世，亂世中的各路英雄豪傑，無不是手下數萬乃至數十萬兵馬，這些兵馬從何而來？還不是徵發普通的百姓。百姓們沒有地種，全去當了兵，那到頭來糧食就會成問題，即使不當兵的百姓，也會餓死，這就是所謂的亂世慘景，只有身強力壯的人當了兵才能活下來，而老弱婦孺往往會給亂兵殺掉，做成人肉乾，以為軍糧。」

屈彩鳳聽得花容變色：「吃人？真是禽獸！」

天狼嘆了口氣：「亂世就是這樣悲慘，所謂易子而食，賣兒賣女，各種人間慘劇都是這樣，就是我朝太祖洪武皇帝，當年在淮西起兵，部下也曾經以人肉為軍糧呢，**寧為太平犬，不為亂世人**，就是這個意思，而亂兵們攻州掠縣，都是不事生產，專門擄掠，到時候就是你巫山派屬下，只怕趁亂打劫百姓的綠林土匪，也不會在少數。」

屈彩鳳一皺眉：「不會的，滄行，你總是把我們看成土匪，我不喜歡你這樣，無論是師父還是我，都有嚴令，不得欺壓良善的。」

天狼灌了幾口酒，微微一笑：「彩鳳，人的本能其實是和禽獸無異的，只不過後天的禮教讓我們有別於禽獸，若是能豐衣足食，比如現在這樣，你們外面的弟兄們有的吃有的住，加上有山寨的嚴令，那是不會欺壓百姓，可如果沒的吃呢？如果三天沒吃沒喝，你還叫他們遵守羅剎令，又有幾個人會聽你的？

「當年唐末的黃巢，攻入長安的時候，是想改朝換代的，所以也頒了軍令，禁止士兵劫掠百姓，而一開始他的部下也確實軍紀嚴明，可過了兩個月，黃巢軍缺糧，於是士兵們就開始自發地在長安到處打家劫舍，完全變成一幫土匪強盜，最後敗退到河南陳州一帶時，更是乾脆四處抓捕百姓，扔進巨型石磨之中，像春米一樣地把人連骨帶肉地弄成肉泥，以作為軍糧，彩鳳，只要沒吃的，這些手裡有刀的人就會變成魔鬼，是任何軍紀和命令都無法維持的。」

屈彩鳳聽得一直眉頭緊鎖，一直聽到黃巢那種機械化人肉作坊的時候，櫻口一張，幾乎要吐出來：「枉我還以為黃巢是個大英雄，想不到卻是個喪盡天良的屠夫，若是我能早生幾百年，一定親手挖出他的狗心，以祭奠慘死的百姓。」

天狼微微一笑：「彩鳳，所以說亂世才是最可怕的，率先起事的也許會是活不下去，只想自保的農民，但最後都無一例外地被各路想要奪取天下的梟雄豪傑們所利用，混戰十餘年乃至幾十年，直到最後出一個新的霸主，一統天下，改朝換代。彩鳳，只怕若真是到了那種時候，你這巫山派想要偏安一方也不可能了。」

屈彩鳳搖了搖頭：「不是吧，以前我師父也跟隨寧王起過事，沒變得像你說的那樣悲慘啊，戰後還創立了我們巫山派呢。也不至於像你說的那樣人相食過。」

天狼嘆了口氣：「那次寧王起兵，總共也就不到兩個月的時間，而且只有他一家起兵，還沒到天下大亂的地步，若真的那場叛亂持續個三年五載的，各地的督撫總兵們有可能就會生出異心，割據自立了，就是塞北的蒙古，東南的倭寇也都會趁機入侵，那才會是真正的亂世，我大明現在有上億人口，可一個亂世下來，能活到新朝建立的，只怕十不存二三。」

屈彩鳳咬了咬牙：「這麼說，起兵推翻狗皇帝這條路，是行不通的了？即使有太祖錦囊和建文帝後人持的詔書也不行？」

天狼沉吟道：「如果這兩樣齊備，倒是可能讓朝廷派來圍剿的軍隊臨陣倒戈，迅速地推翻皇帝，終結亂世。只是談何容易啊。彩鳳，你想想，那個太祖錦囊等於變成了兩份，要加一個詔書才管用，建文帝後人這麼多年一直不出現，只怕就是信不過手持太祖錦囊的人，畢竟皇帝位置只有一個，得了天下後又有誰願意把這皇位拱手送人？我怕即使是造了這個太祖錦囊起事成功後，持錦囊的人和建文帝後人只怕又要刀兵相見，不知打到猴年馬月才是個結果。」

屈彩鳳長嘆一聲，悶聲喝了一大口酒，放下酒罈時，難掩滿臉的失望之色：

「既然這東西不好用，那就把它一直埋著吧，狗皇帝這麼折騰，遲早會弄得天怒人怨，滄行，到時候自然會有英雄之士起來推翻他的，倒也未必需要那個什麼勞什子錦囊。」

天狼微微一笑：「彩鳳所言極是，得天下的始終是要得人心，如果君上倒行逆施，弄得天下百姓無路可退，自然就會拼死一搏，只是現在的世道雖然渾濁，還不至於到那一步，而且亂世想要開啟容易，終結就難了，彩鳳，如非萬不得已，還是不要走這條路的好。」

屈彩鳳點點頭：「也罷，我也沒有爭奪天下的想法，現在當這個巫山派的家，就已經讓我頭疼了，這些事情還是你們男人來做的好。滄行，這次事情結束之後，我有意解散巫山派，這是你一直希望的吧。」

天狼正在喝酒，聽到這話後差點沒被嗆到，連忙放下了酒罈子：「彩鳳，你說什麼？你要解散巫山派？我沒聽錯吧。」

屈彩鳳正色道：「這是我最近一直在考慮的，其實今天我問你太祖錦囊的事，就是想最後問你一下，這個太祖錦囊能不能保我巫山派的平安？既然不能拿它放手一搏，推翻狗皇帝而自立，那這錦囊也不過是個雞肋而已，全無用處。」

天狼點了點頭：「不錯，如果那建文帝後人能主動找你，還有成功的可能，現在只有錦囊而無詔書，那就是個矯詔，沒有半點作用的，當年內閣首輔楊廷和大概是知道建文帝後人的下落，能找到建文帝後人跟你師父合力，所以朝廷才會忌憚這太祖錦囊，不敢進逼你巫山派，可這回嚴世蕃既然敢出動正邪各派圍攻你們，顯然是料定你們已經掀不起大浪了，所以這太祖錦囊已經無用。」

屈彩鳳嘆了口氣：「既然錦囊也保不了我們巫山派，那朝廷一定會置我們於死地，雖然弟兄們願意拼死一戰，但大寨裡有這麼多不能戰鬥的老弱婦孺，打起來只會是玉石俱焚，就算我們能躲過此劫，下次嚴世蕃再派官軍圍山攻山，我們也是難以為繼的。

「滄行，你說得對，天下的綠林山寨多如牛毛，官府往往有心無力，不會大張旗鼓地清剿，但衝著這個太祖錦囊，嚴世蕃，還有他背後的狗皇帝也一定會把我們巫山派置於死地的。所以為長遠計，要保這寨中兄弟們的性命，只有在轉移出去之後，給大家分些金銀細軟，就此解散，只有巫山派的總舵不復存在，才能讓狗皇帝放心。」

天狼皺了皺眉頭：「可這巫山派畢竟是你師父的心血，建派不易，你又怎麼捨得就這樣親手將它解散呢？」

屈彩鳳眼中漸漸地盈起了淚水：「世上無不散的宴席，我巫山派並不是少林武當，或者是日月教這樣的百年千年大派，當初也不過是師父起事不成，一時不甘心而建立起的一個門派而已，師父在建派時，在江湖上一片腥風血雨，收服南七省綠林各寨的過程中，也是殺人無數，巫山派穩定之後，因為良心不安，就去收容那些死在自己手下的江湖人士的孤兒寡母，將他們養大，這也就是你今天看到的我們巫山派的情況。」

天狼疑道：「這些人跟你師父都有殺父殺夫之仇，又怎麼能不報？你師父把這些人留在身邊，就不怕他們報復嗎？」

屈彩鳳拭了拭眼角的淚水：「師父並不像你們正道人士認為的那樣亂殺無辜，當年收服那些綠林豪傑，也是先禮後兵，對血債累累，作惡多端之徒才會痛下殺手，這些人平時也是欺男霸女，那些女人和生下來的小孩子更是給他們當成奴隸，隨意打殺，所以我師父殺了這些惡賊後，這些婦孺反而會非常感激，由於她們並沒有生活來源，因此我師父就建立了巫山派中的大寨，慢慢地讓她們自食其力。」

天狼恍然大悟：「原來如此，看來正道各派都錯怪了你師父。」

屈彩鳳微微一笑：「我師父行事向來特立獨行，也從不解釋自己的做法，她痛恨正道門派的虛偽，因為不少被她剿滅的黑道勢力，暗中都和一些正道門派有往來，甚至還請過正道人士來助拳，幾次下來，這梁子就算結上了，再說，我們本就是綠林，天生和少林武當這些名門大派合不來的，也不需要他們對我們有多好。」

天狼聽了說道：「既然如此，你師父建派不易，忍受這麼多誤會，吃了這麼多苦，才打下這樣的江山，你就要這樣解散嗎？」

屈彩鳳無奈地嘆了口氣：「若非萬不得已，我哪會走這一步，滄行，就算我們躲過這一回，等正邪各派退兵之後再重建巫山派，你就能保證下次我們還有這麼好的運氣嗎？」

天狼無言以對，只能拿起手中的酒罈，還剩下小半罈的酒，仰起脖子，「咕嘟咕嘟」地一飲而盡，喝完之後，他才嘆道：「幾萬人的轉移，你又如何能安排？」

屈彩鳳的臉上閃過一絲堅毅的神色：「你先說說今天你和徐林宗談得如何，我們每天可以轉移出去多少人？」

天狼坐直了身子，把今天和徐林宗商談的情況告訴了屈彩鳳，只是略去最後他打聽屈彩鳳現在過得如何的事沒有說，不過兩人對此都心知肚明，屈彩鳳也沒有追問。

聽完，屈彩鳳秀眉微蹙：「一天只能出去三四百人，是不是太少了點？」

天狼分析道：「我觀察過地形，嚴世蕃只怕在武當中也有臥底，若是出去的人太多，一定會被發現，所以我跟徐林宗堅持要把守衛的弟子也換成我們的人才行。」

屈彩鳳笑道：「還是你想得周全，這附近的地形，我們大寨裡的人都熟悉，但那些外地來援的兄弟們就不知道了，你看這樣如何，每天我們派出去三四百人，十幾個人一批，這樣不容易引起人注意，把寨中原有的人和新來援的兄弟們混在一起走，讓老寨丁們給新援們指路，分散出山，出山後，再讓新來援的兄弟們把寨中的舊人們帶回各自的山寨，願意留下的就留在分寨，不願意留的，就給筆錢讓他們自謀生路。」

天狼點點頭：「原來你早已經把這一切都設計好了，你既然這麼有把握了，我還有什麼好說的呢，就依你說的辦吧。」

屈彩鳳和天狼商量完，又大口地灌起酒來，雖然她強顏歡笑，可天狼看得出來，她是在極力地壓抑著內心的悲傷，今天被自己拒絕和即將解散巫山派的雙重打擊，讓這個堅強的女漢子仍然黯然神傷，也許借酒澆愁，才是最好的解開憂愁的辦法。

天狼嘆了口氣：「彩鳳，等這一切結束之後，你準備怎麼辦？」

屈彩鳳放下了酒罈，輕抬羅袖，抹了抹脣上的酒漬：「我師父出自西域，當年追求至高武功而離家出走，她曾有遺願，想讓我回她老家看看現在家人還過得如何，只是這些年來我一直事務纏身，無暇專門出關走這一趟，此間事了後，我也一身輕鬆，首先就是去完成師父的這個遺願。

「然後麼，中原之地怕也無我容身之處，聽說西域有座天山，終年積雪，人跡罕至，是隱者修行的地方，如果那時我還活著的話，就去天山，我現在走火入魔越來越嚴重，也不知道哪天會徹底失掉理智，狂性大發，大開殺戒，待在這個無人的天山，遠離紅塵，也許就是我屈彩鳳最好的歸宿。」

天狼心中一酸，說道：「彩鳳，別這樣，你還年輕，大好年華就要出世，實在是太可惜了，我說過，你的寒心丹毒，我會儘量去解，這次在錦衣衛，我也查過不少醫書寶典，寒心丹毒應該是陰邪之毒，聽說在關外長白山能找到千年何首烏的話，就能解毒，到時候一定能讓你白髮變青絲，至於走火入魔，只要我和你一起，每天互相功行對方身體，調理內息經脈，便可治好。」

屈彩鳳嘆了口氣，話中透出無盡的幽怨：「滄行，我知道你對我好，可是你是心懷天下的大俠，不像我只是孤身一人，還有許多大事要等你去做，不要為了我浪費時間。再說，**除丹毒容易，情之毒又如何解？**」

天狼知道屈彩鳳剛才已經被傷得太重，自己這會兒再說什麼都不合適，只好沉默不語，他不敢面對屈彩鳳那充滿哀怨的目光，只能舉起酒罈，一飲而盡。

屈彩鳳紅色的身影突然從地上一躍而起，快如閃電，瞬間就移到門口，她爽朗的聲音從遠處傳了過來：「滄行，謝謝你陪我喝酒聊天。」

天狼突然心中一陣辛酸，屈彩鳳真的是一個完美的姑娘，爽朗，仗義，善良，自己這樣對她，雖然她強顏歡笑，但仍能感受得出她心中的萬念俱灰，**不知道她解散巫山派的決定是不是跟受到他的拒絕有關？**

天狼轉念一想，**情之一字實在是傷人**，屈彩鳳可憐，自己又何嘗不是，為了一個已經不可能跟自己在一起的女人黯然神傷，在這種情況下無論娶哪個女人，最後都是害人害己，自己狠下心，化長痛為短痛，也許是最好的決定。

又是一口烈酒入喉，彷彿小時候第一次帶著徐林宗、沐蘭湘和辛培華去偷黑石師伯的酒喝時的那種感覺，小師妹清秀的臉龐再次在他的眼前浮現，天狼的神智開始變得漸漸麻木，最後眼前終於陷入一片黑暗之中。

巫山今年的夏天來得格外早，一直到將近六月的時候，已經是烈日炎炎，六月初七的這一天，從山林間各種湧出的清泉化為涓涓細流，山林間，鳥兒歡快的叫聲和著山中的猿啼，不停地在這空曠的山谷之中迴蕩。

站在巫山派大寨內的摘星樓上，遠遠看去，大地一片勃勃的生機，只是山腳下那星羅棋布的營帳並未少去半頂。

屈彩鳳戴著那個遮蓋了大半張臉的面具，雪白的長髮順著初夏六月的清風飄揚，遠遠看去，如同千縷萬縷的蠶絲，被她今天的一身大紅色小棉襖一襯托，說不出的嫵媚。

天狼站在屈彩鳳身邊，一雙炯炯有神的虎目從蒙面黑布的小洞中不時地散發著冷冷的神光，二人並肩而立，高大魁梧的天狼和亭亭玉立的屈彩鳳站在一起，又是那麼地和諧。

屈彩鳳的秀眉微蹙：「滄行，今天就是最後一批的兄弟們撤離嗎？」

天狼點點頭：「還剩五百三十四人，全是總舵衛隊的女兵，這四個多月，能把幾萬人及時地轉移出巫山，可真不容易啊。」

屈彩鳳微微一笑，朱脣邊梨窩一現，欣慰地說：「這次真的是運氣不錯，近四個月下來，他們都沒有大規模攻山，而徐林宗那裡也算得力，從沒出過岔子，甚至……」

屈彩鳳看著遠處穀倉裡進進出出的幾個弟子，笑道：「還給了我們不少糧食，若非如此，我們也無法能撐過四個月。」

天狼的眉頭卻是緊緊地鎖著，深邃的眼睛裡有一絲難言的警惕：「彩鳳，我一直在想，**我們是不是太順利了？**嚴世蕃詭計多端，我之前在東南就是小看了他，只把他當成一個貪財好色的胖子，才會給他當棋子使喚，這麼多天以來，他一直按兵不動，甚至不在武當那裡加強防務，這讓我總是感覺有些不對勁。」

屈彩鳳不以為意地道：「滄行，你不是說過麼，嚴世蕃就是想著不戰而勝，等著我們餓死在這山寨之中，這幾個月來，我們也是天天出擊，作出一副突圍的樣子，我想大概是我們的突擊做得很逼真，讓嚴世蕃也信以為真了吧。」

天狼還是心存質疑道：「這幾個月的突圍，聲勢一直不小，但真正交手的卻並不多，往往是發現對方有埋伏後就虛晃一槍，做做樣子就撤退了。彩鳳，如果我們真的是走投無路的絕地反擊，是不可能這樣的。」

屈彩鳳臉上的笑容漸漸消散：「滄行，你的意思是，有可能我們已經給嚴世蕃看出破綻了？那他為何遲遲沒有動作？」

天狼雙眼中現出一絲茫然：「這也是我一直沒弄明白的一件事，嚴世蕃精明似鬼，只怕在這巫山派中也一直有內應，**可他明明知道其中虛實，卻一直按兵不動，老實說，彩鳳，時間拖得越久，我就越是擔心。**」

屈彩鳳的嘴角勾了勾：「滄行，可是我這一段時間以來，每天都能接到飛鴿傳書，我們分頭突出去的人都很安全，讓我不用擔心，嚴世蕃既不攻山，又不截殺我們安全突圍的人，那他要做什麼呢？」

天狼嘆了口氣：「想來想去，也許他就是想要那個太祖錦囊吧，我也沒有別的解釋了。」

屈彩鳳笑了起來：「滄行，如果是這樣的話，那他真是天字第一號大傻瓜了，我們根本沒把那太祖錦囊放在身上，也不打算去取，到時候活活氣死他，哈哈哈。」

天狼仍然笑不出來，他看著遠處一片平靜的營地裡，光著頭的少林僧人們一隊隊持著戒刀與禪杖往來其間，幾個月的軍旅生活下來，他們也都適應了這種軍士的作息和起居，變得更像一支軍隊，而不是武林高手了。

「如果這樣的話，彩鳳，只怕你就會有危險了，嚴世蕃一定是盯上了你，準備從你手中取得太祖錦囊。」

屈彩鳳聳聳肩道：「好啊，我早想會會此賊了，如果能在出關前，把此賊斃於刀下，也算人生無憾了。」

天狼警告道：「在雙嶼島，我親眼見識過他的武功，彩鳳，他的武功現在比我還可能要強一點，你不是他的對手，千萬不能硬拼。」

屈彩鳳倒是看得很淡然：「是福不是禍，是禍躲不過，**如果要一輩子躲著他的追殺，倒不如痛痛快快地來個了斷**，滄行，今天一會兒撤退的時候，你帶著總舵衛隊往西北方向去渝州城，林千源林舵主會帶大家脫身的，至於我，你不用多管。」

天狼看著屈彩鳳，堅定地說：「不，彩鳳，我不能讓你一個人處在危險之中，今天突圍之後，我會和你在一起的。」

屈彩鳳搖搖頭：「滄行，那天在酒窖裡我就說過，你有太多重要的事情要做，不要輕易冒險，我反正解散了巫山派之後，心願已了，能手刃嚴世蕃當然最好，若是不敵，也可以轟轟烈烈地一死，也省得日夜被這走火入魔的天狼真氣所折磨。」

天狼抓住屈彩鳳的手，屈彩鳳先是一驚，本能地想從天狼的手中掙脫出去，卻覺得玉腕被一雙緊緊的鐵鉗所控制，哪還發得出半分力，只聽到天狼堅定地說道：「彩鳳，這件事沒得商量，**我若是眼睜睜地看著你出事，那這輩子活著還有**

什麼意思？如果我連你都不能救，又如何能救成千上萬的人？」

屈彩鳳輕輕地嘆了口氣：「李滄行，在女孩子面前，你總是這麼粗魯嗎？」

天狼剛才一時情急，這下被屈彩鳳一說，才覺得過於失禮了，趕緊鬆開手，抱歉地說道：「彩鳳，對不起。」

屈彩鳳擺了擺手：「算了，如果你不聽我的話，我也不可能強迫你，不過如果你我出山之後沒有遇到嚴世蕃，也就是說安全離開的話，那我們就此別過，以後你要找我的話，來西域天山。」

天狼嘆道：「彩鳳，你真的不再考慮一下嗎？這樣終老天山，真是太可惜了。」

屈彩鳳笑了笑：「滄行，我本就是給狼養大的孤女，並不屬於這個世間，這樣一個人在天山挺好的，再說，我不是有你這個朋友麼，如果你想來看我，隨時都可以啊。」

天狼眼中神芒一閃：「彩鳳，我一定會找到讓你烏髮再生的辦法，請你耐心等我幾個月，一旦解決了東南的問題，我就去關外找何首烏。」

屈彩鳳道：「你真的要去救徐海嗎？這樣你等於要和胡宗憲為敵，也會堵死你所有的回歸錦衣衛之路，值得麼？而且，這件事上我能幫你，你為何一再拒絕我跟你去浙江？」

天狼道：「**人活在天地之間，要講信義**，胡宗憲背信棄義是他的事，我曾經向徐海夫婦保證過他們的生命安全，不管如何，我一定要去救他們，至於以後，就看他們自己的造化了。彩鳳，這是我個人對徐海的承諾，我不能把你牽扯進來，你的好意我心領了。」

屈彩鳳無奈道：「如果你能順利接出他們的話，讓他們來天山吧，也許純淨的天山雪可以淨化徐海的罪惡。」

天狼猶豫了一下，還是說出了口：「彩鳳，這幾個月來，你刻意地不出那秘道，**今天可能是你最後一次見徐林宗的機會了，你難道不想見他嗎？**」

屈彩鳳幽幽地道：「既然已經形同陌路，相見不如不見。滄行，見到他的話，代我謝謝他這回助我巫山派脫難，這個恩情，也許我只有來世再報了。」

屈彩鳳說完，一踩摘星樓的護欄，火紅的身影凌空而下，她的清嘯聲從高樓的頂端一路而下：「眾家兄弟姐妹們，咱們準備走！」

天狼看著屈彩鳳美麗的倩影漸飛漸遠，喃喃自語道：

「嚴世蕃，這回你又在搞什麼鬼？」

四個時辰後。

已經入夜，天狼和屈彩鳳都是一襲黑衣，只露出兩隻眼睛在蒙面的黑布外，守在那黃龍水洞的出口處。

他們身後的那條秘道裡，一個個巫山派總舵衛隊的女兵，都穿著武當的天藍色弟子服，大多數易容成男弟子，背著長劍，魚貫而出，很快，這個山洞裡就擠滿了化妝成武當弟子的巫山派徒眾。

屈彩鳳的美目掃視了一下這個熟悉的山洞，這會兒她氣勢十足，自有一番大派之主的威嚴，一邊的舵主林千源上前說道：「寨主，人已經全部出來了。」

屈彩鳳點點頭，道：「寨中都布置好了嗎？」

林千源拱手回道：「全都按您的吩咐，布下了三萬斤炸藥，一旦我們撤離後，就開始點燃引線，敵軍得到的，只會是一片焦土而已。」

屈彩鳳眼中現出一絲落寞：「想不到師父一手建立的巫山派，最後是這樣的結局。」

林千源和眾女兵們都低下了頭，水洞中陷入一絲死寂，隱隱有些哽咽之聲，眾人的眼裡，都是淚光閃閃。

天狼本想安慰一下屈彩鳳，還未出聲，她卻抬起了頭，爽朗地一笑：「大家這是怎麼了，留得青山在，不怕沒柴燒，只要這回能衝出去，留下這有用身，以後總能做一番事業的。」

林千源激動地說道：「寨主，這回我們殺出去，等這事結束後，再回來重建巫山派。」

屈彩鳳搖搖頭：「不，千源，你帶著兄弟們突出去後，到西南的落虎寨去，我已經和上一批突圍的劉寨主說過了，由他來安頓你們。」

林千源臉上閃過一絲迷茫：「寨主，你這是什麼意思，你不跟我們一起走嗎？」

屈彩鳳決然地道：「不，我和天狼還有事要辦，巫山派已經被徹底夷平，以後我也不會回來，大家分散各寨，以後自謀生路。記住，老寨主的遺訓一定要記得，**只能劫富濟貧，萬不可殘害百姓！**」

這話一出，所有女兵們都一起跟著林千源跪了下來，放聲大哭道：「寨主三思啊，不要扔下我們不管！」

這次行動，為了保密，每次突圍前都不在寨中宣布如何行動，只說要易容改扮衝出山去，直到這黃龍水洞時，才會由帶隊的人向屬下們宣布出山後的打算，由於最後一批是屈彩鳳親自帶隊，所以直到這時才宣布。

天狼對這種場面早就見怪不怪了，看到她們哭得肝腸寸斷，不由得想到自己當年被紫光師伯逐出武當時那種萬念俱灰的感覺，又想到自己現在這樣孤獨一身，再也無依無靠，也不知何處能落腳寄託，亦不免黯然神傷。

屈彩鳳眼中寒芒一閃：「大家全都起來，連我的命令也不聽了嗎？」

眾女兵們平時對屈彩鳳極其敬畏，不敢違抗她的意思，紛紛站了起來，只是仍然忍不住低聲啜泣。

屈彩鳳語調嚴肅地道：「眾位姐妹，大家聽好了，巫山派已經成了朝廷的眼中釘，肉中刺，這回朝廷派了正邪各派攻山，以後還會派大兵圍剿，咱們有那麼多老弱婦孺，無法作戰，打下去只會玉石俱焚，只好就此解散，分散到各派，朝廷可以調兵來圍剿我們總舵，卻剿不了南七省成百上千處分舵，大家這回去落虎寨，可以給自己尋一條去路。」

一個女兵嚷嚷了起來：「寨主，那你也可以跟我們一起去落虎寨呀，為什麼要扔下我們不管？」

屈彩鳳嘆了口氣：「姐妹們，朝廷要的就是我這個寨主，如果我去了落虎寨，會把災難帶給落虎寨，只有我遠離中原，各家山寨才能安全，大家也才能安全，明白嗎？」

眾人也都知道屈彩鳳的性子，一旦下了決心，是無論如何也不可能扭轉的，於是只能紛紛抹淚，然後起身向屈彩鳳作揖告別。

林千源最後一個與屈彩鳳作別，她眼中盡是無盡的依戀與不捨：「寨主，我們這就去了，以後還能再見面嗎？」

屈彩鳳與林千源情同姐妹，剛才當著眾多屬下的面強作威嚴，可只剩下林千源一人時，再也無法忍住奪眶而出的淚水，緊緊地抓住她的手：

「千源，一切平息後，我也許會回中原來看大家，你一定要照顧好姐妹們，如果不想在落虎寨待的，就給她們一筆錢，大家自謀生路去，只是要記住，千萬不要做傷天害理，打劫百姓的事，也不要試圖報仇。」

林千源哭著點點頭，紅著眼圈，灑淚而別，幾百人的身影在洞外的林中一陣搖晃，很快便不見了蹤影。

屈彩鳳看著他們的身影慢慢消失，美目中，眼淚不覺地流淌下來，天狼默默地站在她的身邊，幾次想要伸手搭上她的香肩，可一想到那晚的事情，還是忍住了，生怕自己的安慰舉動再引起誤會。

屈彩鳳拭了拭眼淚，對天狼勉強擠出一絲笑容：「滄行，好了，她們走了，那邊徐林宗不會出問題吧。」

天狼道：「不會的，他接應了我們這麼多次，又怎麼會出問題？我們該去點燃引線了，彩鳳，你現在後悔還來得及，畢竟是你師父和你這幾十年的心血，連我也有些不忍心呢。」

屈彩鳳堅定地說：「不，如果不炸掉巫山派總舵，那賊人們便會知道我們已經突圍出去了，以後還會四處追殺我們，那嚴世蕃的目標如果是太祖錦囊的話，肯定還會四處剿滅我們的分寨，去追查那太祖錦囊的下落，我們不能把這危險留給分寨的兄弟們。」

天狼眉頭一皺：「只是這樣炸了大寨，卻無多少屍首，嚴世蕃就會相信我們是自盡的嗎？」

屈彩鳳道：「三萬斤炸藥足以讓人屍骨無存，嚴賊應該知道我的剛烈，如果是糧食斷絕，無法堅持，那我是寧死也不會投降的，**這樣玉石俱焚，才符合我屈彩鳳的個性，不是嗎？**」

一個陰惻惻的聲音突然響了起來：「好計策，好謀劃，屈彩鳳，我還真是小看你了，想不到你居然能勾結徐林宗，給你讓出這條逃生通道，這幾個月可真是苦了你啊，螞蟻搬家似地把這麼多人運出來，真不容易！」

天狼的臉色大變，**這分明是嚴世蕃的聲音**，心頭一直若隱若現的那個巨大陰影終於完全地展現，他和屈彩鳳同時對視一眼，回頭看著洞口。

第十章

看不見的對手

這是一場漫長艱苦的較量，
天狼感覺到自己在和一個看不見的對手作戰，
嚴世蕃終極魔功的邪惡可怕之處可見一斑，
而這個蒙面老者身為嚴世蕃的師父，
功力比起當年嚴世蕃更強，連人都不用露面，
就把自己困得死死的。

嚴世蕃那張胖臉，最先在洞口顯現出來，那雙邪惡的獨眼更是閃著興奮的光芒，他今天穿了一襲黑衣，黑色披風，與以往不同，上好的綢緞勁裝上居然沒有鑲金飾玉，顯然今天他是做好了戰鬥的準備。

在他的身後，金不換一家三口，夫妻二人的臉上也掛著不懷好意的笑容，只有手裡拿著兩個鏈子錘的傻兒子公冶長空，紮著個沖天辮，正拖著鼻涕，流著口水，一臉的傻笑。

嚴世蕃看了一眼天狼，只是眼神一閃而過，今天天狼身形用了縮骨法，比起平時要矮了一個頭，只與屈彩鳳的個頭相當，而且氣勢一直收斂著，所以嚴世蕃把他當成了尋常的寨兵，並沒有放在眼裡。

嚴世蕃的邪惡賊眼一直盯著屈彩鳳，那作為寨主的凜然氣勢，以及她身上那濃郁的山茶花香氣，隔著十步之外都能聞到，他的眼光一直在屈彩鳳的胸前掃來掃去，那副色迷迷的表情讓屈彩鳳恨不得馬上就能把他砍成一堆肉泥。

天狼拉住了屈彩鳳的右手，暗語道：「彩鳳，大事不好，看來此賊一直知道我們的行動，卻忍到現在才出現，目標就是衝著你來的，他帶了金不換一家三口，外面不知道還有沒有埋伏，你我不可衝動，使兩儀劍法殺出去，以後再回來想辦法取這狗賊性命。」

屈彩鳳點點頭，對嚴世蕃沉聲道：「嚴世蕃，你又是如何發現我們的行動的？」

嚴世蕃哈哈一笑：「屈彩鳳，就憑你跟那徐林宗多年相好，在這種山窮水盡的時候，又怎麼可能不去求救呢？實話告訴你們吧，這幾個月我別的事都不做，就是盯著徐林宗，自從你的人那天跟徐林宗接上線以後，我就天天在這裡觀察，不過我對你的那些蝦兵蟹將，老弱病殘沒有一點興趣，**只有你才是我的目標**。」

屈彩鳳一把扯掉了頭上的布巾，怒吼道：「嚴世蕃，你這狗賊，我又有什麼值得你盯上的？你今天給我說清楚了！」

嚴世蕃一臉淫邪的笑容，似乎已經把屈彩鳳當成了唾手可得的獵物：「嘿嘿，屈姑娘，其實以前你跟我們合作的時候，我就很喜歡你了，像你這麼漂亮，武功又高的女子，放眼天下只怕也沒幾個，何苦待在這鳥不拉屎的山裡，當個女山賊呢，跟著我嚴世蕃，做個如夫人，一輩子吃香喝辣的，包你快活似神仙，再說了，只要我一點頭，你的巫山派就不用這樣解散了嘛。」

屈彩鳳向地上「呸」了聲：「狗賊，你是癩蛤蟆想吃天鵝肉，老娘就是一死，也不會遂了你的願。你以為我不知道你的花花腸子？你想要的，不就是太祖錦囊麼！」

嚴世蕃臉色微變，收起了笑容，獨眼中閃出殺意：「看來我還真是小看了你，屈彩鳳，兩年不見，智力見長啊，是不是那個天狼教你的？可惜啊，這會兒他人遠在浙江應付汪直，沒辦法飛過來救你了，哈哈哈哈哈。」

天狼心中奇怪，暗道自己明明已經和陸炳翻臉，退出錦衣衛，為何嚴世蕃說自己人在浙江？轉念一想，馬上醒悟過來，**一定是陸炳希望自己和嚴世蕃在這裡死掐，所以找了個自己的替身在浙江一帶活動**，嚴世蕃留在當地的眼線顯然不是陸炳的對手，加上按照常理，汪直和徐海新降，自己在浙江也合情合理，最重要的一點，**嚴世蕃只怕也沒想到陸炳居然會向自己說出一切**。

屈彩鳳眉頭一皺，但很快也想到了這一層，她人極聰明，轉而裝著恨恨地說道：「天狼？一個無情無義，冷血無情的傢伙，老娘就是信了他，信了陸炳，才會被害慘了，師父說得不錯，這世上男人沒一個好東西，都怪老娘瞎了眼！」

嚴世蕃收起了笑容，臉上的表情陰森可怕：

「屈彩鳳，不用在這裡浪費時間了，你不可能有外援，實話告訴你吧，太祖錦囊這件事，我也不想別人知道，所以今天我沒帶多少幫手過來，不過就靠我們，收拾你是綽綽有餘了，本官憐香惜玉，不想在你這身細皮嫩肉上留下什麼傷痕，你識相點，扔掉兵器束手就擒，看在我們合作一場的份上，我不會讓你吃什麼苦頭。」

屈彩鳳也不答話，鳳目之中寒芒一閃，只聽「叮叮」兩聲，一長一短的兩把雪花亮銀刀一下子抄在手中，沉聲喝道：「想要太祖錦囊，就看你有沒有這個本事了！」

金不換一直站在嚴世蕃的身後，看到屈彩鳳動了傢伙，連忙上前半步，對嚴世蕃道：「小閣老，這婆娘蠻橫得緊，不過我們有辦法制住她，上次就逼她吃了寒心丹，這回看我們的，一定會把她擒下。」

嚴世蕃雖然自信拿下屈彩鳳不是難事，但既然後面有三個跟班，自己樂得輕鬆，點點頭道：「當心點，這賊婆娘發起瘋來也凶得很，你們不要掉以輕心，我記得上次她發瘋的時候，你們就被她打退了。」

金不換臉微微一紅，道：「小閣老，上回是我們大意了，沒想到她吃了寒心丹還能功力暴漲，加上空兒一上來就給她所傷，我們要照顧兒子，所以才會讓她逃走，今天不會了！」

嚴世蕃聽了道：「金總管，若是你這回有所表現，我一定會上奏皇上，讓你重新接掌東廠，你放心，那個楚天舒的來歷我已經打聽清楚了，我是絕對不會讓他一直待在那個位置的。」

金不換臉上現出喜色，連連點頭哈腰，本來他的個子也算高大，比嚴世蕃還要高出半個頭，可在嚴世蕃的身邊一直就沒直過腰，反而比嚴世蕃看起來還要矮了整整一個頭，一副奴才的嘴臉，讓天狼看到就想吐。

紅花鬼母似乎也不滿意丈夫這副德性，乾咳了一聲：「不換，這賤人上次傷了長空，這回再不能讓她跑了，還是老樣子，你攻下路，我攻上路，空兒，你頂中間，要當心這賤人的刀法，不可再當成玩兒。」

公冶長空抹了抹鼻涕：「好的，娘親，上回這個女人打得我好痛，這回我非把他打成肉泥不可。」

嚴世蕃的臉色一沉：「我說過，要活的。」

金不換連忙陪著笑臉：「小閣老，我這兒子腦子不太好使，你千萬別放心上。」

嚴世蕃沉吟了一下，這陣子金不換三口跟個跟屁蟲一樣天天跟在他後面，他對這三人的功力頗為瞭解，三人一起上，對付屈彩鳳當是不難，就怕出手把屈彩鳳給打死了，**那太祖錦囊的下落便成了永遠的秘密，而這正是自己想要拿到的一張保命符**，皇帝若是逼自己父子實在狠了，咬咬牙先憑此物起兵造反，事若不成再出逃東洋，這才是嚴世蕃為自己盤算已久的萬全之策。

於是嚴世蕃道：「金總管，你們夫婦二人對付屈彩鳳，令公子就去收拾那個人好了，記住，速戰速決，不要讓武當的人摸過來。」

金不換哈哈一笑：「謹遵小閣老的吩咐。」轉頭對公冶長空道：「空兒，把屈彩鳳身邊的那個傢伙收拾了，要快！」

話音一落，金不換便和紅花鬼母二人，如同兩支離弦的利箭射向屈彩鳳，而公冶長空則不滿地嘟囔了一句：「沒勁。」然後胖胖的身子像一個肉球似的飛出，直撲天狼。

天狼哈哈一笑，大喝一聲：「看看爺爺是誰！」渾身突然騰起一陣血紅的天狼真氣，骨骼一陣「劈哩啪啦」作響，身形一下子恢復正常，變得高大魁梧，威風凜凜，剛才神華內蘊的雙眼，這會兒更是殺氣十足。

隨著天狼的恢復真身，金不換三人不約而同地停下了腳步，疑惑地打量起這個似曾相識的蒙面對手。

嚴世蕃一看，先是一呆，轉而不覺地發起抖來，顫抖地說：「**天狼！怎麼會是你，你，你不是在浙江嗎？**」

天狼哈哈一笑：「嚴世蕃，你作惡多端，今天就是你的死期！彩鳳，兩儀修羅殺！」

屈彩鳳微微一笑，一頭如霜雪般的長髮無風自起，右手長刀急速地拉出了四個光環，籠罩了周身，而天狼則斬龍刀伸至三尺劍長，刀身通紅，左手如挽千斤之力，自身邊拉出了兩個光圈，會合了屈彩鳳的四個光圈，把兩人的身影籠罩在一陣紅色的劍影之中。

強烈的劍氣逼得金不換等三人不自覺地後退了半步，嚴世蕃臉上的肥肉在不停地跳動，兩支鋸齒斬輪抄在手中，他的臉色陰晴不定，汗水開始順著額角淌下，而對面不斷開始暴漲的戰氣，幾乎每一下都讓他的表情變得更加可怕。

天狼和屈彩鳳突然雙刀的刀尖合併，先是斜指向下，然後退出三步，刀指上天，另兩手把臂相交，四目相對，心意相通。

嚴世蕃大叫一聲：「不好！」他見識過幾次這兩儀修羅殺的可怕威力，雖然現在自己武功蓋世，硬擋這一下也勝負未知，可是貪生怕死的本能再一次占據了上風，讓他扔下了金不換三人，急速暴退。

劍氣如虹，美人如玉，可是在金不換三人的眼裡，屈彩鳳的紅顏白髮卻無異於閻王的面容，伴隨著兩道穿越了空氣，帶起一陣天崩地裂的劍氣，如同死亡陰影一般。

三人俱是頂尖高手，一看這架式，就知道大勢不好，再想要退，劍氣刀影已經把三人的周身，包括退路圍了個水泄不通，此時若是勉強強退，護身真氣來不及漲到最大，只會給凌厲的刀影劍氣絞成一堆碎肉。

公冶長空雖然傻笨，但在武學一道上卻是實打實的天才，一看大勢不妙，叫了聲：「爹，娘！站在孩兒身後！」

他那肥大的身軀閃電般地一晃，就閃到了金不換和紅花鬼母的身前，兩隻鏈子錘轉得如同大風車一般，鼓得地上的灰土沙石紛紛揚起，在自己的面前形成一道氣牆，如封似閉。

金不換和紅花鬼母不約而同地伸出了手掌，頂在兒子的後心，三人的衣服都隨著真氣的暴漲而鼓起。

受了二人內力援助的公冶長空，這時候鼓得跟個皮球似的，那張肥肥的胖臉上，三股強烈的氣勁也一直在流淌著，尤其是他的兩隻眼珠子，似乎要給那兩個拳頭大的氣團撐得隨時都要爆出眼眶似的。

天狼和屈彩鳳雙手把臂相交，同時作出了弓箭步，各自外側的手掌向前平推，掌心的天狼真氣就是兩道飛出去的劍氣最大的催動力，由於天狼戰氣的爆發和高攻擊力，而兩人體內的真氣又能完全做到陰陽融合，因此這講究瞬間爆炸力的兩儀修羅殺在天狼真氣的催動下發揮出了比兩儀劍法更強大的威力。

紅花鬼母在公治長空出擊前，曾經以滿天飛花的手法，打出了七七四十九枚索命紅花針，企圖透過強大的兩儀劍氣攻擊到後排的天狼和屈彩鳳二人，可是這四十九枚本可擊破一流高手護體真氣的紅花針，卻被這兩儀刀氣的強大氣場生生震得定在了半空中，再也無法前進半步。

隨著兩道劍氣的破空而出，一路上所有阻擋的物體都被毀滅，地上現出兩道深深的壕溝，空氣也彷彿被兩柄兵刃所吸引，撕裂，形成一個不規則的扭曲結界，那四十九枚針頭通紅的紅花奪命針在空中開始解體，碎成了粉末狀，紛紛落進了地上的泥土屑中，又再次被捲起，隨著刀劍帶起的沖天煙塵，逆襲向公冶長空等三人。

公冶長空眼裡顯出了一絲恐懼，那兩道越來越近的刀光劍氣，不可遏制地攻向了自己，他的喉嚨裡發出了一聲非人類的低吼，繫在手中的銀鏈突然從他的手腕上斷裂，真的似流星般地逸出，帶起那面沙牆，閃電般衝向自己三人的兩道刀氣逆襲而去。

「波」地一聲，一陣驚天動地的巨響，洞中的五人只感覺到天地都在旋轉，連站立都非常困難，鍾牆和刀氣相交的那個地方，就像太陽和月亮相撞似的，震起了漫天的塵土，而整個大地被狠狠地畫出一道足有一丈寬五尺深的大坑，令人觸目驚心。

天狼和屈彩鳳的身形巍然不動，屈彩鳳的臉上和粉頸上已是香汗淋漓，從對面不停壓過的淩厲氣勁，猶如一把把鋒利的小刀，擊破了她的護體紅色氣勁，把她身上的黑衫割出了一個個的小口，露出了裡面的雪白肌膚，緊接著，雪膚上綻開一個個殷紅的小口子，開始慢慢地向外滲血。

這也是公冶長空在一瞬間做出的最佳選擇，明顯天狼的氣勢和功力要比身為女流的屈彩鳳強出一截，於是他的那兩隻流星錘全衝著屈彩鳳而去，希望通過打退屈彩鳳，破了二人的兩儀修羅殺。

天狼眼中冷芒一閃，身形一動，高大偉岸的身軀擋在屈彩鳳的身前，凌厲的勁風一下子把他的面紗吹得無影無蹤，那張英俊粗獷的臉上，一頭亂髮在空中亂舞，瞬間他的身上也出現了不少褶皺，只是那護體的紅色天狼勁幾乎被壓到了離身子不到半寸的地方，可是如同千萬把飛針似的對面氣勁，再也不能向前半步。

金不換三人的情況更慘，公冶長空的鼻孔和嘴角已經鮮血長流，內腑的碎塊這會兒隨著一個氣團運行到了喉頭，若不是他功力超人，又有父母在後面輸入內力，早就一口老血噴出來，而他體內的奇經八脈，幾乎要給三股真氣撐到爆炸，身上的衣服早被兩儀劍氣撕得四分五裂，幾乎只剩下一條小褲衩，滿身的肥膘都隨著氣勁的震盪而抖動著，那個本就肥大的身子這會兒幾乎撐成了一個水缸，隨時都可能要炸裂。

「砰」地一聲，本來在雙方中間相持著的錘子和兩把刀之間的沙牆與土氣，突然間一下爆開，錘子一下子碰上了兩把刀，屈彩鳳的鑌鐵雪花長刀與一支流星錘撞到了一起，火星四濺，兩把兵刃都屬極品，碰撞之後，雙雙墜地。

而另一把流星錘則碰上了斬龍刀，凡兵碰上神兵，即使是極品凡兵，也是像被切蘋果一樣的從中剖開兩半，半截落了地，而另半截則飛也似地衝向了天狼，這一下勢如流星，天狼已經被壓得只剩身前不到半尺的紅色護體真氣被迅速地擊穿，那半支錘子重重地砸在了他的右胸。

天狼悶哼一身，身子晃了兩晃，嘴裡吐出一口鮮血，右胸的肌肉突然陷了下去，再猛的一震，半支流星錘重重地砸到了地上，而天狼的身子依然如大山一樣地巍然不動，橫在屈彩鳳的面前。

屈彩鳳美麗的大眼睛裡現出一絲溫暖與感動，她的右手從天狼的身側伸出，火紅的天狼戰氣源源不斷地向前噴射，左手則搭上了天狼的背心，把內力輸入天狼的體內，察覺到他的內臟沒有大礙，經脈也還通暢，才放下心，用暗語說道：

「你沒事吧。」

天狼微微一笑，震動著胸膜：「無妨，一點皮肉傷而已，還沒上次他打我時傷得重，只是他們可就慘了。」

就在剛才半個流星錘打中天狼的同時，斬龍刀也如流星閃電般地飛向了公治長空，在公治長空的眼裡，那柄飛速而來直奔其胸口的斬龍刀，已經成了他最大的惡夢，剛才還鼓得像個氣球似的公治長空，這會兒已經把最後一點內力用在剛才的那一下爆發上，身子也完全地扁了下去，恢復了原來的尺寸。

紅花鬼母一見勢頭不對，猛的一發力，把公治長空推到一邊，那把鋒銳的斬龍刀重重地插進了她的右胸，滴血的刀鋒從她的背後刺出，這位女中梟雄的身子也無力地軟到地上。

公治長空和金不換目眶欲裂，正想上前扶助自己的妻子和娘親，卻被隨著斬龍刀席捲而來的那道刀氣擊中，雙雙仰天噴出一口老血，給打到另一邊，捂著胸口，再也直不起身，紅花鬼母更是生生被這道刀氣貫體，身子被炸得四分五裂，斷肢殘骸流了一地，連個完整的屍體也沒剩下。

天狼眼中冷厲的寒芒一閃，喝了一聲：「收！」掌心的天狼戰氣改噴為吸，而斬龍刀也像是有靈性一般，飛回他的手中。

這一場鬥氣大戰，以天狼的輕微受傷，紅花鬼母身死，金不換和公治長空重

傷而告終。

天狼收刀回鞘，屈彩鳳本還想上前殺了金不換和公治長空，但公治長空這時候卻顧不得治傷，而是在地上爬著捧起了紅花鬼母的頭，一口一個「娘親」地痛哭流涕。

那種發自內心的悲傷，讓天狼也不免心有戚戚，他出手攔住了正要上前的屈彩鳳，嘆道：「彩鳳，今天就這樣吧，他們已經得到懲罰了，我們還是追擊嚴世蕃要緊。」

屈彩鳳恨恨地說道：「這個狗太監一家最壞，以前當東廠總管的時候，幾次三番地跟我們過不去，天狼，今天你心軟放了他們，只怕改天會後悔的。」

天狼搖搖頭：「做人留一線，也算為自己積德行善吧，彩鳳，追嚴世蕃要緊，我先去了！」

他身形一動，快得如同流星閃電，從公治長空的身邊飛了過去。

屈彩鳳無奈地嘆了口氣，眼中殺意褪去，對著面如金紙的金不換厲聲道：「狗太監，再讓我看到你為非作歹，管教你比你老婆死得還慘！」

她的身影也緊跟著天狼飛出了黃龍水洞。

金不換喃喃地咬著牙，狀若厲鬼：「狗男女，今生今世我父子但有一口氣在，誓報此仇！」

只是天狼已經聽不到金不換的狠誓了，一眨眼的功夫，他已經衝出洞中十餘丈外。

今天晚上的月亮很圓，稱得上是月朗星稀，密林中影影綽綽，但這片樹林外一里多處，嚴世蕃的那身黑色行頭卻是一清二楚，他的身影正急速地向著西邊的山頭奔去，看來他是不敢，也不願跑到武當那裡尋求保護，而是希望翻過山嶺，逃到少林和華山派的大營裡。

天狼咬著牙，滿眼都是仇恨的火焰，今天是擊殺嚴世蕃的最好時機，錯過了今天，等到他身邊盡是高手的時候，只怕再無機會了。

他一邊狂奔，一邊試著運氣。

公冶長空的那記流星錘若是打在別人身上，早就骨斷筋折了，幸虧自己的十三太保橫練已經算是大成，這一下雖然右半身的肝經有些氣息不暢，但仍然可以發揮九成左右的功力，加上屈彩鳳相助，天狼自信可以用兩儀劍法斃這個魔鬼於刀下，**這一次，他絕不會手下留情！**

就是這一下換氣的功夫，屈彩鳳從後面追了上來。

她的輕功非常好，即使是平時全速發揮，天狼也只稍稍強過她一點，這半年多來，她的武功隨著走火入魔的程度加深而更進一步，加之熟悉地形，更是比天狼跑得更快，她雪白的容顏在天狼的面前一閃而過：「跟我來，抄近路追上此賊！」

天狼點點頭，跟著屈彩鳳向著密林的深處奔去，二人的身形如同林中的蒼猿與白鹿，在樹上飛來飛去，很快就奔到了那個山頭下的懸崖處，而另一邊的嚴世蕃，還在沿著小道爬著山呢。

屈彩鳳微微一笑，指了指眼前垂下來的一片藤條：「滄行，嚴世蕃不知道這裡可以攀藤而上，我們就這樣上去，應該能截住他！」

天狼哈哈一笑，也不說話，直接拉住了藤條，向著百餘丈高的崖頂爬去，這會兒在武當所學的梯雲縱輕功就起了作用，他手足並用，加之斬龍刀不停地插入山體之中作為借力，也就是小半炷香的功夫，幾乎就與屈彩鳳同時飛到了崖頂。

兩個黑色的身影翩若驚鴻，無聲無息地從崖下翻了出來，落在坡頂，呼嘯的夜風吹著天狼的長髮，而蒙面黑布上的一雙炯炯有神的雙眼，已經透著冷冷的殺意，直刺著十餘丈外那個因為驚愕而停下腳步的臃腫身形。

嚴世蕃直起了身，邪惡的獨眼一陣扭曲，不敢置信地說：「金不換他們三個死在你們手上了？」

天狼冷冷地說道：「你很快也會去見他們了，嚴世蕃，你作惡多端，今天就是我替天行道，取你狗命的時候，還有什麼遺言快說，老子沒空跟你浪費時間。」

嚴世蕃突然哈哈一笑：「天狼，你我同為朝廷效力，你不助我剿匪也就罷了，為何還要來壞我的事？就是連武林正派都站在我這一邊，你不是自命俠義之士嗎，怎麼會是非不分？」

屈彩鳳悄悄地說道：「此賊是想拖延時間，以待援手，你我還是早點取他性命的好，遲則生變。」

天狼點點頭：「不錯，彩鳳，兩儀修羅殺！」

話音未落，屈彩鳳就已經亮出了鑌鐵雪花刀，身邊出現三個快速畫出的光圈，而天狼的斬龍刀則緩緩在身前拉起了兩個光圈，凌厲的劍氣刀光一下子籠罩住了嚴世蕃的周身。

嚴世蕃臉上肥肉跳了跳，兩支非金非鐵的鋸齒日月精輪抄在手中，全身的黑氣開始騰起，漸漸地把他的身形籠罩在一團如霧如煙的黑色真氣之中。

把臂相交，舉劍向天，四目相對，郎情妾意，再次這樣的動作，二人已經駕輕就熟了，發功的時間也越來越快，嚴世蕃畢竟是絕頂高手，終極魔功又是至邪至陰的功夫，若是給他趁機逃跑，那可就虧大。

兩把神兵利器帶著呼嘯的風聲，捲起山崗上的漫天塵土，衝著嚴世蕃的那團黑氣飛了過去，天狼和屈彩鳳的眼中充滿了興奮，**若是能把這個天下至惡碎屍萬段，絞成血泥，再沒有比這個更大快人心的事情了**。

兩把刀鑽進了黑霧之中，把黑氣都劈得分開兩道，天狼突然臉色一變，因為在黑氣之中的，卻不是嚴世蕃那個肥胖臃腫的身形，明顯是一個瘦瘦高高，全身包裹在一襲黑衣中的老者，而他那雙眼睛裡，射出的冰冷寒芒，雖只一下，卻讓天狼的心如同墜入冰窖之中，徹骨地嚴寒。

一聲巨響後，沖天的塵土開始緩緩落下，想像中的殘肢碎體沒有出現，那個瘦高的黑衣人手中的兩道鋸齒日月輪上，毫髮無損，他的身形被擊退出十丈開外，可是仍然筆直地站在原地，眼中仍然是冷冷的寒芒閃閃，彷彿一切都沒有發生過似的。

斬龍刀和雪花鑌鐵刀飛回天狼和屈彩鳳的手中，兩人卻渾然未覺，睜大了眼睛，**無堅不摧的兩儀修羅殺竟然被此人輕鬆地化解**，讓他們覺得自己彷彿置身於大夢之中。

那個黑衣蒙面老者的身後突然亮起了大批的火把，嚴世蕃臉上帶著邪邪的笑意走上前來，司馬鴻、展慕白和智嗔等人也都魚貫而出，數百名黑衣的華山劍手與黃袍的少林僧人緊緊地把天狼二人圍困在小小的山嶺之上。

局勢變化得太快，饒是天狼智計過人，也沒能從這一連串的打擊中反應過來，他稍稍定了定心神，對著那黑袍老者沉聲喝道：

「**尊駕是何人**，武功如此之高，天狼嘆服，可否亮出高姓大名？」

嚴世蕃哈哈一笑：「天狼，我師尊的大名，豈是你可以打聽的？你只需要知道這回你一敗塗地就行了！」

天狼這才意識嚴世蕃是有意引自己二人追來，而他的師父，這個可怕的神秘高手則守在這裡，還有司馬鴻和智嗔等人也早已在此埋伏，看來這回自己是中了嚴世蕃的毒計了。

可天狼突然想到，以這個神秘高手的武功，本不需要這麼多幫手在此，自己和屈彩鳳現在到了絕壁之上，沒有退路，可他們卻用這麼多人圍著自己，個中目的，著實讓人不解。

天狼沉聲道：「嚴世蕃，你把我們引來此地，有何意圖？」

嚴世蕃沒有開口，他的那個師父卻是雙眼冷冷的寒芒直射天狼的臉：「**你就**

是那個天狼？想不到江湖中竟然還有這麼優秀的後輩俊傑。」

天狼聞言沒有絲毫喜悅，「哼」了聲：「前輩武功蓋世，卻為虎作倀，實在讓人齒冷。」

那黑袍老者哈哈一笑：「天狼，我想問一句，**你現在算是錦衣衛的人還是什麼？是以何立場對老夫說這種話？」**

天狼挺胸道：「我天狼現在不是錦衣衛，只是一個良知尚存的江湖劍客罷了，不管你們是名門正派，還是什麼人，幫嚴世蕃這個奸賊，就是為虎作倀！」

司馬鴻冷冷地開口道：「天狼，原本我還挺欽佩你的為人，上次比劍之後，還想跟你擇日再打一場，想不到你被這妖女的美色所迷惑，自絕於江湖正道，甚至背叛錦衣衛，對付你這樣的武林敗類，我們也不需要講什麼江湖道義了。」

天狼心中一陣刺痛，想不到華山大俠司馬鴻也這樣對自己，他衝著司馬鴻道：「**華山派和少林派都是伏魔盟的柱石，理應維持江湖正義，為何是非不分？**天下人都知道嚴氏父子這對奸賊禍國殃民，就連夏言夏首輔也給他們害死，你們卻在這裡幫著嚴世蕃，**俠義二字，可還剩下半分？」**

展慕白依然打扮得花枝招展，看起來比幾年前更加妖媚了，甚至像女人一樣描起了眉毛，嗓音變得又尖又細：

「天狼，當年捉拿夏大人，把他親手送上刑場的，不就是你嗎？現在你倒是在這裡和我們自命俠義了，真是可笑之極！不管嚴世蕃在別的事上作為如何，但起碼消滅巫山派一事上，我們是可以達成共識的。」

天狼被噎得一時無語。

那蒙面老者冷冷說道：「天狼，你是從哪裡偷學到這武當劍法的，居然可以和屈彩鳳用這兩儀修羅殺，若非老夫早年見識過這一招，今天只怕也無法破你！」

司馬鴻的眼睛如冷電一般地投到天狼的身上：「天狼，你究竟和武當有何淵緣，快說！」

屈彩鳳突然哈哈一笑：「可笑你們這些名門正派，個個自命俠義，卻是道貌岸然，當年徐林宗傳我兩儀劍法，我再教給天狼，不可以嗎？」

展慕白「嘿嘿」一笑：「屈彩鳳，你原來的相好是徐林宗，這點江湖盡人皆知，後來你殺了紫光道長，徐師兄也跟你一刀兩斷，怎麼，現在又轉而找了一個錦衣衛當姘頭嗎？」

展慕白說到這裡，一陣狂笑，而華山派的弟子們也多數跟著大笑不止。

屈彩鳳氣得渾身發抖，雙刀一抖，就想上前拼命，天狼一伸手攔住了她，淡淡地說道：「彩鳳，跟這個不男不女的娘娘腔打嘴仗實在沒有意思，事到如今，我才算認清楚了這些名門正派的嘴臉。」

展慕白臉色一變，鼻子都要給氣歪了，蘭花指指向天狼：「你敢罵我！」

天狼眼中閃過一陣冷厲的寒芒：「不男不女並不可怕，展慕白，可嘆**你們出身名門，卻是敵友不分**，不想著你們華山派立派千年的俠義為先的立國之本，卻是和奸賊，甚至是終極魔功的傳人混在一起，你師父若是知道此事，一定會後悔收了你們幾個徒弟！」

司馬鴻和展慕白雙雙臉色大變：「你說什麼？什麼終極魔功？」

天狼冷笑道：「**嚴世蕃用的是終極魔功，你們難道不知道嗎？**剛才這位，既然是嚴世蕃的師父，想必也是終極魔功在這世上的掌門了，對不對？」

蒙面老者冷冷說道：「老夫的武功來歷不便為外人道，天狼，你不認識老夫師徒的武功，就胡說什麼終極魔功，是想混淆視聽，給自己找條脫身之路嗎？」

司馬鴻一時默然，將信將疑地看著那蒙面老者，以他的見識之廣，武功之高，也沒有看出剛才那老者化解兩儀修羅殺時，用的是何種武功，只覺得他的這陣子黑氣透著一股邪門和冰冷，他沉聲道：「前輩，晚輩也想知道您的神功出自何處！」

蒙面老者的眉頭皺了起來，也不回頭：「司馬大俠如果想要知道的話，擒下這對狗男女後，老夫自當與你細談，現在咱們不用跟他們浪費時間。天狼，可嘆你自以為可以在錦衣衛裡完成自己的理想，到頭來卻只不過是陸炳的一枚棋子而已。」

天狼的眼神一冷：「我和陸炳的事，用不著你多費心，閣下雖然武功蓋世，但想取天狼性命，也請放馬過來便是，不用再在這裡逞口舌之利了。」

蒙面老者笑著搖搖頭：「天狼，如果想要和你打，剛才破你兩儀修羅殺的時候，我就把你拿下了，**讓你來此，就是為了叫你看一齣好戲。**」

天狼的心猛的一沉：「你們想做什麼?!」

嚴世蕃嬉皮笑臉地對著屈彩鳳說道：「屈姑娘，你難道就不想想，這幾個月來，你的人每天分散跑出來幾百個，而我們是泥人木雕，毫無察覺嗎？雖然我說過我的主要目標是你，但也沒說會放過你的那些手下。」

屈彩鳳的心跟著下沉，聲音都有些變調：「你，你又在搞什麼鬼！」

嚴世蕃笑著一指遠處的巫山派總舵：「你看，你的兄弟們不是都在寨中嘛！」

屈彩鳳的雙眼圓睜，身子都在發著抖，一邊嘴裡不信地說道：「不，不會的，我的兄弟們是分頭突圍的，不會的。」

一邊把頭轉向遠處的總舵大寨，只見那裡已經是燈火通明，原本已經空曠的大寨中，這會兒人山人海，廣場上，哨塔中，到處都是人，只不過全是給點了穴道，又用繩索牛皮筋牢牢地捆綁，嘴裡塞著布條，眼睛蒙著黑布的巫山派徒眾。

在廣場正中間的，正是幾個時辰前跟著天狼和屈彩鳳一起突圍出去的總壇衛隊的那幾個女兵們，林千源的一隻胳膊已經沒了，傷口處不停地冒著血，被捆得跟個肉粽子一樣，扔在最顯眼的位置！

屈彩鳳嘴裡吐出一口鮮血，噴在地上，再也站不住，一下子癱倒到地上，撕心裂肺地哭了起來：「為什麼，為什麼會這樣！」

天狼的心也如刀割一樣，他很想這時候把屈彩鳳抱進懷裡去安慰她，可是現在虎狼在側，屈彩鳳畢竟是個女人，這時候她可以崩潰，而自己不可以！

於是天狼壓抑著心中悲痛，盡力裝出一副無所謂的表情，對嚴世蕃說道：

「嚴世蕃，你果然歹毒，既然你一早地已經查到我們突圍的動向，將我們的人分頭截殺，現在又為何要把他們帶回巫山寨中？是想逼我們投降嗎？還是想得到你想要的那東西？」

嚴世蕃哈哈一笑：「天狼，你們投不投降的老子沒興趣，至於那東西，我現在也不指望你們能給出真貨，把你們拿下之後，有的是辦法讓你們開口，只不過現在嘛，我們想跟你們玩一樣遊戲，讓你們親眼看到自己是如何地自食惡果！」

屈彩鳳吼道：「嚴世蕃，你，你不得好死，你在我們的人裡放了內奸，不然，不然我們的人為什麼還會每天飛鳥傳說報平安！」

嚴世蕃得意地道：「屈姑娘，你現在才知道這一點，太遲了！你不是在巫山派總舵裡埋了幾萬斤炸藥嗎？這會兒我就會讓你親手種下這個惡果！」

屈彩鳳身子劇烈地抖動起來，又是一口鮮血吐出：「嚴世蕃，我求求你，不要啊！」

嚴世蕃的臉上遍布殺機，咬牙切齒地說道：「這就是你們聚眾謀反，對抗朝廷的結果！」

他的手高高地舉了起來，一支火把跑到他的手上，只要他的手一落，他的手下就會點燃火藥的導火線。

天狼眼中寒芒一閃，這時候，一切言語都沒有用，只有擒賊擒王，拿下嚴世蕃，這寨中人才有一線生機，屈彩鳳已經心神大亂，不可再戰，而這個重任，捨我其誰！

天狼的周身紅氣暴漲，兩隻眼睛變得血紅一片，斬龍刀交到右手，斜向地下，身形快得不可思議，直射嚴世蕃，**這回他不需要刀上有任何幻影，也不需要**

那種平時凜然的氣勢，一切只追求一個快字。

只可惜有人的動作比天狼還要快，那個黑衣蒙面的老者的影子還停留在剛才所站的地方，而人居然已經擋在了天狼的身前，一柄金光閃閃的長劍不知道從哪裡現到了他的手中，**濃烈的黑氣轉眼間就把他整個人圍繞了起來，天狼只感覺到一陣強大無比的氣牆瞬間橫在了自己的面前，讓他無法突破。**

天狼牙一咬，一般的武者碰到這種強力阻擊，首要的選擇就是全身而退，尤其是要向側後的生位急閃，以避開對方的追擊，天狼這會兒心急如焚，心裡想的是儘早擺脫這功高蓋世的蒙面老者的追殺，於是也不後退，反而大步向前，人刀合一，直劈那團混沌的黑氣。

「噗」地一聲，天狼連人帶刀的衝進了這團黑氣之中，卻發現自己周身都被這團黑霧所籠罩，無邊無際，一團漆黑，而那老者陰森可怖的笑聲卻在黑氣中若隱若現。

天狼心中暗叫不好，看來這老者的武功之高，超過了自己的想像，他應該是早就算計到了自己會悍勇直進，故意把自己困在這個空間中。

冰冷刺骨的黑氣開始侵蝕他周身的紅色護體真氣，天狼能清楚地感覺到，金光偶爾地一閃而沒，那是老者的金劍，正在找機會攻擊自己的薄弱之處。

天狼收起了速戰速決或是靠氣勢打退對手的打算，轉而抱元守一，斬龍刀帶起萬千刀光，先是把周身護得水潑不進，而他那雙鷹一樣銳利的眼睛，則是仔細地捕捉著那一閃而沒的金色劍影。

這是一場漫長、寒冷、艱苦的較量，天狼感覺到自己在和一個看不見的對手作戰，嚴世蕃當年在蒙古大營裡一旦占據了上風，就把自己幾乎逼入了絕境，這終極魔功的邪惡可怕之處可見一斑，而這個蒙面老者身為嚴世蕃的師父，功力比起當年的嚴世蕃更強，連人都不用露面，就把自己困得死死的。

只是天狼這些年來遭遇了無數生死之戰，每次與強敵交手，對武學的領悟也是更上一層樓，功力比起當年蒙古大營之戰時，又有了相當的進步，這回既然已經身陷重圍，乾脆就排除雜念，靜下心來慢慢地尋找破綻，如果能找到機會，反敗為勝，制住這個神秘老者的話，自然也可以逼嚴世蕃就範。

左前方的金光一閃而沒，而那蒙面老者眼中閃出的森冷寒芒則像閃電一樣地劃破了整個黑氣。天狼的心中一動，手中的斬龍刀向內一轉，心意與刀靈相通，直接縮成二尺左右的長度，向著那金光的方向就是脫手擲去。

這一下他用上了兩儀修羅殺的手法，但一路之上沒有那種震天動地的氣勢，而是迅如雷霆。

斬龍刀飛快地擊中那團金光的所在，只聽「波」地一聲，一個殘影被擊得四分五裂，而老者那陰森的笑聲卻從天狼的右側傳了過來。

天狼濃眉一沉，右手一運力，掌心外吐的兩儀氣勁一下子變成了擒龍勁的收字訣，那把斬龍刀在空中轉了個小圈，轉瞬間向右方擊出，飛向了那個老者第二次陰笑的所在。

這一下凌空御刀的辦法，是天狼上次在船上大戰時見到徐海的飛刀神技，可以通過吸勁吐力來改變刀的方向，觀者有意，他通過當時徐海周身氣流的變化和他體內氣息的變化情況，基本上猜到了這種內息的運行方式，在寧波的那段日子，還有這段時間在巫山派大寨裡，他日夜苦練這一凌空御刀的辦法，終於有所小成，今天和這蒙面老者的較量，正是神功初成的第一次試練。

那老者顯然對天狼的這一手意料不到，只聽到「嘩」地一聲，似乎是護體氣勁被擊破的聲音，一道黑氣瞬間湮滅，而天狼周身的籠罩著的黑氣也一下子消失不見。

儘管是黑夜，但耀眼的火光仍然讓天狼眼前一亮，剛才是那種極度的黑夜，無盡的黑暗，整個人的情緒都變得極為壓抑，若是這種情況再持續一兩個時辰，足以被這又黑又冷的環境給逼得發瘋。

十丈之外，那黑袍蒙面老者沉默地挺身而立，而他的右手袖子明顯被割開了一道口子，袍上還有些紅色的血跡，顯然天狼剛才那一刀，不僅擊破了他的護體氣勁，甚至讓這位功力高絕，如武神一樣的人物，也受了點輕傷。在場的其他眾人，嚴世蕃、司馬鴻、展慕白等，似是沒有料到天狼居然能突破這重圍，個個大驚失色。

蒙面老者沉聲道：「天狼，你小子剛才那凌空御刀的本事，是誰教你的？天狼刀法和屠龍刀法中，並無此招。」

天狼一擊得手，豪氣沖天，哈哈大笑：「這是我自創的刀法，就叫**龍御刀法**，怎麼樣，前輩，指教一下如何？」

蒙面老者重重地「哼」了一聲，聲音中有些動怒：「年輕人，偷襲一次得手也不用太張狂，我要殺你，還是有把握的。」

天狼朗聲道：「前輩武功確實在晚輩之上，但**晚輩自信，前輩斬下晚輩頭顱之時，晚輩至少能讓前輩身上的一樣東西永遠離開，您可以試試！**」

那蒙面老者的眼中光芒忽閃，似乎是在評估著天狼的話，這個年輕人自出道以來給了他太多的驚訝，他沒有料到天狼的體內竟然能蘊藏著如此巨大的力量，他的終極魔功以各種邪法陰招速成，但對自身的傷害也是巨大，而天狼的武功堂堂正正，雖然天狼戰氣也頗傷身，但不至於留下巨大後患，加上天狼實在是武學奇才，每次見到他，武功都會有不同程度的提高，再這樣下去，何時能反超自己，尚未可知。

嚴世蕃悄悄地湊了上來，低語道：「師父，這小子現在功夫邪門得很，這次是好機會，一定要把他除掉，不然日後會是心腹大患。」

蒙面老者一扭頭，眼中寒芒閃閃，嚴世蕃似乎是極為忌憚此人，低下了頭不敢再說話。老者緩緩地說道：「我自有計較，現在還不是殺他的時候，按你的計畫行事。」

嚴世蕃點點頭，一直高舉著的火把突然放了下來。

天狼突然意識到不對勁，想要衝上前去，卻只聽到遠處的巫山派大寨那裡，爆發出一陣驚天動地的巨響，猶如雷神下凡，又好比山崩地裂。

他的心猛的向下一沉，轉頭向後看去，只看大寨中火光沖天，爆炸聲此起彼伏，一如幾個月前在雙嶼島被萬炮齊轟時的那副景象。

一道道的煙柱隨著地底炸藥的爆炸而騰起，高大的建築也一幢幢地轟然倒下，石塊與木條被高高地震上了天，又混合著煙塵重重地砸向了地面，一起在空中飛舞的，除了這些斷石殘木外，還有各種人體的殘片，成千上萬具屍體裡炸出來的血，把那本是黑色的煙塵也染得血色一片，而那些巫山派俘虜們臨死前的慘叫與哀號，即使隔了十餘里，在巨大的爆炸聲中仍然清晰可聞。

嚴世蕃得意地哈哈大笑，手舞足蹈，那張胖臉上的肥肉已經開始扭曲，而他身後的眾多護衛也跟著放聲大笑。展慕白和司馬鴻咬牙切齒地看著遠處的這一切，火光映紅了他們扭曲的面部肌肉。

他們身後的華山派徒眾有不少年紀較長，看起來應該參加過當年落月峽大戰的人，則是哭著跪在地上，抽泣著道：「師父，師兄，你們看到了嗎，大仇今天終於得報了！」

智嗔的臉上看不出任何表情，十幾年下來，他的容貌幾乎沒有變化，除了臉上多了不少滄桑與風塵以外，一如當年那個沉穩鎮定的僧人，他和身後的幾百名少林僧人全都單手合十，口宣佛號：「阿彌陀佛，罪過，罪過！」

屈彩鳳從地上一下子蹦了起來，雙眼血紅，幾乎眼珠子要迸出眼眶外，雙手抄在手上，朱唇早已經給咬出了血，大吼道：「你們，你們這些滅絕人性的魔鬼，老娘，老娘跟你們拼了！」

她這下已經急火攻心，體內的天狼戰氣完全失控地亂竄，臉上和眼中也是青氣和紅氣交替閃現，一張嘴，又是一口鮮血噴出，兩眼一黑，暈倒在了地上。

天狼的雙眼中也燃燒著熊熊地復仇的火焰，這幾個月來和巫山派中人朝夕相處，讓他早就扭轉了以前對巫山派只是一幫綠林土匪，只會打家劫舍的成見，那些淳樸的老人和天真可愛的孩子們，更是山寨中的一道別樣風景，可是他剛才眼睜睜地看著不少婦孺和孩子也被綁在那山寨之中，隨著大爆炸而灰飛煙滅。

慘絕人寰已經不足以形容這場浩劫，他的心在滴血，不可遏制的憤怒在他的心口飛速地成長，將要爆炸！

請續看《滄狼行》14 天理難容

滄狼行 卷13 心腹之患

作者：指雲笑天道
發行人：陳曉林
出版所：風雲時代出版股份有限公司
地址：10576台北市民生東路五段178號7樓之3
電話：(02) 2756-0949
傳真：(02) 2765-3799
執行主編：朱墨菲
美術設計：許惠芳
行銷企劃：林安莉
業務總監：張瑋鳳

初版日期：2021年06月
版權授權：閱文集團
ISBN ：978-986-352-993-4
風雲書網：http://www.eastbooks.com.tw
官方部落格：http://eastbooks.pixnet.net/blog
Facebook：http://www.facebook.com/h7560949
E-mail：h7560949@ms15.hinet.net
劃撥帳號：12043291
戶名：風雲時代出版股份有限公司

風雲發行所：33373桃園市龜山區公西村2鄰復興街304巷96號
電話：(03) 318-1378
傳真：(03) 318-1378
法律顧問：永然法律事務所 李永然律師
　　　　　北辰著作權事務所 蕭雄淋律師

行政院新聞局局版台業字第3595號 營利事業統一編號22759935

國家圖書館出版品預行編目資料

滄狼行 ／ 指雲笑天道 著. -- 初版 -- 臺北市：風雲時代，2021.01- 冊；公分

ISBN 978-986-352-993-4（第 13 冊；平裝）

857.7　　　　109020729